El Libro de las Estrellas

Qadehar, el Mago

Érik L'Homme

El Libro de las Estrellas

Qadehar, el Mago

Legua
editorial

Título original:
Le Livre des Étoiles
I. Qadehar le Sorcier

c/ Don Juan de Austria, 15, 5°
46002 Valencia

Sede Madrid:
c/ Rosa de Lima, 4, 1° F
28290 Las Rozas, Madrid

Directora de la colección: Agathe Cothereau
© Traducción al castellano: Alba Montes
© Ilustración de la cubierta: Tatiana Delgado
© Diseño de cubierta: Juan José López Cediel
© Interiores: Luis Bartolomé Herrero
© Relaciones interdepartamentales: Joaquín Ferrís

ISBN: 978-84-935821-1-1
Depósito legal: M-44223-2007

Printed in Spain
Impreso en Grafinter.

www.leguaeditorial.es

NORTE
Gifdu
Landa Atormentada
Montañas Púrpura
Landa de los Korrigans
Puerta de los dos mundos
Troïl
Bosque de Paimperol
Bosque de Tantreval
Bounic
Krakal
Landa Amarga
Montañas Doradas
EL PAÍS DE YS

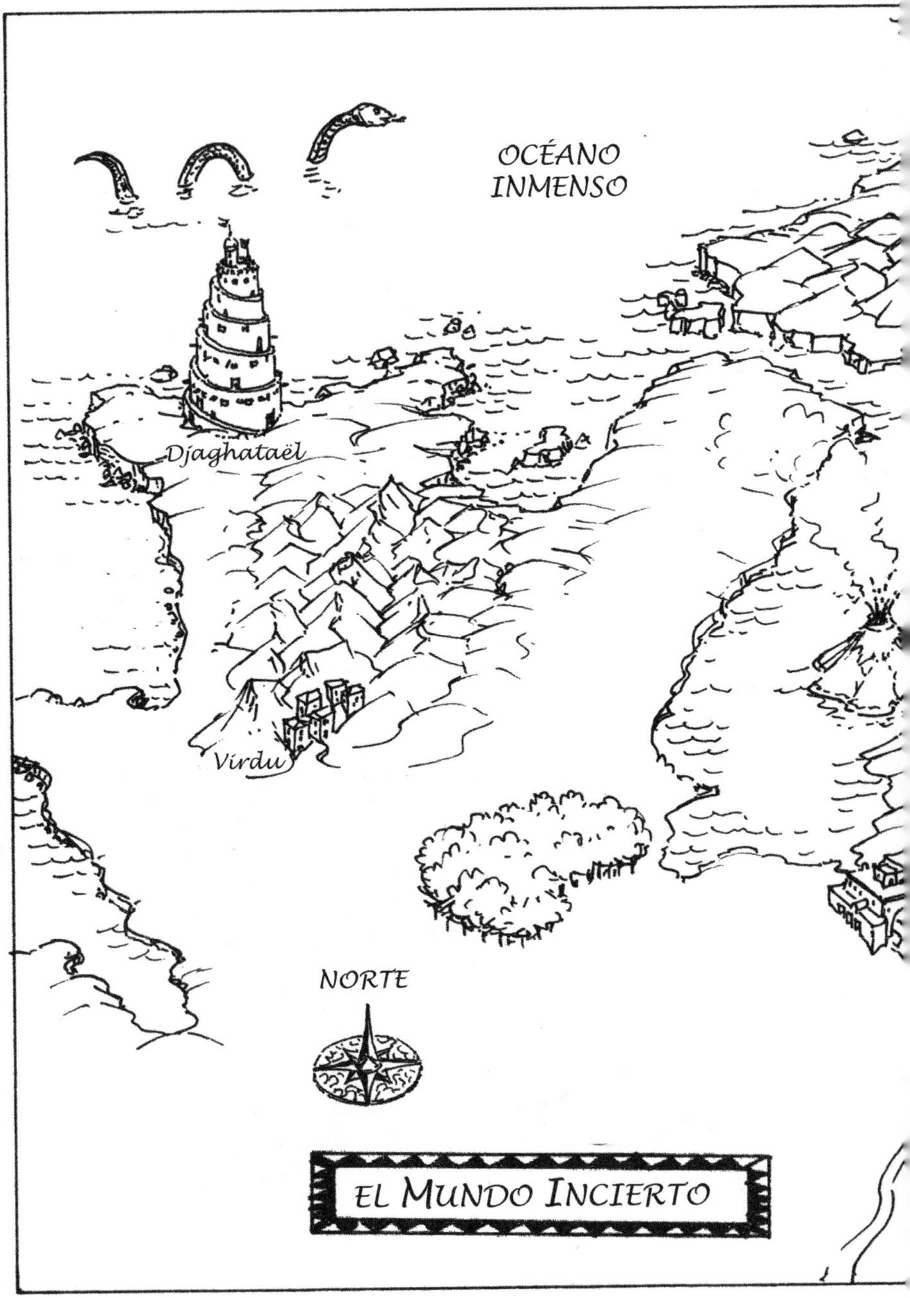
OCÉANO
INMENSO
Djaghataël
Virdu
NORTE
EL MUNDO INCIERTO

Norte
Incierto
Irtych
Violeta
Puerta del Mundo
Mar de los
Vendavales
ador
ferghânâ
Colinas
Movedizas
enibohor
Calzada
de
Piedra
DESIERTO
VORAZ
Yâdigâr

A Jean-Philippe, mi Maestro Mago
A los amigos que se quedaron en el País de Ys…

1
Empujones

El timbre que anunciaba el final de las clases aún no había dejado de sonar. Guillemot de Troïl se deslizaba por entre los otros alumnos que se apresuraban por los pasillos del colegio. Era principios del mes de abril, pero ya hacía buen tiempo, y nadie pensaba más que en una cosa: llegar a la playa para divertirse, bañarse si el agua estaba suficientemente caliente y relajarse después de un día de estudio demasiado largo.

Guillemot no tenía prisa por los mismos motivos... ¡Para él era fundamental llegar de los primeros al patio para despistar a Agathe de Balangru y su pandilla en las callejas de Dashtikazar!

–Venga, venga, daos prisa, dejadme pasar –refunfuñaba el chico abriéndose paso a través de la masa alborotada de sus compañeros.

Detrás de él oyó a alguien gritar:

–¡Ya lo veo! ¡Está cerca de la puerta!

Inútil darse la vuelta; había reconocido la voz de Thomas de Kandarisar, el lugarteniente de Agathe, lo cual le hizo multiplicar sus energías. Por fin estaba a punto de llegar a la salida cuando, en sus esfuerzos por adelantar a todo el mundo, empujó a uno de los mayores de tercero de secundaria.

–¿Qué pasa, enano? ¿Te estás metiendo conmigo o qué?

–Ehh… No, no, claro que no –masculló Guillemot–, sólo quiero salir…

Su mirada se dirigía nerviosamente por encima del hombro del mocetón, que lo sujetaba con fuerza. Vio a Agathe, seguida de sus amigos, acercarse con expresión triunfante.

Era una chica alta y delgada, con el pelo oscuro y corto, y unos ojos negros que brillaban con maldad por encima de una boca demasiado ancha.

–Déjalo, Marco –le ordenó–. Éste es cosa nuestra.

El tal Marco dudó un poco, luego soltó al chiquillo y se alejó encogiéndose de hombros. La pandilla de Agathe, que, como Guillemot, estaba en clase de primero de secundaria, era temida en todo el colegio, incluso por los mayores.

Agathe se encaró con el fugitivo. Guillemot, con el rostro enrojecido bajo su maraña de pelo castaño, la miraba desafiante.

–Anda, pero si el chucho éste se ha enfadado… –dijo ella con un tono burlón que provocó las carcajadas de sus acólitos que montaban guardia junto a la puerta.

–¡Déjame en paz! Nunca te daré mi medallón –gritó Guillemot, apretando los puños.

–Ya veremos –replicó fríamente Agathe, que hizo una señal explícita a uno de los chicos de su pandilla, pelirrojo, bajo y fornido.

Éste se abalanzó sobre Guillemot y, tras un corto forcejeo, lo inmovilizó con una llave de brazos.

–Suéltame, Thomas, o te arrepentirás –resopló con dificultad Guillemot al oído de su adversario, que se limitó a lanzar una risita.

Con aires de reina cruel, Agathe se acercó, revolvió en el cuello de su víctima y encontró un pequeño sol de oro colgando de una fina cadena del mismo metal.Se apoderó de él y se lo puso al cuello.

—No tienes derecho a hacer eso —gimió el infortunado Guillemot, que seguía bien sujeto por el chico pelirrojo—. Me lo dio mi padre.

—¿Tu padre? Yo creía que nunca habías llegado a conocerlo, e incluso —añadió ella, acercando su rostro al de él— que se había hecho Renunciante por tu culpa…

De pronto, Guillemot sintió que iban a saltársele las lágrimas, pero su orgullo lo impidió y bajó la cabeza. Ése fue el momento que eligió el director para entrar en escena. Su despacho no estaba lejos y había oído gritos, inusuales a aquella hora.

—A ver, niños, ¿qué pasa? —preguntó con voz tosca aquel hombre entrado en carnes con la edad.

—Nada… Nada de nada, señor director —respondió Agathe, que ahora lucía su mejor sonrisa—. Guillemot de Troïl nos estaba contando una historia… ¡una historia apasionante! ¿A que sí?

Los demás asintieron ruidosamente. El director se volvió hacia Guillemot.

—Así que una historia, hijo mío, una historia… —dijo con aire soñador—. Pues éstos no son el momento ni el lugar adecuados —añadió bruscamente—. ¡Hala, marchaos! ¡Que no vuelva a veros antes de mañana por la mañana! No, tú no, Guillemot, quédate aquí.

La pandilla de Agathe abandonó el pasillo lanzando al chico miradas llenas de amenazas.

—A ver, hijo, ¿tienes problemas? ¿Hay algo que quieras decirme?

–No, nada, señor director, ¡se lo aseguro! ¿Puedo irme ya yo también?

El hombre observó durante un momento al chico, que temblaba levemente con los ojos empañados, y se encogió también de hombros.

–Sí, anda, ¡vete!

Guillemot se precipitó fuera del colegio, se internó en las calles y no paró de correr hasta llegar a las primeras colinas que dominaban la cuidad. Arrojó su mochila a los pies de un menhir hendido por un rayo, se sentó en el suelo y, observando fijamente el océano que brillaba allá abajo, dio rienda suelta a su amargura.

Guillemot había cumplido doce años en el equinoccio de otoño. Era un chico duro y resistente, a pesar de su aparente fragilidad. No era muy alto para su edad, y eso le molestaba, sobre todo porque no podía defenderse como le hubiera gustado de los bellacos que se divertían haciéndole rabiar. Sus problemas con Agathe habían empezado nada más volver de vacaciones. No porque él fuera un buen estudiante (el objetivo preferido de los vagos fanfarrones), sus resultados académicos no pasaban de la media, y no le importaba; sino porque había cometido la imprudencia de ir a ayudar a uno de los pequeños, de sexto de primaria, al que estaba aterrorizando la pandilla de Agathe. Desde entonces, se había convertido en su víctima favorita. Aquello podía más que él: ¡siempre se metía en situaciones desagradables! ¿Llegaría un día a dominar ese reflejo idiota que, a pesar de su timidez, le empujaba a meterse donde no le llamaban?

Guillemot se apartó un mechón que le caía sobre la frente. Su cabello siempre revuelto ocultaba en parte sus orejas, un poco despegadas, y se le metía en el rostro delgado y soñador, iluminado por unos ojos verdes radiantes y una boca aficionada a sonreír. Bueno, normalmente, porque precisamente en ese momento Guillemot no tenía ningunas ganas de reír…

Agarró una piedra y, con rabia, la lanzó sobre la carretera.

¿Era culpa suya que su padre hubiera decidido, poco antes de nacer él, abandonar el País de Ys para irse a vivir a Francia, convirtiéndose en un Renunciante y condenando a Guillemot a no conocerle jamás? ¡Y Agathe acababa de robarle el precioso colgante, la única herencia que aquel hombre había dejado a su madre para él!

«¡Que se la lleven los Korrigans y la obliguen a bailar hasta el final de los tiempos!», maldijo Guillemot.

Aspiró profundamente el aroma de yodo que traía la brisa del mar. Como tenía un temperamento resuelto y, sobre todo, como sabía que Agathe se hubiera alegrado muchísimo de enterarse de que estaba dolido, se esforzó en olvidar sus problemas.

Su mirada se perdió sobre los tejados de pizarra gris pálido de las casas de Dashtikazar, que se apiñaban unas contra otras dominando, desde su altura de cuatro o cinco pisos, las calles estrechas y sinuosas. La ciudad de granito claro había cumplido un milenio el año pasado. Dashtikazar, la Orgullosa… ¡Cómo le gustaba esta ciudad llena de sorpresas, recostada contra la montaña y abierta al mar! ¡Era la capital, el corazón batiente del orgulloso País de Ys!

El País de Ys, como había aprendido Guillemot en clase de geografía e historia, había sido, hacía ocho siglos, un pequeño fragmento de las costas francesas, que se había desprendido de ellas durante una horrible tormenta. Entonces, Ys había flotado a la deriva, mar adentro, y, a continuación, vientos en contra lo habían empujado hacia tierra, donde había recuperado su lugar. Pero era un lugar particular, porque el país, transformado en isla, no figuraba en los mapas y los habitantes de Francia ignoraban su existencia. Ys se había quedado anclado en algún punto entre el Mundo Cierto, al que antes pertenecía, y el Mundo Incierto, extraño y fantástico. Una puerta permitía pasar al primero y otra al segundo. Ambas eran de sentido único, salvo en algunas ocasiones, cuando el Consejo del Preboste estimaba que en Ys faltaban productos esenciales, ¡como Nocilla o películas de cine recientes! Esta precaución era la única forma de preservar a Ys de ambos mundos.

Del Mundo Incierto se sabía poca cosa, salvo que era vasto y que encerraba innumerables peligros. El Mundo Cierto era otra historia. En el País de Ys, sintonizando adecuadamente la programación, se captaban las radios y televisiones francesas, y el programa escolar era, con leves diferencias, el mismo que en Francia. Además, entre los dirigentes franceses, algunos iniciados conocían la existencia del País de Ys: en ciertos documentos secretos, figuraba con el nombre de «Nonagésimo Séptimo Departamento Metropolitano». Gracias a la mediación de estas personas de confianza, los habitantes de Ys que querían vivir en otro lugar y de otra forma obtenían los documentos y la ayuda indispensables para instalarse definitivamente en Francia, en Europa o en cualquier otro sitio; ésos eran los Renunciantes. Renunciaban a Ys, para siempre. Otros –¡muy pocos!– preferían en ocasiones aventurarse en el Mundo Incierto; la mayoría de ellos eran condenados al destierro, la pena máxima que se imponía en el País de Ys, o bien individuos ávidos de riqueza, atraídos por lo desconocido, o verdaderos desesperados. Todos ellos se convertían en Errantes.

Por su parte, los que permanecían en Ys vivían en una gran isla, cálida en verano y fría en invierno, montañosa, cubierta de bosques frondosos y de landas inmensas, salpicada de pequeñas ciudades, pueblos y aldeas, ¡semejante en todo a una provincia del Mundo Cierto! Bueno, a excepción de algunos pequeños detalles.

Un ruido d e cascos arrancó a Guillemot de sus ensoñaciones. Sobre el camino, a unos pocos metros de él, se erguía un hombre revestido de una espléndida armadura color turquesa y armado con una espada que colgaba de su costado izquierdo y una lanza el doble de larga que su montura. Su corcel gris estaba cubierto por una fina cota de malla de acero que tintineaba con cada movimiento.

Guillemot se levantó precipitadamente.

–¿Va todo bien, chaval? –preguntó suavemente el caballero.

–Sí, señor caballero, todo bien, ¡gracias! –respondió él.

–No te entretengas demasiado tiempo en las colinas esta tarde –continuó el hombre, mientras acariciaba el cuello del animal, que piafaba de impaciencia–. Los Korrigans celebran sus fiestas estos días ¡y ya sabes las malas pasadas que les gusta jugarles a los humanos!

Estallando en una carcajada, el caballero saludó a Guillemot y partió al galope en dirección a la ciudad. El chico estaba emocionado: su sueño secreto, su deseo más loco y más ansiado era pertenecer algún día a la Orden de los Caballeros del Viento. Éstos, bajo el mando de su Comendador y la supervisión del Preboste de Dashtikazar, velaban por la seguridad en

Ys y, guiados únicamente por su conciencia, acudían en socorro de todos aquellos que lo necesitaban.

Obedeciendo las recomendaciones del Caballero, Guillemot se dirigió a la casa donde vivía solo con su madre, en la entrada del pueblo de Troïl, situado a unas pocas leguas de la capital. Los Korrigans, aunque no eran las criaturas más peligrosas de Ys, eran imprevisibles, y sus juegos a veces podían llegar a resultar crueles.

2
Una agradable sorpresa

—¡MAMÁ! ¡Soy yo! ¡Ya he llegado!

Guillemot se precipitó a la cocina y abrió la nevera. Sacó la mantequilla y la puso encima de la mesa, junto al bote de Nocilla. Cortó una hermosa rebanada de pan de la hogaza que había encima del aparador, la untó bien y se puso a devorarla con avidez.

¡Las emociones eran agotadoras! ¡Casi tanto como los doce kilómetros que tenía que recorrer a pie cuando perdía el carro de transporte escolar!

—¿Eres tú, cielo? ¿Dónde estás?

—¡Aguí, en la cojina! —farfulló Guillemot, con la boca llena.

Su madre entró en la habitación con paso enérgico, sonriendo. Era delgada de cintura y llevaba un vestido negro entallado (hasta donde alcanzaban sus recuerdos, Guillemot la había visto siempre vestida de negro), su melena larga, dorada y ligeramente rizada le cubría toda la espalda y sus enormes ojos eran del color del cielo. ¡No se podía negar que Alicia era una Troïl! Guillemot, con su corta estatura, se parecía más a su padre, o al menos ésa era la conclusión a la que él había llegado, ya que hasta entonces (a pesar de sus frecuentes preguntas) nadie se había dignado a describírselo más que de forma superficial.

–¿Has tenido un buen día? –preguntó Alicia de Troïl, depositando un beso en la frente de su hijo.

–No ha sido peor que otros –esquivó el chico con voz queda, agarrando una revista de programación televisiva que había quedado abandonada encima de una silla–. ¡Anda, qué guay! ¡Esta noche ponen una peli!

Una amplia sonrisa iluminaba en esos momentos el rostro de Guillemot. Madame de Troïl se contentó con mirarlo, con aire divertido, cruzada de brazos.

–Nada de tele esta noche, Guillemot.

El chico, como movido por un resorte, se levantó de la silla de un salto. Las películas no eran frecuentes en las programaciones elaboradas por la Comisión Cultural del Prebostazgo de Ys, que daba preferencia a reportajes y documentales. Así que estaba dispuesto a empezar una de las largas discusiones que tenía a veces con su madre sobre la televisión. Pero ella frenó en seco sus intenciones haciendo un gesto con la mano.

–¿Es que se te ha olvidado? Esta noche es el cumpleaños de tu tío Urien. Ya, ya sé que no te gusta mucho... pero toda la familia estará en su casa. Toda la familia... ¡y también algunos amigos!

Había pronunciado las últimas palabras con una entonación misteriosa. Al principio, Guillemot había entreabierto la boca para protestar, pero enseguida se detuvo.

–Quieres decir que van a estar...

–¡Tu primo Romaric, tu amigo Gontrand y las gemelas, Ambre y Coralie! Por cierto, que Romaric y las chicas iban a pasar por aquí a buscarte. No tienes más que esperarles. Yo tengo que marcharme antes para ayudar a mi hermano a recibir a sus invitados.

Madame de Troïl miró con ternura durante un instante a su hijo, que brincaba de alegría por la cocina. Luego se escapó para acabar de prepararse.

Guillemot saltó los escalones de cuatro en cuatro y entró en tromba en su cuarto. Una ojeada rápida le recordó que no lo había recogido desde hacía una semana por lo menos. Suspiró y empezó a poner un poco de orden. Siempre se reunía con sus amigos en su habitación, ¡y no saldrían hacia la casa de su tío sin antes haber pasado allí un rato!

Cerró su ordenador portátil, que había dejado encima de un taburete, y lo deslizó dentro de un cajón del escritorio, colocó los libros esparcidos por la alfombra en las baldas de su biblioteca, sacudió la colcha con la que escondía su edredón nórdico todo arrugado…

Alguien llamó a la puerta de entrada.

–¡Guillemot, somos nosotros!

–¡Subid! –chilló Guillemot, empujando bajo el armario las últimas ropas esparcidas por el suelo.

Se oyó la puerta al abrirse, se escucharon risas y resonó un galope de pasos: dos chicas y un chico, desbocados, tomaron la habitación al asalto.

–¡Cómo me alegro de veros! –exclamó Guillemot.

–¡El cumpleaños del tío Urien debe de ser importante este año para que nos hagan perder dos días enteros de clase! –declaró Romaric de Troïl, de cabello rubio y ojos azules intrépidos, que daba la impresión de ser tan fuerte como frágil su primo.

–¡No irás a quejarte, encima! ¿Cuánto tiempo hace que no nos vemos? –preguntó Coralie de Krakal, una encantadora joven morena de cuerpo esbelto y ojos azul océano, con una de esas sonrisas cuyo secreto conocía tan bien y que hacían derretirse a los chicos.

–Desde las vacaciones de Navidad –respondió Ambre, clavando en Guillemot una mirada insistente que le hizo ponerse colorado hasta las raíces del pelo.

Igual en todo a su hermana gemela, Ambre se distinguía de ella por un corte de pelo y unos aires un tanto masculinos. Su temperamento le acarreaba la desconfianza de la mayoría de los chicos, pero ella se reía e incluso se burlaba de ellos. Le gustaba especialmente meterse con Guillemot. Él siempre picaba y, a pesar de sus esfuerzos por mantenerse impasible ante sus provocaciones, se ponía rojo como un tomate una y otra vez. De todas maneras, Ambre era una amiga fiel, que nunca miraba con frialdad y con la que verdaderamente se podía contar.

–¿Y Gontrand? –preguntó Guillemot, para escapar a los ojos burlones de Ambre–. ¿No ha venido?

–¡Pues claro que sí! –aseguró Romaric–. Lo que pasa es que ha tenido que subir directamente al castillo, para ayudar a sus padres a llevar los instrumentos. ¡Tenías que haber visto el circo que montaron cuando salimos! ¡Todo el mundo creía que se estaban mudando!

Romaric y Gontrand vivían uno al lado del otro, en el extremo opuesto del País de Ys, en la pequeña ciudad de Bounic, a dos días en carro de Troïl. Ambre y Coralie estaban un poco más cerca, en la costa Este de la isla, en el pueblo de Krakal, del que su padre Utigern era tanto alcalde como Qamdar. Un Qamdar era un jefe de clan. De modo que Utigern era el jefe del clan de los Krakal, como Urien, el tío de Guillemot y Romaric, era el jefe del clan de los Troïl. Por ese motivo los Krakal habían sido invitados a la fiesta de cumpleaños.

En cuanto a los padres de Gontrand, ¡eran los mejores músicos del País de Ys! ¿Cómo habrían podido dejar de invitarles?

–¡Qué pena habérmelo perdido! –exclamó Guillemot– Gontrand convertido en mula… ¡Me lo imagino totalmente, refunfuñado en voz baja y peinándose con la mano!

–¡Eso endurecerá un poco a ese gallina! –soltó Ambre con un mohín, mientras lanzaba una mirada tenebrosa a su hermana, que estaba arreglándose ante el reflejo de un cristal de la ventana.

Todos rieron a coro.

–Papá dice que en la fiesta estará lo más selecto de Ys –dijo alegremente Coralie uniéndose a los demás, echados ya sobre la gruesa alfombra de lana de cabra.

–Y no sólo los aliados del clan de los Troïl –añadió Ambre–. Urien también ha mandado invitaciones a las familias enemigas. A ver si así empiezan a calmarse las tensiones…

–¿Familias enemigas… como los Balangru o los Kandarisar? –preguntó Guillemot con el rostro ensombrecido.

–¿No me digas que esa asquerosa de Agathe y ese cerdo de Thomas siguen fastidiándote? –prorrumpió Romaric con emoción–. ¡Jobar, si pudiera estar en tu lugar aunque fuera sólo una vez! ¡Les haría perderle el gustillo a meterse con los débiles!

Romaric se mordió los labios y se arrepintió inmediatamente de sus palabras. Guillemot sonrió tristemente.

–De todos modos –continuó Romaric con la firme intención de arreglar su metedura de pata–, ¡esta noche no estarás solo! ¡Que intenten acercarse a nuestro clan!

Apenas había terminado cuando Ambre lanzó un grito de guerra, se levantó de un salto e improvisó una danza india. Con un rugido, Romaric se unió a ella.

–¡Acercaos, Agathe, la Bruja Vieja, y Thomas, la Comadreja, venid a enfrentaros con Romaric de los músculos de acero, Gontrand, el Artero, Coralie, el Hada, Ambre, la Despiadada y Guillemot, el Caballero!

Coralie aplaudió el espectáculo y a continuación anunció, con ojos brillantes:

–¡Estoy ansiosa por que empiece el baile! ¡A mí también me encanta bailar!

–Lo que te encanta es ver a los idiotas peleándose por sacarte a la pista –precisó Ambre con un desprecio calculado–. Yo espero que haya Caballeros… ¡Caballeros de verdad!

–Yo –dijo por su parte Romaric– me daré por satisfecho con el buffet. ¡Cómo cocinan en casa del tío! ¿Y tú, Guillemot?

–Yo –suspiró Guillemot, que no podía evitar pensar en su medallón y no sentía especial alegría por ir a visitar a su tío– preferiría que nos quedáramos aquí nosotros solos, lejos de Agathe y su pandilla.

–¡Pero tío, reacciona! ¡Estamos en territorio de Troïl, es ella la que debería agobiarse! –le espetó Ambre, zarandeándole suavemente por el hombro–. Y además, para ya un poquito de pensar en esa Agathe. ¿Hay otras chicas en el mundo, no?

Le dirigió otra mirada que lo hizo volver a sonrojarse y provocó en los demás un estallido de carcajadas.

–Va a ser hora de irnos –anunció Romaric tras consultar su reloj–. Si llego tarde, me va a tocar fiesta a mí también y no sólo al tío Urien…

–¡Ay, pobrecito! –dijo, zalamera, Coralie.

—¡Su papá va a regañarle! —se burló Ambre, propinándole una serie de pequeños puñetazos amistosos.

—¡Eh, parad ya! Que no tiene gracia... —se defendió Romaric, arrojando un cojín a la más cercana de sus atacantes.

¡Cosa que no hay que hacer jamás cuando uno está solo contra tres y todavía quedan varios cojines en la habitación!

Medio apabullado por sus amigos, no tardó mucho en pedir clemencia.

3
Una bofetada bien merecida

La residencia de Urien de Troïl se alzaba en el punto más alto del pueblo. Era un edificio de dos plantas, flanqueado por dos torreones cuadrados y protegido por una gruesa muralla de piedra de sillería, como todas las construcciones de la región, que parecía más propia de un austero castillo medieval que de un palacio previsto para recepciones. ¡No hacía tanto tiempo de las frecuentes disputas entre clanes en el País de Ys!

–¡Daos prisa! –resoplaba Romaric a la cabeza del grupito que se apresuraba hacia la mansión fortificada de los Troïl.

–Calma, Romaric –jadeó Guillemot–. Mira, todavía está llegando gente.

Los cuatro acababan de entrar en el patio pavimentado donde los coches de caballos iban descargando invitados vestidos de fiesta. En Ys no se utilizaban vehículos de motor. En realidad, no estaba autorizado nada que fuera verdaderamente contaminante.

La electricidad se producía en el gran parque eólico de la Landa Atormentada y, para las necesidades domésticas, en discretos paneles solares. La calefacción era de leña o de energía solar, obtenida mediante un ingenioso sistema de colectores.

—¿Dónde os habíais metido? —refunfuñó el hombre de cabellos blancos que recibía a los invitados a la entrada—. ¡El señor de Troïl ya ha preguntado por vosotros!

—¡Buenas tardes, Valentín! —dijo Ambre con una sonrisa—. Perdona, pero estábamos bailando... ¡con los Korrigans!

—¡Esos monstruos! —fingió indignarse el portero.

—¡Buenas tardes, Valentín! —dijo Coralie besándole en las mejillas.

—¡Buenas tardes, Valentín! —saludaron también Romaric y Guillemot, jugando a boxear con él.

—Todo el mundo está en el gran salón —anunció Valentín—. ¡Ya casi es la hora del discurso del plasta!

Todos rieron de su impertinencia. Valentín era mucho más que un portero, era también el intendente, el mayordomo, el administrador y el hombre de confianza de Urien de Troïl, a quien había acompañado en todas sus aventuras.

Ante su insistencia en que se dieran prisa, entraron en el edificio.Se adentraron por un ancho pasillo y desembocaron en una amplia estancia, caldeada por el fuego de una gran chimenea y bulliciosa por el gentío.

—¡Oh, no! —gimió Guillemot— ya está aquí.

—¿Dónde? —preguntó Coralie, lanzando miradas curiosas alrededor.

—Al lado de papá, cerca del buffet —indicó Ambre con una mueca—. ¿Se creerá que viene al carnaval o qué?

Agathe de Balangru, terriblemente maquillada, los vio a su vez y les dedicó un pequeño signo provocador.

—Déjalo, Guillemot —suspiró Romaric—. Mejor vamos a rescatar a Gontrand de las garras de nuestro tío.

El grupito se dirigió hacia un gigante de barba gris enmarañada que hablaba con voz potente y estallaba con frecuencia en carcajadas atronadoras. Junto a él había varias personas, entre ellas un chico que parecía aburrirse soberanamente. Era Gontrand de Grum, a quien se reconocía con facilidad por su gran estatura y sus cabellos negros peinados con esmero.

–¡Ajá! –bramó Urien de Troïl–. ¡Aquí está por fin! ¡La descendencia de los Troïl!

–Acompañada de sus fieles amigas, tío –respondió Romaric, atrapado en un abrazo de aquel coloso, cuyos aires de grandeza jamás le habían impresionado–. Aquí tienes a Ambre y Coralie de Krakal.

–¡Preciosas! –exclamó Urien de Troïl, aplastando prácticamente a las gemelas en sus brazos–. ¡Jamás hubiera pensado que ese zorro de Utigern fuera capaz de hacer cosas tan bonitas!

Luego se volvió hacia Gontrand, cuyo rostro se había iluminado nada más llegar la pandilla:

–Me alegro de haberte conocido, joven Grum. Y espero que tengas tanto talento como tus padres –declaró, estrujándole el hombro.

Los hizo marchar a todos con gentileza tras haber estallado en una risotada, obsequiando a Guillemot con una simple palmada en la mejilla y retomando la conversación que había interrumpido. Los dos primos se retiraron discretamente, seguidos de los otros tres, en dirección a la chimenea.

–¿Alguien puede decirme si todavía tengo hombro derecho? –fingió lloriquear Gontrand.

–¡Qué hombre! –se admiró Coralie.

–Sí, es clavadito a mí... –ironizó Guillemot, que nunca sabía si debía alegrarse o lamentarse de la frialdad con la que su tío lo había tratado siempre.

—¡En todo caso, no os habéis dado mucha prisa en venir! —se quejó Gontrand—. Llevar el arpa de mi madre, aunque pese una tonelada, vale. ¡Pero sufrir las palmaditas de vuestro tío, es inhumano!

—Encima te quejarás —replicó Romaric—. Hay quien pagaría por poder ser presentado a Urien de Troïl.

—¡E incluso por recibir sus manotazos en el hombro! —añadió Guillemot.

Romaric abrazó con cierta brusquedad a su primo, contento de verle animarse y recuperar el sentido del humor.

—¡Qué enternecedora escena familiar! —oyeron de pronto a sus espaldas.

Se dieron la vuelta rápidamente. Frente a ellos se encontraban Agathe y su inseparable lugarteniente, más pelirrojo y fornido que nunca, Thomas de Kandarisar.

—Es una pena —continuó— que un hombre como Urien no tenga más elección que nombrar sucesor a un renacuajo retrasado o a un bruto estúpido.

Con un rugido, Romaric se precipitó hacia ella, pero fue interceptado por Thomas. Como ambos tenían la misma fuerza, la lucha no duró mucho.

—De verdad, Romaric, hay que ver —continuó Agathe negando con la cabeza y sonriendo sarcástica—. ¡Tomarla con una chica, tú, que aspiras a convertirte un día en Caballero!

—Yo también soy una chica —gruñó Ambre de repente—. Así que, ¿qué me dices de esto?

Sin dar a nadie tiempo a reaccionar, Ambre se movió con una velocidad sorprendente y abofeteó a la joven, que se quedó petrificada de estupor. Justo en ese momento, Urien de Troïl reclamó atención y silencio.

–¡Ésta me la vas a pagar! –siseó Agathe señalando con el dedo a Ambre, que había cruzado los brazos con aire satisfecho–. En cuanto a vosotros...

No terminó la frase. Volviéndose bruscamente sobre sus talones, seguida de un Thomas abatido, regresó a su círculo familiar, cerca del buffet.

–Hermanita, tú de ropa no tienes ni idea, ¡pero a dar tortas no hay quien te gane! –reconoció Coralie en un susurro.

–Me pregunto si no deberíamos componer un poema para celebrar tan elevada hazaña –murmuró maliciosamente Gontrand a Romaric, mientras Ambre saboreaba tranquilamente su victoria.

–Gracias.

Fue, sencillamente, lo que Guillemot dijo a su amiga.

–En todo caso, ¡uno sigue sin aburrirse con vosotros! Es genial volver a veros –dijo Gontrand, entusiasmado, a sus amigos.

Una vez que Urien de Troïl hubo agradecido su presencia a los asistentes, predicado la necesidad de vivir en paz unos con otros y recibido las felicitaciones al uso por su buen aspecto a sus sesenta años recién cumplidos, todos fueron invitados a beber, comer y divertirse. Los músicos del pueblo empezaron a tocar melodías alegres y las conversaciones se reanudaron con mayor ímpetu.

Guillemot se había acercado al buffet con la pandilla. Buscando a su madre con los ojos, había visto al gigante de su tío en compañía de un hombre en el que no se había fijado antes. Un hombre que le intrigaba. Para empezar, llevaba el largo abrigo oscuro de los Grandes Maestros y los Magos de la Guilda, aquella institución tan antigua que velaba, en el terreno de la magia, por la seguridad del País de Ys, al igual que la Orden de los Caballeros lo hacía en el terreno práctico. ¡Era raro cruzárselos fuera de los monasterios donde vivían retirados! Pero había algo más; le parecía que aquel hombre le observaba…

–¡Eh, Guillemot, que estás en las nubes! –le espetó Romaric, tirándole de la manga–. ¡Te vas a quedar sin nada! ¡Toma, dale un bocado a este bollo! Y prueba un poco de esta cerveza con miel, ¡a ver qué te parece!

Guillemot, a duras penas, dejó a un lado la curiosidad y se esforzó por hacer los honores al banquete. ¡Cómo le hubiera gustado parecerse a su primo! Todo parecía fácil estando con él. Sin duda Romaric conseguiría entrar un día en la Orden de los Caballeros, el sueño de los dos desde que habían nacido ¡o casi! Mientras que él, Guillemot… A pesar de su aspecto frágil sabía que no era especialmente débil, pero tampoco especialmente fuerte. Y lo mismo ocurría con todo lo demás: bueno en el colegio pero no brillante, buen músico pero sin talento, buen amigo pero no siempre gracioso. ¡A veces se preguntaba qué veían en él los demás, cómo podían apreciar su compañía! ¿Cómo sorprenderse, en esas condiciones, de que el tío Urien hubiera preferido siempre a Romaric antes que a él? Por mucho que su madre le reprochara hacerse ideas falsas sobre ese tema, él sabía que nunca había sido bienvenido en la mansión de los Troïl. De pronto se sintió minúsculo. Quizá para encontrar por fin su lugar en el mundo debiera, al cumplir la mayoría de edad, seguir los pasos de su padre y, a pesar del disgusto que le daría a su madre, hacerse Renunciante.

El bullicio indicó que algo iba a pasar. Varios hombres vinieron a colocar las mesas contra las paredes y trajeron bebida en cantidad. Al fondo, Valentín se subió a una silla y, haciendo un altavoz con las manos, anunció:

—¡Señoras, señores, el baile!

Romaric suspiró. Coralie, por su parte, saltó de alegría.

4
Un fin de fiesta accidentado

COMO Ambre había predicho, una decena de jóvenes, en su mayoría adolescentes de las mejores familias de Ys, se apresuraron en cortejar a Coralie, que se divertía clasificándolos en función de su talento como bailarines.

No tardó en marcharse a dar vueltas en brazos de un joven vanidoso como un pavo real. Sobre el suelo embaldosado del gran salón, una decena de parejas danzaban con ritmo frenético.

–¡Odio bailar! –dijo Romaric a sus amigos, que observaban las evoluciones de los danzarines.

–Dices eso porque te niegas a aprender –replicó Gontrand–. A mí me gusta mucho. ¡El único problema es que atraigo a las feas!

Como para darle la razón, una chica que correspondía exactamente a esa definición vino a pedirle que fuera su caballero por un baile. Gontrand los dejó poniéndose las manos en torno al cuello para imitar el gesto de un ahorcado. La tradición exigía a los jóvenes que supieran bailar que no rechazaran la invitación de una dama.

–¿No me sacas a bailar, Guillemot? –preguntó Ambre con una sonrisa socarrona.

–Eh… sí, sí, claro –respondió el chico, que hubiera preferido mil veces quedarse con su primo hablando de caballería.

Le tendió el brazo y condujo a Ambre hasta el centro del salón. Unos instantes más tarde, unido al grupo de los bailarines, daba saltos junto a su pareja.

–¡Bah! –exclamó Romaric para sí, volviéndose hacia el buffet y sirviéndose una gran jarra de *corma*, la cerveza tradicional de Ys mezclada con miel.

No sabía bailar, ¡pero no era necesario saber bailar para ser Caballero! Bastaba con ser sufrido, hábil con las armas y valiente. Se encogió de hombros y pensó que era imbécil. Vale, no tenía afición por aquello, sus padres no bailaban delante de él todas las noches, como los de Gontrand, ¡y su madre no le había obligado a ir a clase, como la de Guillemot! Sin embargo… ¿no se aburriría menos en las fiestas si hacía el esfuerzo de intentarlo? ¿Y si se atreviera? Además, los bailes de Ys no tenían nada que ver con los del Mundo Cierto que veían en televisión, ¡siempre había alguien para enseñarte los pasos y nadie se reía de ti si eras torpe! La gente se reía, se divertía y siempre lo pasaban bien.

El chico acabó su bebida y tomó una decisión: ¡ya era hora de reaccionar!

Valentín volvió a encaramarse a una silla y a reclamar la atención de los invitados.

–¡Señoras, señores, un intermedio musical!

Los bailarines, abanicándose, se acercaron a beber algo, mientras los padres de Gontrand instalaban sus instrumentos musicales –un órgano pequeño y un arpa enorme– en el estrado de la orquesta. Enseguida empezaron a tocar. Su música era una delicia y todo el mundo permaneció bajo su hechizo mucho tiempo después de que hubiera sonado la última nota. Una gran ovación celebró la actuación del matrimonio de Grum y varias voces se elevaron para pedir un bis. Sonriente, Madame de Grum se levantó y saludó a la concurrencia.

–¡Mil gracias por su calurosa acogida! Desgraciadamente, ya conocen la tradición, que nos impide tocar más de una pieza a lo largo de la velada…

Se escucharon algunas protestas. Madame de Grum alzó las manos para pedir silencio.

–No obstante, hay otro miembro de la familia que aún no ha tocado esta noche: así pues, él será quien responda a su amable petición. ¡Les pido que acojan con indulgencia a nuestro hijo Gontrand!

Guillemot dio un codazo a Gontrand, petrificado por el anuncio de su madre. ¡Nunca antes le habían invitado oficialmente a tocar en público!

–¡Venga, Gontrand –susurró su amigo– es el momento de demostrar lo que vales!

–¿Y si me rajo? –gimió Gontrand sin decidir ir a reunirse con sus padres, que le animaban a subir al estrado.

–¡Ánimo! –gruñó Romaric . En los momentos de la verdad uno no puede fallar… ¡y creo que éste es uno de esos momentos!

–¡Gracias por la presión! –dijo aún el chico que, rodeado de aplausos, avanzaba con paso dubitativo hacia los músicos.

Su madre le sonrió cuando se encaramó al estrado y su padre le tendió una cítara, una especie de guitarra abultada que le gustaba tocar.

–¡Gracias por el regalo! –dijo Gontrand con una mueca.

–Pensamos que eres capaz de hacerlo, querido –respondió su madre.

–Y sobre todo –añadió su padre con aire severo–, que ya es hora de que demuestres de lo que eres capaz.

Gontrand inspiró profundamente. Divisó al fondo del salón a Guillemot, Ambre, Coralie y Romaric que le dirigían amplios gestos de ánimo…

«¿Demostrar de qué soy capaz? ¡De acuerdo! ¡Ya verán lo que van a ver, es decir, a escuchar!», se dijo.

–¡Señoras, señores –anunció en voz alta, tras aclararse la garganta–, no voy a obsequiarles esta noche con una melodía del repertorio clásico, sino con una composición mía!

Un murmullo de asombro recorrió la asamblea. ¡Hacía años que ningún músico había tenido la osadía de proponer una creación, pues los habitantes del País de Ys tenían fama de duros frente a las novedades!

El silencio, que hasta entonces había sido de circunstancias, se transformó en expectación curiosa. Gontrand comenzó a tocar. La pieza, agradable, tenía sus toques de audacia. El ardor impaciente del músico era un buen paliativo de su falta de experiencia. A continuación, el chico se puso a cantar. Su voz cálida, unida a los ingenuos lamentos que evocaban las bellezas de su ciudad, Bounic, conquistó al público.

Incluso al Mago de la Guilda, que sonreía y asentía con la cabeza, observándole. Un caluroso aplauso sonó al finalizar su actuación y su padre, emocionado y satisfecho, le dio un abrazo.

–¡Bravo, Gontrand! –le lanzó Romaric cuando su amigo pudo despegarse de su madre ruborizada de orgullo y de Urien de Troïl, que había acudido a felicitarle.

–Uf, podía haberlo hecho mejor –respondió Gontrand con un aire de falsa modestia, alisándose el cabello.

–¿Y qué te lo ha impedido? –preguntó Coralie con curiosidad.

–¡Una panda de idiotas que gesticulaban al fondo para desconcentrarme! –ironizó el chico.

La panda lo bombardeó con bolitas de miga de pan.

–¿Os habéis fijado en el Mago mientras Gontrand tocaba? –preguntó Guillemot a los demás.

–No –respondieron asombrados–. ¿Qué hacía?

–Eh… nada –fue lo único que acertó a decir Guillemot–. Es sólo que parecía gustarle, nada más.

–¿Y desde cuándo te interesan los Magos? –le picó Ambre, que veía aquí un terreno favorable para hacerle rabiar.

–Desde… nunca, ¡no me interesan especialmente los Magos! Es decir…

–Déjate de tipos con abrigo –acudió en su ayuda Romaric– y… ¡mejor vamos a bailar! –agregó ante el asombro de los demás, que no podían creer lo que oían–. ¡Pues claro, tíos, ha vuelto a empezar la música!

–En ese caso –saltó Coralie, atónita– ¡quiero ser la dama que haga los honores al acontecimiento!

Juntos se dirigieron a la pista de baile, donde ella intentó enseñarle los pasos de una *bourrée*. Poco después, Romaric regresó solo.

–Parece que no se me da mal del todo –resopló–. Pero no he tenido suerte: ¡la *bourrée* es una danza difícil!

–Y –prosiguió Ambre– ¡mi hermana te ha dejado plantado por un guaperas con más talento!

–¡Chist, callaos! –interrumpió Guillemot–. ¡Mirad, hay follón cerca de la chimenea!

En efecto, dos hombres se habían enzarzado, se lanzaban insultos y pronto llegaron a las manos.

–¡Es papá! –exclamó Ambre, boquiabierta.

–¡Con el padre de Agathe! –añadió Gontrand, consternado.

La disputa se volvía más agria. Urien de Troïl, con la ayuda de Valentín y algunos otros, intentaba en vano separarlos. Por encima del bullicio causado por el enfrentamiento, se oía la voz potente del señor de Troïl lanzando llamadas de «¡Señores! ¡Señores!» que no surtían efecto. De pronto, los dos hombres desenvainaron sus espadas y se hicieron frente. Ambre palideció y se mordió el labio. Entonces, el hombre del abrigo oscuro, el Mago de la Guilda, se interpuso, alzó los brazos y pronunció unas palabras con voz siseante. De inmediato, ambas espadas se deshicieron en polvo. Enseguida, el Mago se volvió hacia los invitados estupefactos y se dirigió a la concurrencia:

–¡Gentes de Ys! ¿Acaso no habéis aprendido ninguna lección de las atrocidades de la Sombra? ¡El País de Ys es un país frágil, al que no le faltan enemigos! ¡Hoy más que nunca es necesario vivir unidos, no divididos, y olvidar nuestras pequeñas diferencias!

El ardor belicoso de los combatientes se esfumó con las espadas, dejando a el señor de Krakal y el señor de Balangru avergonzados en medio del círculo que se había formado en torno a ellos.

–¡Incidente resuelto! –atronó Urien de Troïl–. ¡Que continúe el baile!

Hizo falta un momento para retornar al ambiente festivo, y todos comentaban animadamente la intervención del Mago que, sin dar muestras del más mínimo pudor, se había atrevido a evocar a la Sombra, aquella criatura misteriosa y terrorífica surgida en varias ocasiones del Mundo Incierto para llevar la desgracia al País de Ys… El clan Balangru había abandonado precipitadamente la estancia y, pronto, también el castillo. Ambre y Coralie se habían arrojado en brazos de su padre, que intentaba tranquilizar a todo el mundo quitando importancia a la causa de la disputa y poniendo como pretexto los efectos de la bebida. El tío Urien conversaba con el hombre de la Guilda y le daba las gracias por su ayuda.

Fue en ese momento cuando Romaric gritó:

—¡Guillemot! ¡Mirad a Guillemot!

Por encima del buffet, con los ojos en blanco, Guillemot flotaba en el aire, sin conocimiento.

5

Una extraña visita

–BUENOS días, cielo, ¿cómo te encuentras hoy? –preguntó Alicia a su hijo, dejando sobre la mesilla de noche una bandeja con un copioso desayuno.

–No demasiado mal –respondió Guillemot incorporándose en su almohada.

–Te he preparado unas rebanadas de pan como a ti te gustan –añadió ella descorriendo las cortinas–: ¡bien untadas con mantequilla y mucha Nocilla!

–Mmmm. ¡Genial!

–No sé cómo haces para comerte eso... –admitió Alicia tras sentarse en la cama al lado de su hijo.

–Es fácil –explicó él mordiendo la rebanada–, mira mamá: abro la boca, meto el pan y lo muerdo.

–¡Anda, bobo! –respondió su madre, revolviéndole el pelo con ternura.

Luego se levantó y empezó a poner orden en la habitación. Guillemot engulló su desayuno con avidez, mientras su madre recogía los libros y los juegos desperdigados alrededor de la cama.

Hacía tres días que el chico no salía de su cuarto. Cuando lo habían traído de casa de su tío Urien en estado comatoso, Alicia de Troïl se había mostrado terriblemente inquieta. Afortunadamente, Guillemot había recobrado la conciencia muy rápido y enseguida se había sentido en plena forma. Sin embargo, su madre había insistido en que guardara cama durante algún tiempo y el médico incluso había firmado un certificado para el colegio. Guillemot no había opuesto resistencia: ¡tres días sin clase siempre venían bien!

Su madre volvió a acercársele y le puso la mano en la frente para comprobar si tenía fiebre.

–El médico ha dicho que puedes volver al colegio mañana –anunció satisfecha.

–Genial –soltó Guillemot con una mueca de disgusto.

En ese momento, alguien llamó a la puerta de entrada.

–Bueno, te dejo –dijo Alicia–. No juegues mucho rato al ordenador. Mejor intenta descansar un poco, querido…

Bajó la escalera con paso rápido. Guillemot suspiró. Debería haber colocado la frente contra el radiador cuando su madre estaba de espaldas. Así, quizá hubiera escapado de las clases (¡y de Agathe!) durante el resto de la semana… Pero aquella no era la solución y él lo sabía. Recapituló: hoy había faltado a matemáticas y a esgrima; lo recuperaría durante el fin de semana. Lo de ayer y anteayer, sin embargo, era más grave: natación (intentaría nadar mañana por la tarde para no retrasarse respecto al programa), korrigani (la lengua de los Korrigans: la detestaba), francés (ya no se acordaba si tocaba gramática o comentario de texto), física y química (en ese momento estaban aprendiendo el complicado mapa de los vientos del País de Ys) y ska (el lenguaje del Mundo Incierto, que les enseñaban con fines de cultura general, como el latín en el Mundo Cierto: más o menos fácil). Volvió a suspirar, pero más profundamente. ¡Esta semana no iba a poder darse paseos al salir de clase!

Un chirrido en la escalera lo arrancó de sus pensamientos.

–¡Mamá! ¿Quién llamaba abajo? –nadie respondió. Fuera, los pasos se detuvieron.

–¿Mamá? ¿Eres tú?

El corazón de Guillemot se puso a latir más rápido. Algo raro pasaba. Aguzó el oído: no se escuchaba ningún sonido en la planta baja. La escalera volvió a chirriar.

–¿Mamá?

No hubo respuesta. Aquello resultaba inquietante. Guillemot se levantó de la cama de un salto. Sin tomarse tiempo para cambiarse de ropa, corrió vestido con su pijama azul celeste en dirección al armario. Sacó la espada de entrenamiento con la que practicaba en casa los pases de esgrima aprendidos en el colegio y fue a colocarse detrás de la puerta que daba al pasillo. El pomo giró lentamente: ¡alguien iba a entrar! ¡Alguien que seguramente quería sorprenderle y que quizá, en la planta baja, hubiera hecho daño a su madre! Ante aquella idea, Guillemot agarró su arma con más fuerza aún.

Una silueta se deslizó silenciosamente en la habitación. El chico no tuvo tiempo más que de ver que se trataba de un hombre vestido con un largo abrigo oscuro: blandiendo su espada y gritando, se abalanzó sobre el intruso. Éste dio media vuelta, bloqueó el brazo de Guillemot y lo desarmó. La acción había ocurrido a la velocidad del rayo.

–¡Vamos, hijo, tranquilo! ¡Vaya una manera de recibir a las visitas!

Todavía aturdido de haberse visto dominado en tan poco tiempo, Guillemot tardó un momento en reconocer a su adversario.

–¡El Mago! ¡El Mago de la otra noche! –murmuró.

Le costaba creer lo que veían sus ojos.

–Exactamente, hijo mío –confirmó su visitante dirigiéndole una mirada afectuosa.

El hombre era más bien alto, de buena planta; sus cortísimos cabellos, su rostro cuadrado y sus ojos de un azul acero le daban un aire duro, con el que contrastaban una voz y una sonrisa llenas de calidez. Resultaba difícil averiguar su edad, pero seguramente era más joven de lo que parecía. Bajo el abrigo oscuro que proclamaba su pertenencia a la Guilda, llevaba las ropas cómodas y resistentes típicas de todos los viajeros. Finalmente, un zurrón de tela gastada colgaba de su hombro.

Obligó a Guillemot a sentarse al borde de la cama y tomó asiento a su lado.

–No te falta valor, pequeño. ¡Pero tu ataque fue demasiado lento!

–¿Qué ha hecho con mi madre? –le cortó con agresividad el chico, disgustado por la forma en que aquel hombre se burlaba de él.

–¿Tu madre? Creo que está preparándome un té en la cocina…

–¡Está mintiendo! –aulló Guillemot, que sentía los ojos llenársele de lágrimas.

–¡Vamos, vamos, hijo, calma! Es cierto que debería haber llamado antes de entrar; siento mucho haberte asustado. ¡Pero te aseguro que tu madre está bien!

En ese mismo momento, oyeron un ruido de pasos en la escalera y, unos instantes después, Alicia de Troïl entró en la habitación llevando una bandeja con una taza de té humeante. Guillemot le lanzó una mirada inquisitiva:

–¿Estas bien, mamá?

–¡Pues claro, cielo! ¿Por qué?

Guillemot se sintió tonto de repente.

–No, por nada…

–Bueno, os dejo –anunció alegremente Alicia tras depositar la bandeja sobre la cama–. Maestro Qadehar, si me necesita, estaré en la cocina.

La mujer abandonó la habitación y cerró la puerta tras ella. Guillemot comprendió que se había equivocado: ¡el Mago era un simple visitante al que su madre parecía conocer y que no había cometido más falta que la de entrar con demasiado sigilo! Así que pasó a interesarse por el motivo de aquella visita. ¿Qué quería de él aquel hombre extraño, y por qué su madre ponía tanto empeño en dejarlos a solas? Reprimió su curiosidad y esperó a que el Mago, que estaba acabándose el té, se lo explicara. Tras chasquear la lengua de satisfacción, el hombre volvió a dejar la taza sobre la bandeja y se giró hacia el chico.

–Bien, pequeño, ¿y ese desmayo?

Había algo en la voz del Mago que infundió confianza a Guillemot.

–Oh, ya está olvidado, señor. El médico ha dicho que ya no estoy enfermo y que puedo volver al colegio mañana.

El hombre rió. Su risa cálida acabó de tranquilizar a Guillemot.

–Me llamo Qadehar. Maestro Qadehar. Y en cuanto a tu médico, es un imbécil.

Guillemot no supo qué decir. El Mago continuó:

–Es un imbécil porque nunca has estado enfermo. ¿Sabes lo que es el llamado efecto Tarquin?

Guillemot negó con la cabeza.

–¿En qué curso estás, hijo?

–En primero de secundaria, señ... esto, Maestro Qadehar.

–Claro... Es normal –continuó el Mago–. Las clases de historia de la Guilda y la Orden no empiezan hasta segundo... Pues bien, Tarquin era un chico que vivía en Ys hace trescientos años. Un chico de lo más normal. Un día, asistiendo a un duelo de Magos, que eran frecuentes en aquella época, se desmayó y se elevó en el aire. ¡Exactamente igual que tú!

–¿Y qué pasó entonces? –le apremió Guillemot con impaciencia.

–Tarquin se recuperó al cabo de dos días y el incidente cayó en el olvido. Más adelante, ingresó como Aprendiz en la Guilda y manifestó aptitudes poco comunes para el ejercicio de la magia. Tanto es así que se convirtió en Gran Maestre de la Guilda antes de la edad habitualmente requerida y abrió nuevas vías a nuestra magia. Algunos de los miembros más perspicaces de nuestra congregación relacionaron su desmayo de juventud con sus cualidades de Mago. Desde entonces, llamamos «efecto Tarquin» a la reacción que manifiestan ciertos niños ante las prácticas mágicas.

Se produjo un silencio. Un torbellino de pensamientos giraba en la cabeza de Guillemot. Qadehar se contentaba con observarlo sonriendo.

–Y... eh, yo, ¿a mí me ha pasado lo mismo que a Tarquin? Quiero decir –balbució el chico– ¿he tenido una reacción ante la magia?

–Sí, pequeño –confirmó el Mago–. Al invocar yo las fuerzas mágicas para transformar las espadas en polvo, fue cuando te elevaste del suelo y te desmayaste.

–¿Y… ahora? –preguntó Guillemot inquieto– ¿qué va a pasar?

El hombre lo tranquilizó.

–¡Nada, hijo! No estás enfermo. ¡Y puedes seguir con tu vida como hasta ahora! Sin embargo…

El Mago lo miraba con insistencia.

–¿Sin embargo, Maestro Qadehar? –preguntó Guillemot con voz insegura.

–Tranquilízate, hijo –replicó Qadehar–. ¡Te repito que todo va muy bien! Simplemente me decía que, igual que Tarquin y otros antes que tú, sin duda posees cierta aptitud para la magia. Y, como tenía planeado quedarme algún tiempo en la región, pensaba que quizá aceptarías convertirte en mi Aprendiz.

Guillemot estaba desconcertado. Su desmayo, este hombre que le proponía nada más y nada menos que hacerse Mago, ¿no era demasiado en tan poco tiempo? ¿Por qué nunca lo dejaban tranquilo? ¿Acaso no tenía ya suficientes problemas? ¡Cuando no era la pandilla de Agathe, era un supuesto efecto Tarquin! ¿Y mañana qué? Y además, lo más importante de todo, lo más importante…

Sintió que lo invadía la desesperanza. Sabía que algunos niños, en torno a los trece años, se convertían en Aprendices de Mago. Pero nunca se había preguntado cómo ocurría aquello ¡por el simple motivo de que él aspiraba a ser Caballero! Así que en algún momento se haría Escudero. El problema era que un Escudero no podía convertirse en Mago, del mismo modo que un Aprendiz jamás podría convertirse en Caballero.

Intrigado por su silencio, Qadehar le preguntó:

–¿Hay algo que te inquieta? ¡Si piensas en tu madre o en tu tío, yo me encargo de obtener su consentimiento! Si es por tus estudios, no te preocupes: no trabajaremos más que unas pocas tardes, el miércoles y el sábado al mediodía y también el domingo…

–No –intentó explicar Guillemot, que sentía formársele un nudo en la garganta– es… es la Orden. ¡Mi sueño es hacerme Caballero del Viento!

Qadehar se puso serio.

–Entiendo. Reflexiona bien, hijo. Y sopesa tu decisión porque, como debes de saber, si aceptas seguir mis enseñanzas nunca podrás entrar en la Orden. Ésa es la ley: Magos y Caballeros actúan juntos, pero nunca se mezclan…

Guillemot se sintió desamparado. ¿Qué debía hacer? ¡Si aceptaba, perdía toda oportunidad de llevar un día la armadura turquesa de los Caballeros, cuyas hazañas le entusiasmaban desde que estaba en edad de escuchar sus historias! Por el contrario, el universo de la Guilda y de los Magos siempre le había parecido extraño e incluso le daba algo de miedo. ¿Qué iba a encontrarse? ¿Qué disimulaban aquellos hombres en los oscuros pliegues de sus abrigos? Lo ignoraría si rechazaba la oferta. Una frase de Romaric le vino con claridad a la memoria. Su primo le había dicho a Gontrand, justo antes de su triunfo: «En los momentos de la verdad uno no puede fallar… ¡y creo que éste es uno de esos momentos!»

Quizá ahora le había llegado el suyo. Decidió confiar en su instinto y, fijando la mirada en los fríos ojos del Mago, le preguntó:

–¿Piensa usted realmente que debo aceptar?

–Sí, Guillemot, lo pienso –respondió Qadehar, sin dudarlo.

El chico pareció reflexionar y luego asintió con la cabeza con aire convencido.

–De acuerdo. Quiero hacerlo –resolvió Guillemot, cogiendo el toro por los cuernos–. ¡Pero convencer a mi madre y a mi tío es cosa suya!

Qadehar sonrió satisfecho y se levantó de la cama donde permanecía sentado.

–Yo me ocuparé de eso. Pero, antes de nada, tenemos que formalizar nuestro acuerdo.

Revolvió en su zurrón y extrajo un pedazo de carbón.

–Es carbón de tejo, el árbol mágico por excelencia.

Se acercó a Guillemot, le tomó la mano derecha e hizo un dibujo en su interior con el carbón.

–Es el signo de la obediencia, indispensable para el que aprende.

Dibujó también algo en la palma de su propia mano.

–El signo de la paciencia, imprescindible para el que enseña. Ahora, repite después de mí: «Yo, Guillemot, acepto aprender la magia y tomo a Qadehar como Maestro.»

Guillemot repitió, con un inexplicable sentimiento de alivio. A continuación, Qadehar declaró:

–Yo, Qadehar, Mago de la Guilda, acepto enseñar la magia y tomo a Guillemot como Aprendiz.

Luego se estrecharon vigorosamente las manos, mezclando así los trazos de carbón.

–No te arrepentirás, Guillemot. Confía en mí…

Guillemot deseaba con todas sus fuerzas que aquello fuera cierto, pues ya era demasiado tarde para dar marcha atrás.

6
Alicia de Troïl

SENTADO en su sillón de roble macizo de Tantreval, donde le gustaba meditar al caer la tarde, Urien de Troïl contemplaba las llamas que bailaban en la chimenea. El crepitar de los troncos de castaño resonaba en el gran salón silencioso.

A su lado, en un taburete, Valentín estiraba sus largas piernas y presentaba las palmas de las manos al calor del fuego. Un tronco rodó dentro del hogar y el mayordomo lo volvió a colocar en su sitio con unas pesadas pinzas.

–¡Maldita sea! –gimió Urien–. ¡Hacerme esto a mí! ¡Utigern y ese imbécil de Balangru pueden presumir de haberme aguado la fiesta de cumpleaños!

–Vamos, Urien –trató de calmarle Valentín–, lo hecho, hecho está. Y no es tan grave, después de todo.

–¿Que no es grave? –rugió el coloso, agarrando los reposabrazos de su amplio asiento–. ¡Si Qadehar no hubiera estado aquí, esos dos miserables hubieran sido capaces de ensartarse!

–Hablando de Qadehar –se apresuró a comentar el mayordomo para cambiar de tema–, ¿no es a propósito de él por lo que Alicia viene esta tarde?

Urien adoptó un aire contrariado y se hundió en el sillón. Sorprendido por el silencio que siguió a su pregunta, Valentín continuó:

–¿Qué ocurre? No parece que vaya…

De pronto, Valentín comprendió que el mal humor de Urien no tenía nada que ver con el desafortunado episodio de la otra noche, sino que algo más grave le preocupaba. Aguardó pacientemente las confesiones del señor de Troïl.

–Figúrate –anunció el coloso con voz sombría– que Qadehar ha solicitado a Guillemot como Aprendiz.

Valentín se quedó de piedra. La sorpresa se le dibujó en el rostro.

–¡Pero, pero… no es posible!

Urien se levantó bruscamente y se puso a pasear de un lado a otro de la chimenea, presa de la agitación.

–No, claro que no es posible –acabó sentenciando–. Y eso es, por cierto, lo que voy a decirle a mi hermana. Tendrá que escucharme. Yo soy el cabeza de familia…

En algún lugar del gran edificio se oyó abrirse una puerta y un ruido de pasos resonó por los pasillos.

–Es ella –le previno Valentín–. ¿Quieres que me marche?

–Haz lo que te parezca –refunfuñó Urien–. ¿Qué tenemos nosotros que ocultarnos, viejo amigo?

Los dos hombres intercambiaron una mirada de profunda complicidad. Luego se dieron la vuelta al entrar Alicia.

Como siempre, Alicia de Troïl vestía de negro, lo cual resaltaba la blancura de sus antebrazos, que le gustaba llevar descubiertos, y el límpido azul de sus grandes ojos.

Acababa de cumplir treinta y un años y era una mujer de gran belleza, que hubiera suscitado mucha más atención por parte de los hombres de no acompañarla aquel aire de dureza, aquella impresión de tristeza inmensa que llevaba grabada en el rostro.

Se acercó al fuego.

–Brrr. Aquí se está mejor. Hay una corriente de aire helado que no deja de soplar en todo el camino de subida al castillo. ¿Qué tal Urien? ¿Valentín?

–Muy bien, madame, gracias –respondió el mayordomo–. ¿Puedo ofrecerle un té para entrar en calor? ¿Un chocolate?

–Un té está bien, Valentín, ¡gracias! –dijo ella con una sonrisa–. Y tú, hermano, no me has respondido –continuó mientras el mayordomo se alejaba en dirección a las cocinas.

–Bien, bien –masculló el gigante rascándose la barba.

–Pues no lo parece –respondió Alicia clavándole sus grandes ojos.

–¡No, la verdad es que no, no estoy bien! –estalló Urien de Troïl–. ¿Qué es toda esa historia de Guillemot y la magia?

Alicia vivió un momento de estupor. Luego respondió, tratando de mantener la calma:

Esa historia, como tú dices, puede ser una bella historia. El Maestro Qadehar, Mago de la Guilda…

–¡Conozco a Qadehar! –interrumpió Urien–. Es un hombre recto al que no tengo nada que reprochar.

–Pues entonces –se acaloró a su vez Alicia– ¿cuál es el problema? ¿Eh? ¡Tú que no paras de decir a cualquiera que te escuche que mi hijo es un inútil! ¡Que no tiene sitio en Ys! Ahora se presenta un Mago, anuncia que Guillemot tiene todas las cualidades para ser un buen Aprendiz, y tú, tú pones cara de sorpresa y dices…

–¡Digo que no! –gritó él–. ¡No, no y no! ¡Ese crío no se acercará a la Guilda! ¿Me oyes? ¡Te lo prohíbo!

Alicia miró a su hermano de arriba abajo con un mohín de desprecio.

–Cuando pienso que siempre te he defendido ante mi hijo, sabiendo que siempre lo has detestado y que él siempre se ha dado cuenta…

Se acercó a Urien de Troïl, cuya cólera se había enfriado debido al tono inusualmente helado de su hermana.

–Escúchame bien, Urien…

Su mirada era dura como el metal de una espada.

–Es la segunda vez en mi vida que me prohíbes algo. La primera, cedí, para mi desgracia. Hoy voy a hacerte frente, ¡por la felicidad de mi hijo!

–No es momento de hablar del pasado, pero…–trató de intervenir Urien.

–¡Cállate, no he terminado! Esto es lo que va a ocurrir: voy a confiar a Guillemot como Aprendiz a ese Mago y, a cambio de tu aquiescencia, olvidaré la conversación que hemos tenido esta tarde. Para que, en mi corazón, puedas seguir siendo mi querido hermano.

Alicia lanzó a Urien una última mirada que lo hizo estremecerse de pies a cabeza, luego le volvió la espalda y se alejó con paso rápido.

–¿Se ha marchado? –preguntó Valentín dejando una bandeja sobre la mesilla auxiliar cercana al sillón en el que Urien había vuelto a sentarse.

–Sí.

–¿Y qué ha pasado?

–Nada. Que me estoy haciendo viejo, Valentín. Me siento cansado.

El mayordomo sonrió y posó una mano en el hombro de su amigo.

–¡Cierto que ya no estamos en la más tierna juventud! ¡Han quedado lejos los tiempos en que éramos intrépidos Caballeros que luchaban por el honor y la paz de Ys!

–Tienes razón, esos tiempos han quedado lejos –suspiró el coloso–. Siempre me he negado a pensar en ellos, porque para mí, refugiarse en el pasado es una manera de huir del futuro. ¿Pero qué futuro nos queda, amigo? ¿Acaso nuestra vida no ha quedado ya a nuestras espaldas?

–Vamos, estás dramatizando –intentó tranquilizarle Valentín, que comenzaba a emocionarse.

Se quedaron callados, absortos en la contemplación de las llamas.

–Vaya una mujer de armas tomar, tu hermana, en todo caso –prorrumpió Valentín al cabo de un momento.

–Sí, está claro que es una Troïl.

–Y Guillemot también, Urien, Guillemot también. ¿No será ya hora de..?

La mirada de acero del señor de Troïl le impidió continuar, y suspiró. Valentín se levantó, echó un tronco al fuego y se llevó el té tibio de vuelta a la cocina, abandonando a Urien a sus pensamientos sombríos.

7
Un gran día

–HE sentido, sí... he sentido algo... algo poderoso... algo que esperaba desde hacía tiempo, mucho tiempo... Cuando pienso que mandé buscar al niño en este Mundo... todo este tiempo... y no estaba aquí...

–¿Maestro? ¿Maestro, va todo bien?

El joven del cráneo rasurado y la túnica blanca se aproximó dubitativamente a la silueta que se mantenía en la penumbra, al fondo de la habitación de paredes de piedra gris.

El lugar estaba lleno de muebles enterrados bajo una maraña imposible de instrumentos y papeles.

–Sí, sí... Todo va bien... Muy bien, incluso...

El joven se quedó inmóvil. Los susurros potentes y cavernosos de aquél a quien había llamado Maestro comenzaban a helarle la sangre.

–Tráeme algo de beber. Hay que celebrar esto. Hoy es un gran día.

El joven se precipitó por la escalera de caracol sin pararse siquiera a cerrar la puerta tras él.

En la oscuridad, la silueta se movió yendo y viniendo por el fondo de la habitación, iluminada a duras penas por un tragaluz. Se hubiera dicho que arrastraba la sombra consigo.

–Pronto… Pronto llegará la hora del triunfo…

El sirviente volvió jadeando, con un gran cáliz de metal en las manos. Se tomó un instante para secarse con un extremo de la túnica el sudor que perlaba su frente y avanzó con precaución.

–Vuestra *corma*, Maestro.

–Déjala ahí…

Hizo lo que le mandaba y dio un paso atrás.

La misteriosa silueta se aproximó a la mesa. Lo que de lejos podía parecer una ilusión no lo era ya: ¡en efecto, la oscuridad se desplazaba con ella! Y la forma que dicha oscuridad disimulaba, aunque indiscutiblemente humana, resultaba a penas visible. Un velo de sombra se cernió sobre el cáliz de *corma*.

–Levanto mi copa por Tarquin… Y por todos aquellos a quienes su efecto ha hecho ascender a la luz…

El Maestro prorrumpió en una carcajada. El joven de la túnica dirigió una oración a Bohor Todopoderoso para que su suplicio llegara pronto a su fin. ¡Odiaba aquella torre, odiaba aquella habitación, atestada de objetos extraños y de libros indescifrables! A nadie, por cierto, le gustaba responder a las llamadas del Maestro, y los sirvientes se jugaban sus turnos a los dados. Él jamás había tenido suerte.

–Ve a buscar a Lomgo… Y dile que traiga material para escribir…

El sirviente no hizo repetir la orden y, dando gracias mentalmente a Bohor por haberse dignado a satisfacer su plegaria, volvió a desaparecer rápidamente por la escalera.

Poco después, otro personaje apareció en la oscura estancia. Alto y delgado, con el cráneo afeitado como el del sirviente, y los ojos penetrantes como los del ave rapaz a la que recordaba, el escriba no parecía temer en absoluto a la misteriosa silueta.

–¿Me habéis mandado llamar, Maestro?

–Sí… Siéntate, Lomgo, y toma nota… Luego, irás en persona a llevarle la misiva a nuestro amigo… Sin olvidar el oro que siempre la acompaña…

Una nueva carcajada resonó en la habitación. Lomgo esbozó una leve sonrisa.

–Parecéis de buen humor, Maestro.

–Sí… de muy buen humor… Hace una eternidad que no me sentía de tan buen humor.

–¿Será por un presagio que habéis descubierto en la entrañas de una rata?

–Es más que un presagio, Lomgo, es más que un presagio… Es una promesa… La promesa de un cumplimiento.

El escriba frunció el entrecejo.

–No comprendo, Maestro.

–No importa, no importa… Ya estoy acostumbrado… Yo comprendo por aquellos que no comprenden… Conténtate con escribir y hacer lo que te digo.

Lomgo apretó los labios. Tenía un concepto bastante alto de sí mismo y detestaba verse rebajado de aquella forma. No obstante, se esforzó en sonreír y bajar la cabeza. El Maestro era muy poderoso. Demasiado, tal vez. Con una mano, colocó un gran pliego blanco sobre su pupitre. Con la otra, a la que le faltaba un dedo, cogió una pluma, la empapó en tinta y espero el dictado.

Una vez expedida la carta, Lomgo había saludado y había desaparecido. La silueta envuelta en tinieblas se desplazó hasta la puerta y echó el cerrojo, luego avanzó hasta situarse en el centro de la habitación. Entonces pareció enloquecer de repente: se puso a bailar con amplios gestos, al tiempo que entonaba un canto extraño. De improviso, en un abrir y cerrar de ojos, la habitación se iluminó y todo desapareció, silueta y penumbra, como absorbidas por la nada.

8
Confidencias bajo las estrellas

–MAESTRO Qadehar –preguntó Guillemot mientras caminaban a la orilla del mar por una playa de arena gris–, si sois un Mago de la Guilda, Maestro, ¿por qué no os quedáis como los demás en un monasterio perdido en la landa o en las montañas?

La iniciación había comenzado. Hacía ahora un mes que el chico pasaba todos sus ratos libres con el Mago, anotando e intentando retener un número incalculable de cosas, desde el nombre de las plantas y las algas hasta el emplazamiento de las grandes ondas telúricas –esos flujos de energía invisibles que recorren la tierra igual que las corrientes baten el mar– y los principales episodios de la historia de la Guilda. La tarea parecía desmesurada y Guillemot se dormía todas las noches extenuado. De cuando en cuando, se permitían una pausa en el trabajo y partían sin rumbo, por el mero placer de caminar. Durante esos momentos, la atmósfera se relajaba y Guillemot aprovechaba para tratar de saciar su curiosidad.

–¿Por qué, hijo? –respondió Qadehar mientras observaba el vuelo de una gaviota–. Pues es muy fácil, ¡porque soy un Perseguidor!

Guillemot se quedó boquiabierto.

–¿Un Perseguidor? ¿Pero por qué nunca me lo habíais dicho?

–Seguramente porque nunca me lo has preguntado, Guillemot.

Los Perseguidores eran Magos y Caballeros que pasaban la mayor parte del tiempo en el Mundo Incierto, persiguiendo y tratando de neutralizar a aquellos individuos o criaturas que, de un modo u otro, amenazaban al País de Ys. Los Perseguidores no eran numerosos y sobre ellos circulaban historias, cada cual más extraordinaria. ¡Guillemot no podía ni soñar que Qadehar fuera uno de ellos!

–¡Debéis de haber visto cosas increíbles, Maestro Qadehar!

El Mago encontraba divertido el entusiasmo de Guillemot, que lo miraba con los ojos como platos.

–¡Ah sí, he visto muchas! Demasiadas en realidad para poder contártelas aquí y ahora. Más tarde, si trabajas con tesón...

–¡Maestro –suplicó Guillemot– contádmelas!

Qadehar pareció dudar, y al final cedió.

–De acuerdo, Guillemot. Pero sólo el principio, ¡no más!

Se sentaron el la arena mirando al océano, que relucía bajo los rayos del sol poniente. Guillemot estaba exultante. El Mago comenzó:

–Yo era joven, en aquel tiempo, y orgulloso. Había decidido ingresar en la Guilda para convertirme en el nuevo Tarquin, ¡aquel que desempolvaría la antigua congregación y la orientaría hacia un nuevo destino! Me apliqué al estudio con asiduidad y en unos años alcancé un nivel de magia bastante aceptable; ¡me sentía listo para vestir el abrigo oscuro y llevar a cabo mil hazañas! Pero mi Maestro pensaba que, aunque tenía talento para la magia, también era demasiado pendenciero e indisciplinado para ser un buen Mago... Ya ves, Guillemot, ¡la tranquilidad y el dominio de uno mismo son requisitos indispensables para practicar correctamente la magia! En resumen, no sabía qué hacer conmigo y yo ya me veía condenado a seguir siendo Aprendiz durante el resto de mis días... Fue entonces cuando un joven y brillante Mago, recién ordenado, desapareció con la obra más preciada de la Guilda: *El Libro de las Estrellas*, que se custodiaba en las entrañas del monasterio de Gifdu. ¡Este antiguo libro mágico, único, contiene secretos que sólo los Venerables, los más sabios de entre los Magos, tienen derecho a consultar! Pensábamos que el ladrón se había refugiado en el Mundo Incierto. En aquella época, la Guilda ya no disponía de Perseguidores y le repugnaba la idea de pedir ayuda a la Orden de los Caballeros, que todavía poseía algunos. Pidieron voluntarios entre nosotros para perseguir al Mago renegado en el Mundo Incierto, atraparle y recuperar el famoso libro. ¡Yo me presenté inmediatamente, como puedes imaginarte! Aceptaron mi candidatura; el ladrón pertenecía a mi promoción, era incluso compañero mío de estudios: pensaban que el hecho de conocerlo me otorgaría ventaja... Y éste es el comienzo de la historia, hijo, así es como me hice Perseguidor.

Qadehar terminó su frase levantándose, para subrayar con claridad que había concluido su relato.

–¿Y después? –preguntó Guillemot, impaciente.

–Había dicho el principio y no más. El resto lo dejamos para más tarde.

–Decidme solamente, Maestro –imploró el chico– quién era ese Mago al que perseguíais y si lo atrapasteis.

–Se llamaba Yorwan. Y nadie lo ha encontrado nunca. No me preguntes más: tema zanjado por hoy.

Por el tono seco de su Maestro, Guillemot comprendió que no serviría de nada continuar interrogándole. Decepcionado, dio una patada a un guijarro. Qadehar había retomado una expresión grave.

–Hijo, hace ahora cuatro semanas que trabajas conmigo. Sé sincero: ¿te arrepientes de tu decisión?

–No, Maestro Qadehar –respondió Guillemot mirándole directamente a los ojos–. Pero... es sólo que...

–Vamos, dilo, te he pedido que fueras franco.

Suspiró y le echó todo el valor del que era capaz:

–¡Es sólo que a veces tengo la impresión de no estar hecho para la magia! Me embrollo con los nombres de las flores, no consigo sentir las corrientes telúricas y los ejercicios de concentración me dan sueño. ¿Estáis seguros de que realmente he tenido una reacción de Tarquin?

Qadehar rió una vez más y cogió a Guillemot por los hombros:

–Es normal, Guillemot. ¡Sólo hace un mes que eres alumno mío! Se necesitan tres años para terminar la formación de Aprendiz, tres más para completar la de Mago ¡y toda la vida para intentar merecerla! Yo pienso que te defiendes muy bien.

–¿De veras? –preguntó el chico esbozando una sonrisa.

–¡Pues claro que sí! Piensa otra vez en mi historia: ¿qué lección sacas de ella?

Guillemot reflexionó un momento y luego dijo, dudoso:

–¿Que hay que saber esperar... a que el destino te envíe una señal?

–Bravo, Guillemot –dijo Qadehar, orgulloso–. ¡Que hay que esperar, aprender y trabajar mientras uno aguarda su momento!

Tomaron el camino de vuelta. La noche comenzaba a caer.

–¿Qué tal van las cosas entre tu madre y tu tío? –preguntó el Mago.

–Bien –respondió Guillemot con tono evasivo–. Puede parecer raro, pero mi madre da la impresión de estar muy contenta de que me haya hecho Aprendiz. ¡El tío Urien, sin embargo, no tanto! Pero bueno, ya estoy acostumbrado: nada de lo que yo pueda hacer nunca está suficientemente bien para él.

–No da la sensación de que te guste mucho tu tío, Guillemot.

–Más bien es a él a quien parezco no gustarle mucho.

Qadehar sonrió.

–¡Buena respuesta! ¿Y en el colegio, todo bien? –continuó para cambiar de tema, caminando siempre con las manos detrás de la espalda.

–Más o menos. ¡Entre los profes que no paran de hacer controles y una chica medio loca que se entretiene metiéndose conmigo, no es que sea lo mejor! Pero voy tirando.

El Mago volvió a ponerle la mano en el hombro.

–Eres valiente, Guillemot. Me di cuenta inmediatamente, cuando te abalanzaste sobre mí empuñando la espada en tu cuarto. ¡Eso está bien! ¡El coraje, la voluntad y la rectitud son las tres puertas que conducen a lo mejor de uno mismo!

Luego Qadehar alzó los ojos.

–Anda, mira…

El cielo, de un azul profundo, se llenaba ahora de centenares de estrellas.

–¿Conoces las estrellas, hijo?

–¡Claro! Nos aprendimos el mapa del cielo el año pasado –respondió Guillemot, retorciendo el cuello para intentar localizar la constelación de la Osa Mayor–, ¡era fácil! Este año estamos estudiando el de los vientos, y es menos evidente… Ahí está, ya tengo la Osa Mayor. Todas las demás se ordenan a su alrededor.

–Las Pléyades… El Delfín…

–Y la Lira… ¡Allí está la Corona!

–Muy bien –dijo Qadehar. Luego añadió, como si cambiara de tema–: mira, Guillemot, *El Libro de las Estrellas* está en el origen de la Guilda. Este libro encierra numerosos secretos, la mayor parte de los cuales siguen siendo incomprensibles hasta para los más sabios de nosotros. Pero, sobre todo, contiene los fundamentos de nuestra magia. Poseer la ciencia de las plantas o conocer los mapas de las fuerzas elementales está al alcance de todos aquellos que hagan el esfuerzo de aprender. Por el contrario, la magia, la posibilidad de actuar sobre las cosas, por ejemplo de reforzar la eficacia de una infusión, de hacer surgir la bruma o de transformar el metal en polvo, exige un poder. Ese poder nos lo ha otorgado *El Libro de las Estrellas*… Muy pronto te contaré más cosas sobre él.

–¿Cuándo, Maestro, cuándo? –exclamó Guillemot, sintiendo que su Maestro había abordado una cuestión esencial, infinitamente más apasionante que todos los complicados nombres de hierbas que le obligaba a memorizar.

–Normalmente, el Maestro abre a su alumno *El Libro de las Estrellas* al final de su primer año de iniciación. Yo creo que tienes talento, Guillemot, ¡lo abriremos al acabar tu tercer mes de aprendizaje!

—¿Pero cómo, Maestro? —se inquietó el chico—. Me habéis dicho que el libro había sido robado por ese tal Yorwan…

—Hace siglos que la Guilda ha extraído de ese tratado todo aquello que podía comprender —lo tranquilizó Qadehar—. ¡Esas enseñanzas las transmiten los Magos a sus Aprendices desde hace generaciones! Y mientras llega ese momento, quiero que las plantas de las colinas y las fuerzas telúricas de los alrededores de Troïl no tengan secretos para ti.

Guillemot prometió todo lo que quería el Mago. ¡Las cosas empezaban por fin a ponerse interesantes!

9
Donde se trata de los nombres de las flores...

QUERIDO Guillemot:

Tu carta me ha llegado bien. ¡Y lo que me cuentas es increíble! ¡Eres Aprendiz de Mago! Y no de un Mago cualquiera: ¡de Qadehar, el Perseguidor! Le he preguntado a mi padre, y por lo visto es famosísimo. Cuentan que se ha pasado la vida persiguiendo monstruos de todas clases y se dice que es el único hombre al que la Sombra teme verdaderamente.

Guillemot interrumpió la lectura. ¿Hablaba en serio Gontrand? La Sombra, la gran amenaza del Mundo Incierto, el enemigo jurado de los habitantes de Ys, escurridizo y maléfico, que había asolado el país varias veces, ¿realmente temería a su Maestro? Eso explicaría en todo caso que, en casa del tío Urien, el Mago hubiera podido mencionar públicamente a la Sombra sin parecer inmutarse en absoluto. De todas maneras, como escribía su amigo, aquello apenas parecía creíble.

Reanudó la lectura.

¡Es raro que se haya convertido en niñera! A lo mejor ha decidido sentar la cabeza. En cualquier caso, espero impaciente las

vacaciones de verano: ¡va a ser genial volver a vernos todos en Troïl! Bueno, te dejo, que tu primo me está dando la brasa para que le deje escribir algo.

Guillemot volvió a hacer un alto en la lectura y le asaltaron las dudas. ¿Por qué Qadehar le había elegido a él? ¿Por qué le había empujado a renunciar a su sueño de caballería y a entrar al servicio de la Guilda? A menudo se preguntaba si había tomado la decisión correcta y sentía inquietud al respecto.

En su fuero interno, y aunque esperaba con todas sus fuerzas haber encontrado su camino, estaba convencido de que el Mago se había equivocado con él, de que no tenía aptitudes particulares para la magia.

Si era regular en todo, ¿por qué iba a ser distinto con la magia? Pero ya no tenía elección: nunca sería Caballero. Como mucho, era libre de abandonar su aprendizaje y vivir una vida normal de ciudadano de Ys... Aunque esta idea no le gustaba demasiado. ¡Prefería pensar que, aun cuando no tuviera un talento especial, podría convertirse en Mago trabajando duro! Hasta que, como a su Maestro, el destino le enviara una señal.

Volvió a enfrascarse en la lectura.

Querido primo:

Aprovecho la carta de este tonto perdido, que no para de darse aires de grandeza desde que aporreó su guitarra en Troïl, para decirte que ¡estoy muy orgulloso de que hayas sido elegido por el gran Qadehar! Mi padre opina que es una tontería, que el tío Urien nunca hubiera debido dar su autorización. ¡Yo me he puesto de tu parte, ni lo dudes!

Resultado: me he quedado sin cine el sábado. ¡Qué ganas tengo de ser Caballero, para irnos juntos a acosar monstruos en el Mudo Incierto! Hasta muy pronto, en todo caso. Ambre me ha confirmado en un correo que viene con Coralie a pasar las vacaciones de verano en Troïl. ¡Va a ser genial..!

Romaric

Guillemot guardó la carta en su mochila, pensativo. Era verdad, las vacaciones estaban cerca. Había redoblado sus esfuerzos en el tercer trimestre y ahora estaba seguro de pasar a segundo el curso que viene. Pero sobre todo, había trabajado duro con Qadehar. Estaba listo. ¡Esta noche, su Maestro abriría para él *El Libro de las Estrellas*!

Perdido en sus pensamientos, no oyó que alguien se acercaba al banco donde estaba sentado, en el patio del colegio.

–¿Qué pasa, Guillemot, *empanao*, estás soñando?

Guillemot se sobresaltó. Frente a él, Agathe de Balangru y su pandilla le observaban con una mezcla de hostilidad y curiosidad.

–¡No le asustes –clamó uno de los chicos– que a lo mejor se desmaya!

Todos se rieron con maldad. La larguirucha hizo una mueca y les hizo callar con un simple gesto.

–¿Es verdad lo que dicen, enano? ¿Que un Mago te ha tomado como Aprendiz?

Guillemot observó con atención a Agathe y pensó a toda velocidad. A pesar de sus aires de desprecio, hoy no se comportaba como de costumbre. Se hubiera dicho… ¡se hubiera dicho que tenía miedo! ¿Pero miedo de qué, de quién? ¡De él, evidentemente! O más bien del Aprendiz en que se había convertido. El corazón de Guillemot se puso a latir muy rápido. ¡Era el momento de aprovecharlo, ahora o nunca! Una oportunidad como aquella no volvería a repetirse.

Se levantó, esforzándose por mantener una actitud tranquila.

–Sí, es verdad. Qadehar, el Perseguidor, me está enseñando magia.

Había pronunciado el nombre de su Maestro esperando impresionarlos, y eso fue justo lo que ocurrió. Se elevó un murmullo en el seno de la pandilla. Agathe volvió a hacerlos callar, pero ahora parecía francamente dubitativa. Guillemot debía actuar con rapidez, antes de que se repusiera. Los miró a todos de arriba abajo y anunció con audacia y la voz tranquila:

–El Maestro Qadehar me enseñó ayer un truco divertido: ¡cómo encoger las piernas de la gente! Os lo voy a enseñar.

Guillemot adoptó la misma postura que había tomado Qadehar para destruir las espadas y pronunció con voz potente:

–*¡Taraxacum! ¡Papaver rhoeas!*

Thomas de Kandarisar, que era tan estúpido como fuerte, dio un grito y puso pies en polvorosa, seguido inmediatamente por toda la pandilla. Agathe lanzó una mirada de odio al chico delgado que, con los brazos levantados, invocaba poderes maléficos, y luego salió huyendo ella también.

Guillemot se desternillaba de risa: ¡acababa de poner en fuga al terror del colegio gritando los nombres científicos del diente de león y la amapola! ¡Sólo por aquel instante de pura felicidad no se arrepentiría nunca de haber dicho que sí a Qadehar! La magia era una pasada.

Como iba haciéndose tarde, Guillemot abandonó discretamente el colegio, atravesó la ciudad, tomó la carretera del Troïl y se apresuró en dirección a la colina donde Qadehar lo había citado.

Un gigantesco dolmen se erguía en su punto más alto, desde el que la vista alcanzaba lejos al Sur sobre el mar, y al Este sobre las montañas. Los niños iban encantados a jugar allí, igual que los enamorados, cuando en primavera había luna llena. Hoy, Guillemot se encontraba en aquel lugar por un motivo muy distinto.

Qadehar ya había llegado y lo esperaba, sentado con las piernas cruzadas sobre la enorme losa de granito. Se levantó al verlo acercarse.

–¡Buenas tardes, Guillemot!

–¡Buenas tardes, Maestro! –respondió el chico, sin aliento.

–¡Aquí –dijo Qadehar hinchando los pulmones– el aire tiene un olor delicioso! ¿No te parece?

–Sí –dudó Guillemot, que no esperaba aquel recibimiento.

–¡Me gusta este lugar! ¡Se diría que es verdaderamente mágico!

El Mago había pronunciado estas palabras de una forma que sin lugar a dudas reclamaba un comentario. El Aprendiz buscó la inspiración.

–Es normal, Maestro: las corrientes telúricas de Troïl confluyen aquí con las de Dashtikazar.

Qadehar le dirigió una mirada penetrante.

–Recuérdame qué es una corriente telúrica, Guillemot –le preguntó en un tono que no tenía ya nada de amistoso.

–Un riachuelo de energía que discurre de forma invisible por la tierra, Maestro. De vez en cuando, varios riachuelos se unen y forman un río de energía. Los lugares en los que convergen se llaman nudos telúricos. En ellos, la fuerza es poderosa. Como aquí, Maestro.

Guillemot había respondido con perfecta seguridad. Qadehar saltó del dolmen, se inclinó en medio de unas hierbas y arrancó una flor que puso bajo la nariz de Guillemot.

–¿Qué es esto?

–*Hypericum maculatum*, ¡hipérico no perforado! Se recoge en verano. Contiene un aceite que se vuelve rojo y que se utiliza para cicatrizar heridas.

–¿Es la única flor de su clase?

Guillemot dudó, pero Qadehar le atravesó con la mirada y él balbuceó:

–Eh, no, no... Tiene una hermana, el *Hypericum perforatum*, la hierba de San Juan, que prefiere suelos más secos.

El rostro del Mago se iluminó en una amplia sonrisa.

–¡Bien, Guillemot, muy bien!

Volvió a encaramarse al dolmen e hizo una señal al chico, aliviado, para que se uniera a él.

–Has trabajado mucho. La verdad es que nunca he dudado de ti.

Guillemot estaba radiante. Su Maestro continuó:

–Como te prometí, voy a abrir para ti *El Libro de las Estrellas* y a enseñarte el primero de los secretos de la Guilda. Pero antes tengo que darte una cosa.

Sacó de su propia bolsa un flamante zurrón de tela nueva y un cuaderno grueso con tapas de cuero negro.

–Todo Aprendiz de Mago posee un zurrón parecido en el que guarda los libros que estudia, las plantas que recoge... ¡y su cuaderno personal, que encierra su recorrido y sus propios descubrimientos!

Guillemot tomó ambos objetos con la mayor precaución y los examinó extasiado.

–Nunca comprobaré lo que escribes en tu cuaderno, Guillemot –precisó Qadehar, divertido por la reacción de su alumno–. Te corresponde a ti juzgar lo que es importante anotar.

–¡Muchas gracias, Maestro! ¡Son los mejores regalos que me han hecho nunca!

–Bien, bien –murmuró simplemente el Mago, que parecía enternecido–. ¿Estás ahora listo para *El Libro de las Estrellas*?

–¡Oh, sí! –respondió Guillemot con los ojos brillantes–. ¡Estoy listo!

–Entonces, escúchame, y si algo no te queda claro, no dudes en interrumpirme y hacerme preguntas.

10
El secreto de la noche

—GUILLEMOT, mi joven alumno –comenzó Qadehar–, el primer esfuerzo que hay que hacer para acceder a la comprensión mágica del mundo es mirarlo de forma diferente. Observa esta piedra –continuó, señalando una roca–, aspira este viento –dijo, hinchando los pulmones–, escucha el canto de este pájaro: no tienen nada en común, a primera vista. Y sin embargo, algo los vincula entre sí.

–¿Algo, Maestro? –preguntó Guillemot, totalmente decidido a comprender por completo el secreto de la magia que Qadehar le estaba revelando.

–Sí, Guillemot, un vínculo invisible que conecta todo lo que existe, es decir, los cinco elementos. ¿Sabrás cuáles son los cinco elementos, espero?

–Es que... –dudó Guillemot– yo creía que había cuatro: agua, tierra, fuego y aire.

–¡Olvidas la carne! –apuntó Qadehar con aire malicioso.

–La carne... ¿Os referís a... filetes y cosas así?

–Me refiero a las personas, las plantas, los animales... ¡A todo lo que respira, hijo mío! ¿Lo has entendido? ¿Puedo seguir?

—Sí, sí, Maestro. ¡Continuad!

—Pues bien, estos cinco elementos están conectados mediante un vínculo invisible e impalpable, al que los antiguos llamaron Wyrd. Recuérdalo: ¡el Wyrd! Es como una tela de araña gigantesca cuyos hilos estuvieran ligados a todas y cada una de las cosas. ¿Qué dices de esto?

—*Mueno* —farfulló Guillemot, reflexionando—. Eso querría decir, por ejemplo, que si me muevo, toda la tela se mueve, así que todo el mundo nota que me muevo… Imposible.

—No, Guillemot —respondió Qadehar, visiblemente entusiasmado con la respuesta de su alumno—, no es imposible: simplemente, la tela es tan vasta que, cuando te mueves, nada ni nadie lo siente directamente, salvo lo que está muy cerca de ti. Los matemáticos del Mundo Cierto han tenido la intuición del Wyrd y han construido la teoría del caos. ¿Has oído hablar de ella?

—Eh… —dudó el chico— sí, creo que sí. ¿No es esa historia de que el aleteo de una mariposa puede hacer surgir una tempestad al otro lado del planeta?

—¡Exacto, Guillemot! Esa teoría dice, simplificando, que un minúsculo acto de nada puede por sí solo tener repercusiones en el conjunto de las otras cosas. Ahora —continuó el Mago— ¡imagínate que fuéramos capaces de controlar esas repercusiones! ¡Que fuéramos capaces de realizar un acto sabiendo lo que va a provocar en un punto preciso de la tela!

—Eso querría decir —avanzó con prudencia el chico— que tendríamos el poder de influir en las cosas a través de otras que, a primera vista, no tienen nada que ver con ellas… ¿Pero cómo, Maestro?

Qadehar sonrió ante la repentina exaltación del chico que comenzaba a descubrir en toda su dimensión el secreto de la Guilda.

–Mediante claves, Guillemot. ¡Claves que permiten acceder al Wyrd, alcanzar la estructura más íntima de lo existente!

–¿Claves? ¿Como las que abren las puertas de las cajas fuertes?

–¡Exactamente, hijo! Pero estas claves no consisten en números, sino en signos.

El Mago estiró su largo cuerpo y suspiró de satisfacción, disfrutando de los últimos rayos de sol. Su mirada se perdió un momento en dirección al horizonte. Guillemot agarró la manga de su abrigo oscuro y suplicó:

–Maestro Qadehar, por favor…

Qadehar prorrumpió en una risa afectuosa.

–¿Le estarás tomando el gusto a los secretos de la magia, Guillemot?

–¡Hablabais de signos, Maestro –imploró el chico–, de signos que permiten abrir puertas!

–Sí –continuó el Mago, divertido de ver a Guillemot anotar cuidadosamente lo que le decía en su cuaderno nuevo–. Piensa en una especie de alfabeto, en el que cada letra poseería un significado y un poder particulares. Ahora, imagina esas letras combinadas para formar palabras, y luego las palabras entre ellas para formar frases. ¡Si consigues dominarlo, estarás en posesión del flujo de energía necesario para visualizar el Wyrd, penetrar en él y modificarlo! Ése es el secreto, Guillemot, el secreto de la práctica mágica: ¡establecer y controlar un vínculo entre cosas muy diferentes!

–¡Genial! –exclamó Guillemot–. ¡Eso quiere decir que con estos signos se puede controlar el universo!

–Quieto, quieto –reaccionó Qadehar ante el entusiasmo de su Aprendiz–. ¡No es tan sencillo! En primer lugar, la magia no es una ciencia exacta, sino el resultado de tanteos y experimentos repetidos una y otra vez. En segundo lugar, el Wyrd cuenta con sus propias leyes que no pueden transgredirse, o de lo contrario todo se desmoronaría. Por último, esos signos, que nosotros los Magos llamamos Grafemas, son energías neutras cuyo impacto depende únicamente de quien los utiliza… ¿Qué deduces de esto, Guillemot?

–Eh… ¿que hay que prestar atención? ¿No hacer tonterías?

–¡Bravo, pequeño! –respondió Qadehar dando palmaditas en el hombro del chico con aire satisfecho–. En espera de alcanzar la edad en la que la sabiduría se impone al hombre, prudencia y humildad han de ser los lemas del Mago.

–¡Contadme más cosas de los signos… de los Grafemas, Maestro!

–Guillemot, antes voy a hablarte algo más de lo que serán tus próximos años de estudio de la magia. ¡Y si no te desanimas, seguiré hablándote de los Grafemas!

–¡Vale! –aceptó Guillemot, exultante.

–Tendrás que trabajar mucho en materias que te parecerán alejadas de la magia propiamente dicha, como la geología, la geografía o la historia. Aprenderte los mapas de los vientos, de las corrientes terrestres y marinas, la composición de las rocas y los metales, el comportamiento de los animales, las propiedades de las plantas, la psicología humana, en resumen, ¡todo lo referente a los cinco elementos! Pues comprender el mundo es indispensable para aquel que quiere actuar sobre el Wyrd.

Guillemot suspiró. ¡La magia parecía de pronto mucho menos divertida de lo que acababa de imaginarse! A pesar de todo, asintió con la cabeza. Qadehar continuó:

–Fortalecerás y aumentarás la flexibilidad de tu cuerpo con ejercicios: ¡hacer magia requiere potencia y resistencia! Trabajarás tu respiración: la respiración es el principal motor de la práctica mágica. Nunca descuides tu cuerpo, Guillemot: es tu única fuente de energía.

–¿La fuerza de un Mago, Maestro –se inquietó Guillemot– depende de la de su cuerpo?

–Sí y no, hijo. La fuerza de un Mago reside antes que nada en su forma de dominar su arte. Pero también en su capacidad para servirse de las energías elementales: ¡y canalizar un flujo telúrico exige resistencia física, créeme! Por último, ciertos Magos poseen un grado mayor que otros de esa especial fuerza interior que llamamos Önd y que confiere su poder a nuestra magia. ¡Se nace con un Önd poderoso, del mismo modo que algunos nacen con la capacidad de correr rápido o de saber dibujar!

–Ese… Önd, Maestro –aventuró Guillemot–, ¿tiene algo que ver con el efecto Tarquin?

–Es muy posible –reconoció Qadehar–. Veo que comprendes rápido. ¿Sigo?

Guillemot asintió de forma vigorosa. El Mago continuó:

–A la vez que entrenas tu memoria y tu cuerpo, trabajarás con los Grafemas. Al principio se tratará de conocerlos bien: sus nombres, sus formas, su orden en el alfabeto y sus poderes. A continuación, tendrás que apropiártelos, redescubrirlos por ti mismo gracias a la meditación, crear con ellos una intimidad con tu corazón y tu espíritu. Una vez adquiridos los Grafemas, aprenderás con mi ayuda a utilizarlos: a escribirlos o grabarlos, cantarlos, invocarlos en tu interior y reproducirlos. Gracias a ellos, podrás defenderte de todas las agresiones y dominar a cualquier adversario, ¡o incluso volverte clarividente e interrogar al futuro! ¿Qué me dices de eso?

Guillemot se quedó un momento en silencio. ¡Lo que decía era que, de todos modos, no tenía elección! Y que una parte del programa le parecía mucho menos apasionante que la otra... No obstante, se esforzó en adoptar un tono alegre, pensando en los misteriosos Grafemas que lo fascinaban.

–¡Genial, Maestro!

–Bien, bien, hijo. ¿Qué quieres saber ahora?

–Esos Grafemas... ¿Quién los inventó?

–No se sabe quién los inventó, Guillemot. Como tampoco sabemos quién escribió *El Libro de las Estrellas*, ni siquiera cuánto tiempo hace que está en nuestro poder... *El Libro de las Estrellas* es el que nos reveló los Grafemas, aunque éstos han estado ante los ojos de los hombres desde siempre.

–¿Dónde, Maestro, dónde? –preguntó Guillemot mirando a su alrededor en todas direcciones.

–Pues... ahí, hijo mío –dijo suavemente el Mago señalando las estrellas que iban instalándose en el cielo a medida que se acentuaba el crepúsculo–. En el secreto de la noche.

–Queréis decir que...

–Quiero decir, sencillamente, que los Grafemas nos vienen de las estrellas, más concretamente de algunas constelaciones cuyas formas reproducen. Por eso hemos llamado a nuestro precioso tratado *El Libro de las Estrellas*: ¡a causa del cielo nocturno y del alfabeto que los astros, reflejo del Wyrd, trazan con puntos luminosos!

Guillemot estaba exultante. Con la vista perdida en el cielo, le parecía haber encontrado por fin su lugar en el mundo: ¡allá arriba, en la intimidad de las estrellas!

11
El rapto

Guillemot, con los ojos cerrados, se esforzaba en visualizar el tercer Grafema del alfabeto de las estrellas. Su forma, aunque muy simple, se resistía a aparecer claramente en su imaginación. Hizo un último esfuerzo de concentración y por fin, ante su falta de éxito, se rindió y abrió los ojos. Tuvo que entornar los párpados bajo la intensa luz del sol de mediodía, que rebotaba sobre la arena de la playa donde se había sentado a trabajar.

Hacía tres semanas que Qadehar, su Maestro Mago, le había abierto *El Libro de las Estrellas*, tres semanas que él se esforzaba por apropiarse de sus signos, de esas claves que abrían las puertas de la auténtica magia. Tres semanas enteras, o prácticamente enteras, que llevaba dedicado a los tres primeros Grafemas, aprovechando que los profesores les daban un respiro en anticipo de las vacaciones de verano y descuidando el estudio de los cinco elementos. ¿Y cuál era el resultado? Tres malditos dibujos que se hacían de rogar para aparecer en su imaginación cuando cerraba los ojos. Su Maestro no le había enseñado más que la forma y el nombre de los veinticuatro signos, pues consideraba que Guillemot debía entrenarse en sentir el poder de los Grafemas antes de ponerse a estudiarlos realmente...

Guillemot se sintió invadido por la rabia. ¡Él, el Aprendiz aventajado, escogido por el mismísimo efecto Tarquin, bloqueado ante unos estúpidos dibujos! Dejó su cuaderno sobre la arena. Luego respiró profundamente, cerró los ojos de nuevo y empezó a concentrarse con todas sus fuerzas. El primer Grafema surgió un poco borroso de las tinieblas de su mente: era Fehu que, sin saber por qué, le recordaba a una vaca rolliza. Al primero se unió el segundo, Uruz, que le hacía pensar en la lluvia. Por fin, a su lado se perfiló claramente el tercero, Thursaz, que parecía reírse como su tío, con una risa de gigante. ¡Esta vez lo había conseguido! Se sintió feliz. Pero justo en ese momento una voz le arrancó de su meditación:

–¿Crees que está dormido? ¡Eh, Guillemot! ¿Estás dormido o qué?

Guillemot tuvo un escalofrío al reconocer la voz de Thomas de Kandarisar. Abrió los ojos: no era un sueño, el pelirrojo estaba frente a él, y a su lado, con las manos en las caderas y una sonrisa malvada en el rostro, Agathe de Balangru. ¡Pensaba que se había deshecho de ella y de su pandilla con su fórmula mágica fingida!

–Tenemos que hablar, renacuajo –graznó la chica, que ya no parecía tenerle miedo.

–Sí –coreó Thomas–, el otro día te cachondeaste bien de nosotros, ¿eh?

–No lo niegues, enano –continuó Agathe–. Se lo he preguntado a mi padre. Me ha dicho que un Aprendiz no puede hacer magia.

–¡Porque es un *pringao*! –añadió Thomas–. ¡Resulta que tienen que pasar varios años antes de poder echar un hechizo!

–Así que nos dijimos –concluyó la chica, en un tono cargado de amenazas– que teníamos que comprobarlo por nosotros mismos. ¡Thomas, todo tuyo!

Thomas se abalanzó sobre Guillemot, que se había levantado de un salto, dispuesto a salir corriendo disparado. Sólo que para ello hubiera tenido que abandonar su preciado cuaderno, de modo que no se movió y se puso en tensión esperando el golpe.

Pero el golpe no llegó. Thomas se había quedado congelado, paralizado de terror, con los ojos como platos clavados en el mar. Agathe miró en la misma dirección y lanzó un chillido de pánico: surgiendo de las aguas, dos Gommones se precipitaron sobre ellos.

Los Gommones, criaturas inmensas con ojos vidriosos, cabellos de algas y una piel cubierta de escamas viscosas, se parecían a los seres humanos en su aspecto, pero a las bestias en su comportamiento, eran como bestias feroces… Se sentían igual de cómodos en el agua que en la arena y en las rocas costeras donde tenían sus guaridas, por lo que antiguamente habían sido los peores enemigos de los pescadores de Ys. Eso les había costado, hacía varios siglos, la expulsión de toda la especie al Mundo Incierto, gracias a una acción conjunta de la Guilda y la Orden.

Desde entonces, en Ys no se sabía de su existencia más que por libros y leyendas.

Sin embargo, los Gommones que se precipitaban sobre ellos en este momento eran terriblemente reales, por desgracia…

–¡Corre, corre, Agathe! –gritó entonces Thomas a la chica que, paralizada de miedo, parecía incapaz de hacer un solo movimiento.

Soltando juramentos, el chico la agarró por el brazo y la obligó a seguirle. Guillemot les incitó a que se dieran prisa. Se pusieron a correr los tres en dirección de las dunas cubiertas de hierba, que ofrecían un terreno más estable y, por tanto, una oportunidad de librarse de los Gommones.

Guillemot corría todo lo rápido que podía, pero comenzaba ya a perder aliento. Se hundía en la arena, y la simple acción de poner un pie delante del otro exigía un esfuerzo agotador. ¡Tenía la horrorosa sensación de que cada zancada lo empujaba un poco hacia atrás! Era como esas pesadillas que se tienen a veces, en las que una criatura espantosa nos persigue y nosotros, con los pies pegados al suelo, no conseguimos avanzar. Guillemot no pudo evitar echarse a temblar. ¡Nunca lograrían llegar a las dunas! Miró hacia atrás: Thomas y Agathe no se las arreglaban mejor, al revés, como pesaban más, lo tenían todavía más difícil. Los dos monstruos ya no estaban muy lejos.

Thomas también se dio la vuelta y vio que las criaturas escamosas no se encontraban ya a más de unos pocos pasos. Un sentimiento de pánico se apoderó de él, y gritó. Entonces soltó el brazo de Agathe para avanzar más rápido. La chica perdió el equilibrio, se tambaleó y cayó. Un instante después, el primer Gommón le daba alcance. Agathe chilló y se agitó en todas direcciones al sentirse atenazada por sus manos poderosas. El monstruo la levantó como si no pesara nada, la cargó a hombros, dio media vuelta y se la llevó hacia el océano, sin hacer caso de los gritos ni de las llamadas de socorro de su víctima. El otro Gommón se acercó a los dos chicos que, sobrecogidos por la escena, habían dejado de correr. Su rictus al enseñar sus afilados dientes y el reluciente puñal que sostenía en la mano les indicaron rápidamente las intenciones de la criatura: ¡no iba a raptarlos, sino a matarlos!

–¡Ahhhhhhh!

Lanzaron a coro un grito de terror y escaparon.

–¡Más rápido, más rápido! –jadeaba Guillemot animando a Thomas, que iba perdiendo terreno.

El Gommón, habituado a desplazarse sobre la arena, avanzaba a más velocidad que ellos. Las dunas estaban muy cerca: ¡todavía podían librarse, pero sería por los pelos! Justo en ese momento, Thomas tropezó y se desplomó en la arena aullando de dolor. Guillemot se detuvo y acudió en ayuda de su compañero de huida.

–¡Levántate, Thomas! ¡Vamos, arriba!

El chico, tendido en el suelo, miraba con ojos espantados al perseguidor que se aproximaba. Intentó ponerse de pie, pero el tobillo, que debía de habérsele torcido al caer, le falló, y volvió a derrumbarse.

–¡Demasiado tarde! –gimió Thomas–. ¡Vete, márchate de aquí!

Guillemot dudó.

Se sentía capaz de librarse del Gommón, una vez hubiera alcanzado la hierba de las dunas.

Las primeras casas no estaban a más de diez minutos de allí: podría traer ayuda rápidamente. Pero no lo suficiente como para salvar a Thomas. ¡Le había deseado mil veces la muerte, cuando el pelirrojo la tomaba con él en el colegio! Pero entre desear una cosa en pleno ataque de ira y verla cumplirse… La suerte que esperaba a Thomas no era en absoluto comparable con las gamberradas que le hacía. No, lucharía hasta el final con él, y no lo abandonaría. ¡Pasara lo que pasara! Decididamente, reflexionó Guillemot, uno no podía escapar a su propia naturaleza: convertirse en Aprendiz de Mago no lo había librado de sus peligrosas tendencias caballerescas.

El Gommón se encontraba ahora a pocos pasos: huir ya no servía de nada. Thomas de Kandarisar, loco de terror, se arrastraba por el suelo agarrándose el tobillo, ayudado por Guillemot, en un último esfuerzo. La criatura no tenía ya más que alargar los brazos para atraparlos. Lo sabía y parecía tomarse su tiempo, para divertirse quizá. El filo del cuchillo que tenía en la mano brillaba con más fuerza aún bajo la luz del sol.

Entonces algo extraño sucedió.

En la mente de Guillemot, sin haberlo evocado, se apareció el tercer Grafema, con mucha más claridad que durante las prácticas. Rápidamente, la forma tomó posesión del espíritu del chico, creció y se inflamó, difundiendo un calor suave al principio, pero que pronto se volvió insoportable. Tenía la sensación de que el Grafema le quemaba, le consumía en su interior. Guillemot soltó a Thomas y se levantó, haciendo frente a su perseguidor. Con las manos a ambos lados del cráneo, se retorcía de dolor, gimiendo.

Sorprendido, el Gommón se detuvo y lo observó con sus ojos vidriosos. Entonces –y aquella era la única solución que se le ocurría para aliviar su dolor–, Guillemot gritó el nombre del Grafema, esperando con todas sus fuerzas deshacerse así del fuego que lo devoraba.

–¡¡¡¡THUUURSAAAAZ!!!!

El Gommón retrocedió de repente, como golpeado por un gigantesco puñetazo. Rugió, miró a los dos chicos con cara de no entender nada, y se desplomó, fulminado, sobre la arena.

–¡Toma ya! –exclamó Thomas poniéndose de pie–. ¿Cómo has hecho eso?

Guillemot se había sentido temporalmente aliviado tras gritar el nombre del Grafema. ¡Se hubiera dicho que el signo mágico había actuado por su cuenta para obligarlo, a él que no sabía, a utilizarlo correctamente! Observaba al Gommón caído sin creer lo que veían sus ojos, igual que Thomas, que se apoyaba en su hombro.

–¿Cómo lo has hecho, di, cómo lo has hecho? –repetía Thomas con una voz trémula, entremezclada de admiración.

Los dos tenían las piernas aún temblorosas. ¡Guillemot nunca había pasado tanto miedo en su vida! Ni siquiera aquella vez en que su tío Urien le había perseguido por todo el castillo de Troïl para castigarlo porque Romaric y él habían deslizado una rata muerta dentro de su cama…

Se tomó el tiempo de respirar a fondo antes de responder:

–Estoy aprendiendo magia… ¿No te lo había dicho?

Thomas de Kandarisar no encontró nada que añadir y se contentó con asentir con gravedad. Luego se acordaron de pronto de que Agathe había desaparecido, y el episodio del rapto, oculto por la alegría de seguir vivos, regresó brutalmente a sus memorias.

–¡Avisemos rápido a la Orden! –espetó Guillemot a Thomas que, bajo el impacto de la horrible aventura, redoblado por la desaparición de su cómplice, no pudo contener un sollozo.

Guillemot volvió hasta donde había dejado su cuaderno en la arena y se lo metió en el zurrón. Luego, ayudándole lo mejor que pudo, arrastró a su fornido compañero claudicante en dirección a Dashtikazar.

12
En el palacio del Preboste

EL rapto de Agathe causó gran revuelo.

¡En realidad, provocó un verdadero terremoto que agitó todo el País de Ys! En primer lugar, porque el señor de Balangru, que había dejado a su esposa llorando a moco tendido por la desaparición de su hija, organizó un escándalo y arremetió contra la Orden, que a su juicio no había hecho su trabajo. En segundo lugar, porque la Orden, para redimirse, rastreó el país de arriba abajo, en vano. En tercer lugar, porque la presencia de Gommones en las costas significaba que Ys no se encontraba ya a salvo de las amenazas del Mundo Incierto. Y por último, porque todos temían en mayor o menor medida que la Sombra estuviera detrás de aquella nueva provocación.

En efecto, todo el mundo tenía muy presentes en el recuerdo las fechorías que la Sombra había cometido en el pasado: desde la destrucción de pueblos enteros por bandas de Orcos sanguinarios (el equivalente terrestre de los Gommones, con la diferencia de que aquéllos eran un puro producto del Mundo Incierto) a la tentativa casi lograda de incendiar Dashtikazar con bolas de fuego maléficas. ¡En todas las ocasiones había faltado muy poco para que los Caballeros o los Magos fracasaran en sus esfuerzos por contrarrestar los ataques!

Las gentes de Ys recordaban especialmente el día en que la Sombra misma había sido avistada rondando por las proximidades de una aldea de las Montañas Doradas que sus monstruos acababan de reducir a cenizas. Aún más que los cadáveres de los desgraciados habitantes desperdigados por el camino o que el ejército de Orcos agrupado en las cumbres; aún más que eso, había sido su presencia nebulosa y glacial lo que había aterrorizado a la escuadra de Caballeros del Viento que había acudido al encuentro del enemigo.

El País de Ys estaba en ebullición. Los Qamdars se habían reunido en asamblea y, en los barrios, pueblos y aldeas, los hombres se relevaban para montar guardia. Las carreteras y los caminos resonaban con el galope de los caballos de la Orden, y hacía mucho tiempo que no se veían tantos abrigos oscuros recorrer ciudades y campos. Por último, hoy era un día especial: no porque fuera el primero de las vacaciones escolares de verano, sino porque el Preboste había convocado en su palacio al Representante de los clanes, al Gran Maestre de la Guilda, al Comendador de la Orden y al Delegado de las corporaciones de comerciantes y artesanos. Los habitantes de Ys esperaban mucho de aquel encuentro en la cumbre.

–Bueno, hijo ¿cómo te sientes? –preguntó el Maestro Qadehar a Guillemot mientras avanzaban juntos por el largo pasillo del palacio del Preboste que conducía a la sala de reuniones.

–Estaré mejor cuando termine –respondió Guillemot haciendo una mueca.

¡En efecto, verse convocado por el Preboste a la vez que los personajes más importantes de Ys era para asustar al chico más valiente! De hecho, Guillemot solo había aceptado la invitación con la seguridad de estar acompañado por su Maestro.

–¡Bah! –respondió Qadehar, dedicándole una de aquellas sonrisas que tanto ánimo le infundían– ¡después de lo que has vivido, esta entrevista no será tan horrible!

–Ya –farfulló el chico–, ¡aunque me pregunto si no preferiría enfrentarme a una banda entera de Gommones!

Qadehar rió con ganas, acompañado enseguida por Guillemot. Tras su hazaña en la playa contra el monstruo surgido de las olas, se había convertido en un héroe para las gentes de Ys, a excepción del padre de Agathe, que incluso le había reprochado claramente no haber salvado a su hija, y de su tío Urien, que se había contentado con gruñir que había tenido suerte de escapar y que no valía la pena montar un número por ello.

Extrañamente, su madre, una vez pasado el susto, había manifestado tanta inquietud como orgullo. Pero a quien más había afectado el episodio era a Thomas; desde que el Aprendiz de Mago lo había arrancado de las garras del Gommón, el retoño de los Kandarisar le miraba con una admiración desmedida y le seguía a todas partes, como antes había hecho con Agathe. Al principio, aquello había irritado a Guillemot, luego, viendo que no conseguía hacerle cambiar de actitud, había acabado por resignarse.

Llegaron frente a la sala. Qadehar llamó a la enorme puerta de roble macizo. Un guardia acudió a abrirles y les hizo pasar. Frente a ellos, sentados en torno a una imponente mesa redonda, se encontraban el Preboste y sus ilustres invitados.

—¡Buenos días, buenos días, Maestro Qadehar, siempre es un placer volver a veros! —exclamó el señor del lugar, dirigiéndose al Mago.

El Preboste era un hombre de unos setenta años, con la mirada aguda y la voz firme. En tiempos había sido un jefe de clan recto y avisado, lo cual le había valido la elección para su actual cargo por una confortable mayoría; de sobra conocidas eran su destreza para los negocios y su habilidad como diplomático, sabía apreciar los consejos oportunos y, a pesar de ello, era firme en sus decisiones. Hasta el momento, las gentes de Ys no habían podido más que felicitarse por su elección.

—Excelencia —respondió Qadehar inclinándose ligeramente, mientras Guillemot se esforzaba por pasar inadvertido.

En la mesa se encontraba también el Comendador que dirigía la Orden, un coloso en la plenitud de la vida, cuyo rostro cubierto de cicatrices llevaba la marca de numerosas batallas. Había sido el mejor Caballero de su generación, y sus pares lo habían escogido por unanimidad para sustituir a su predecesor, muerto en los violentos combates que la congregación había tenido que librar en las Montañas Doradas contra las hordas de Orcos desatadas por la Sombra.

A su lado, con la barriga enorme y la mirada viva, estaba sentado el Delegado que velaba por los intereses de los artesanos y los comerciantes que lo habían elegido. Aunque su prestigio era menor que el de los otros cuatro, su poder era quizá el más concreto, pues de las corporaciones a las que representaba dependía la supervivencia material de todo el país. Se enfrentaba a menudo con el Preboste a propósito de los productos que Ys importaba del Mundo Cierto, pero así eran las reglas del juego y su oposición no iba más allá.

Un poco más lejos, un hombre que Guillemot conocía bien le dirigía signos amistosos: era Utigern de Krakal, el padre de Ambre y Coralie, a quien los Qamdars habían escogido para representarlos. Más bien corto de estatura y delgado, el cabello moreno y los ojos azules heredados por sus hijas eran lo más llamativo del personaje. De todas las personalidades presentes, su autoridad era la que parecía más discutible, pues todo el mundo estaba al corriente de las rivalidades que dividían a los clanes.

Por último, en el extremo de la mesa, bajo la capucha de su abrigo oscuro, Charfalaq, el Gran Maestre de la Guilda, un anciano descarnado y casi ciego, aguzaba el oído en dirección a los que hablaban. «No te fíes de su apariencia», le había prevenido Qadehar, «¡a pesar de su edad, nuestro Gran Maestre sigue siendo un Mago poderoso!»

–¡Ah! Y éste sin duda es Guillemot, Guillemot de Troïl, el autor de las hazañas de la semana pasada –dijo el Preboste, volviéndose hacia el chico–. ¡Acércate, no tengas miedo!

Mientras Guillemot avanzaba tímidamente, el Preboste se dirigió a Utigern de Krakal, pues había percibido sus signos de connivencia con el chico:

–¿Conocéis a este joven, Utigern?

–Por supuesto, Excelencia. ¡Habría que estar sordo en mi casa para no haber oído hablar de él! ¡Al parecer –añadió guiñándole un ojo a Guillemot– este fiera tiene mucho éxito entre las chicas de Ys!

A pesar de la gravedad de las circunstancias, todos sonrieron. Guillemot, ruborizado, deseó ardientemente poseer desde aquel momento, si es que existía, la fórmula para desaparecer bajo tierra... ¡Aquello era evidentemente una broma pesada de Ambre, que habría aprovechado sus desventuras con Agathe para hacer llegar aquel rumor a su padre! Se dijo que ya ajustaría cuentas con ella, en cuanto tuviera ocasión.

El Preboste recobró la seriedad y preguntó a Qadehar:

–¿Se sabe cómo ha podido el chico realizar esta proeza contra el Gommón?

–No exactamente, Excelencia –respondió el Mago, tras lanzar una mirada rápida en dirección al Venerable–. No obstante, parece que Guillemot posee cierta predisposición para la magia, la suficiente en cualquier caso para desencadenar un efecto Tarquin. Seguramente, al combinarse con su naturaleza receptiva, los efectos del miedo potenciaron los rudimentos de magia que he comenzado a enseñarle...

El Preboste se volvió hacia el Comendador.

–Comendador, ¿hay noticias de la hija de Balangru?

–Desgraciadamente, no, Excelencia –respondió el Caballero–. Una cosa está clara, sin embargo: ya no se encuentra en Ys...

La respuesta del coloso hizo que todos se sumieran en el silencio. El Preboste se dirigió al Venerable.

–Gran Maestre Charfalaq, ¿hasta dónde han llegado vuestras pesquisas? ¿El Gommón prisionero ha revelado sus secretos?

–Es demasiado pronto, Excelencia –respondió el anciano con una voz ronca, pero tranquila, interrumpida por largos accesos de tos–. Nuestros mejores Magos están trabajando en este misterio. En cuanto al Gommón... ¡Es duro! Pero acabará por hablar.

Un nuevo silencio siguió a las palabras del viejo sabio. Fue el Delegado quien lo rompió:

–¿Se sabe al menos por qué han raptado a la hija de Balangru? ¿Han pedido un rescate?

–No –respondió el Comendador, a quien incumbía la seguridad del país–. Nadie se ha puesto aún en contacto con la familia...

–Pero entonces –estalló Utigern de Krakal, que no estaba en absoluto de humor para bromas– ¿qué tenemos que hacer? Nuestros conciudadanos están asustados, ¡esperan respuestas!

–No podemos hacer nada más –respondió tranquilamente el Preboste–. Debemos permanecer en guardia, y esperar los resultados de la investigación...

–¡O el próximo rapto! –rugió el Representante de los clanes–. ¡Yo tengo dos hijas, y ustedes también tienen hijos e incluso nietos! ¡No sé lo que pensarán, pero yo, desde luego, no tengo ningunas ganas de verlos desaparecer!

–Calmaos, Utigern –respondió el Preboste–. ¡Nadie desea nuevas desapariciones! Pero ya lo he dicho: hemos de ser pacientes. De manera inmediata, hay otras cosas que nos preocupan. Tú, por ejemplo –añadió, volviéndose hacia Guillemot.

–¿Yo? –balbuceó– ¿Pero por qué? ¿Qué he hecho yo?

–Eres uno de los dos únicos testigos del rapto –explicó el Comendador–. Y eres el que venció al segundo Gommón. Quizás el otro te viera en acción. En todo caso, es urgente ponerte a salvo. En uno de los fuertes de la Orden, por ejemplo.

El Gran Maestre levantó la mano para pedir la palabra; Guillemot, al igual que los demás, se volvió hacia él. El anciano despedía un aura particular, y el Aprendiz comprendió inmediatamente lo que su Maestro había querido decir al recomendarle no fiarse de las apariencias: ¡la magia del Venerable se alimentaba menos de su cuerpo que el cuerpo de la magia! No pudo evitar sentir, al margen de una antipatía instintiva hacia aquel anciano que no parecía gracioso en modo alguno, respeto e incluso admiración por él.

–¿Por qué no ocultarlo en uno de nuestros monasterios? –sugirió Charfalaq–. ¡En ningún otro lugar podría estar mejor escondido!

¡Eso era en efecto lo que Guillemot se temía! ¡Verse encerrado en algún lugar, justo cuando empezaba el verano! Esbozó una mueca. Sin embargo, para tranquilizarle, Qadehar posó una mano en su hombro y pidió la palabra:

–Son ustedes muy amables al inquietarse por mi alumno… Sin embargo, pienso que Guillemot estará suficientemente seguro a mi lado. Dejémosle en Troïl: yo también me instalaré allí y velaré por él, al tiempo que podré proseguir con mis enseñanzas.

Los miembros del Consejo consultaron entre ellos durante un momento, mostrando el Gran Maestre la mayor reticencia de todos a aceptar la propuesta del Mago. Por fin, todos estuvieron de acuerdo en aceptar el criterio de Qadehar, que parecía el más razonable. ¿Acaso no era él quien mejor conocía el Mundo Incierto y a las criaturas que lo poblaban, e incluso, se decía, el único hombre capaz de hacer frente a la Sombra, su terrible enemigo?

Qadehar advirtió el gesto de alivio de Guillemot al oír al Preboste confirmar la decisión del Consejo de confiarlo al cuidado del Mago, y le guiñó un ojo con complicidad. El chico se preguntó cómo había hecho su Maestro para saber que Romaric, Gontrand, Ambre y Coralie llegarían mañana a Troïl para pasar allí todo el verano.

13

Reencuentros

–¡Cuéntanoslo, cuéntalo otra vez! –insistió Romaric totalmente emocionado por el relato que acababa de hacer, por décima vez, Guillemot a sus amigos.

–¡Anda ya! –respondió Ambre–, ¿no ves que está hasta las narices?

–¡Bueno –se acaloró el rubio– uno no tiene todos los días la oportunidad de escuchar a un auténtico héroe contar su historia!

–Lo entiendo –le espetó Gontrand, burlón–: yo, si fuera un don nadie, sentiría la necesidad de codearme con seres excepcionales, como un matador de Gommones o un músico genial.

–Ya–gruñó Romaric palmeando el hombro del chico alto y delgado, que protestó– ¡vas a ver lo que un futuro Caballero es capaz de hacer con un músico genial!

En ese momento, Coralie irrumpió en la habitación de Guillemot, donde se habían refugiado para pasar las horas más calurosas del mediodía, con una bandeja de vasos de naranjada bien fría. Todo el mundo celebró la iniciativa. La coqueta fingió tomarse los elogios como algo personal y se pavoneó, provocando carcajadas.

¡Definitivamente, el verano empezaba bien!

Desde que la pandilla se había reencontrado para las vacaciones en casa de Guillemot, las horas se sucedían así, alegremente, y todos hubieran perdido la noción del tiempo de no ser por la madre de Guillemot, que los llamó para comer.

Era la costumbre de Ys: los padres exigía mucho a sus hijos durante el curso escolar, pero a cambio les dejaban una libertad casi absoluta durante los dos meses de vacaciones veraniegas. ¡Ni que decir tiene que todos los escolares del país esperaban aquel momento con impaciencia!

Los paseos por las landas se alternaban con los desafíos deportivos que los amigos se lanzaban en la plaza del pueblo de Troïl, con los juegos de cartas en la habitación de Guillemot y las noches de conversación en el salón, tras haber visto un vídeo.

Guillemot se encontraba a menudo en el centro del un alegre torbellino. Contar su aventura no le desagradaba en modo alguno; a menudo se sorprendía añadiendo elementos que se le ocurrían en el calor del relato, o sintiendo orgullo al ver las miradas brillantes de sus amigos vueltas hacia él. ¡En la de su primo Romaric había descubierto incluso admiración y aquello, quizá más que ninguna otra cosa, lo llenaba de satisfacción!

Hoy disfrutaba aún más de esos momentos, pues había obtenido de Qadehar, que se alojaba en casa del tío Urien, un día de descanso completo: a partir de mañana, volvería a tener que pasar una parte de sus jornadas con su Maestro.

–¿Damos un paseo hasta los acantilados? –propuso Ambre una vez hubieron apurado hasta la última gota de sus vasos.

–¡Genial! –asintió Gontrand, poniéndose de pie de un salto, cosa que enseguida imitaron los demás.

Bajaron ruidosamente la escalera y salieron a la calle pavimentada que serpenteaba a través del pueblo de Troïl.

La casa donde vivía Guillemot estaba situada a la entrada del pueblo, sin vecinos inmediatos.

A un lado se extendía la landa que conducía al mar, y al otro comenzaba un bosque de robles y hayas, que se internaba tierra adentro. Pero el grupito había decidido dirigirse hacia los acantilados costeros, que le gustaban más.

Guillemot disminuyó el ritmo y pronto se encontró caminando junto a Ambre.

–¿Por qué le has contado todas esas historias a tu padre?

–¿Qué historias? –preguntó Ambre sorprendida, volviéndose hacia él.

–Ya lo sabes –se ruborizó el chico–, sobre mí y las chicas de Ys...

–¡Ah, eso! –reconoció Ambre adoptando un tono ligero– pues no me acuerdo. ¡Debe de ser que se me pasó esa idea por la cabeza y me pareció divertida!

¡Pues no tiene ninguna gracia! –se enfadó Guillemot.

–¿Ah, no? ¿Entonces no es verdad?

Guillemot se exasperó. Era imposible hablar en serio con aquella chica.Consciente de haberse pasado un poco, ella trató de reanudar la conversación:

–¡Qué maja es tu madre que nos recibe a los cuatro dos meses!

–Sí, es verdad –asintió Guillemot–. Por nada del mundo querría verme triste, que es lo que hubiera pasado si hubiera tenido que estar todo el verano sin vosotros.

–¡Zalamero! –replicó Coralie, que se había acercado a ellos, dejando a Romaric explicarle a Gontrand con grandes aspavientos el entrenamiento que se había impuesto para su examen de ingreso en la Orden.

–¡Mi madre parece siempre tan triste! Se diría que se siente culpable de haber dejado marchar a mi padre y de no haberme dado hermanos y hermanas…–suspiró Guillemot.

–¡Pues yo daría cualquier cosa por ser hija única! –exclamó Ambre, a quien su hermana lanzó una mirada fulminante.

–Lo principal es que te quiere, ¿no? –concluyó Coralie dulcemente.

–Sí, claro, tienes razón –dijo Guillemot en tono evasivo, como para ahuyentar los malos pensamientos que hubieran podido venir a empañar la alegría de aquellos días.

Pronto divisaron los acantilados de blanca roca caliza que se alzaban por encima del océano, gigantes y frágiles, cambiando constantemente de aspecto bajo las acometidas del mar, el viento y la lluvia, erosionándose lentamente o desmoronándose por faldas enteras. Eran menos espectaculares que los de las costas de la Landa Amarga o de las Montañas Doradas, por donde se había producido la grieta cuando la gigantesca tempestad había arrancado a Ys del continente. Pero seguían siendo imponentes, a pesar de todo.

Tomaron el camino que llevaba a la playa de los guijarros, tras lanzar una mirada a Guillemot que les tranquilizó con una sonrisa: ¡porque unos Gommones le hubieran atacado una vez, no iba a huir siempre de las playas de Ys!

Durante el camino, Guillemot describió a sus amigos estupefactos la vida que escondían aquellos acantilados, a primera vista inhóspitos; allí donde la pendiente era suave brotaba césped, florecían la fetusca roja y la milenrama, que atraían a las mariposas y a veces a los erizos. En las grietas de la pared abrupta anidaban gaviotas reidoras y argénteas y cernícalos.

–¡No me digas que aprendes todo eso el en colegio! –le interrumpió Gontrand mientras andaban por los guijarros a la orilla del mar.

–No, es con el Maestro Qadehar… Forma parte de mi aprendizaje –reveló Guillemot.

–¿Y dónde está la magia en toda esta historia? –preguntó Coralie, curiosa.

–Os lo he repetido –respondió– no debo hablar nunca jamás de ese tema, ni siquiera con vosotros. Lo he prometido.

–Ya lo sabemos, ya lo sabemos –refunfuñó Romaric–. Coralie lo decía sin pensar, nada más.

–Es su especialidad –dejó caer Ambre, antes de lanzar alegremente al foro–: ¡mejor vamos a escalar! ¿Quién acepta mi desafío?

Su propuesta no despertó mucho entusiasmo. Todos sabían que era imposible trepar tan bien como ella. Como de costumbre, Romaric fue el único en aceptar el reto. ¡Sin duda, un estúpido reflejo instintivo de futuro Caballero!, se burlaba Gontrand. Se sentaron para asistir al espectáculo.

Romaric escalaba con gran potencia, y cada gesto le arrancaba un gruñido. Ambre se desplazaba con gracilidad y se elevaba sin esfuerzo aparente. Se hubiera dicho que bailaba sobre la pared, buscando apoyos para manos y pies mediante ágiles movimientos de balanceo. Pronto llegó a la cima de la roca que había escogido, entre los aplausos de los que se habían quedado abajo. A pesar del resentimiento que todavía sentía hacia ella, Guillemot estaba emocionado. Se preguntaba si alguna vez había visto un espectáculo tan hermoso como el de Ambre acariciando y domeñando el acantilado.

Romaric, por su parte, resoplando y sudando, se limitó a llegar a donde estaba. Ella le tendió la mano para ayudarle en el último metro y él la aceptó de buena gana. Encaramados ambos a la misma roca, cantaron victoria con los brazos en alto. Gontrand, Coralie y Guillemot les respondieron desde abajo. Entonces Ambre gritó:

–¡AHÍ! ¡AHÍ! ¡GUILLEMOT! ¡CUIDADO!

Toda pálida, señalaba agitándose a unos matorrales próximos al mar. Romaric también se puso a gritarles y a gesticular. Los otros tres que se habían quedado en la playa se dieron la vuelta. Vieron una sombra perfilarse sobre los guijarros a poca distancia de ellos, una sombra grande y fornida.

Coralie se puso a chillar. Guillemot, petrificado, trató por un instante de invocar el Grafema que le había salvado la última vez, pero abandonó rápidamente: había sido Thursaz el que había acudido a él, no él quien lo había hecho acudir. Agachó la cabeza, avergonzado de pronto de sus fanfarronerías ante sus amigos, y después volvió a alzarla, listo a pesar de todo para defenderse valientemente. Vio que Gontrand sacaba del bolsillo temblando un extraño silbato y, aunque no emitía sonido alguno, soplaba por él como si le fuera la vida en ello.

De pronto, con un rechinar espantoso y entre una lluvia de chispas, una roca muy próxima a ellos pareció abrirse y Qadehar emergió. Tambaleándose, se precipitó entre Guillemot y la sombra, que no se había movido, adoptando una postura mágica de defensa. El tiempo pareció detenerse. Nadie se movió, ni se atrevió a respirar siquiera. Un instante después, el Mago se relajó y estalló en carcajadas.

–¡Acércate! ¡No tengas miedo!

De los matorrales donde se escondía salió aquél cuya sombra proyectaba el sol sobre la playa.

–No tengo miedo –farfulló una voz que todos reconocieron con estupor.

Entonces, con las manos en los bolsillos y el gesto contrariado, apareció Thomas de Kandarisar. El chico, ancho y fornido, avanzó hacia el grupito cojeando y arrastrando los pies.

14

¡Vivan las vacaciones!

—¡MIRA que es pesado! —exclamó Coralie tras darse la vuelta y divisar las greñas pelirrojas de Thomas, que los seguía a distancia.

—Es verdad —admitió Romaric—, pero ya nos lo explicó antes de ayer, cuando nos dio aquel susto en la playa: ¡ha jurado velar siempre por Guillemot, que le salvó la vida!

—¿Vosotros os habíais dado cuenta antes de que me seguía? —preguntó Guillemot.

—No —respondieron los demás al unísono.

—Parece que está en la posada de Troïl —añadió Coralie, que siempre lo sabía todo—. El posadero es amigo de su padre.

—No me extraña, su padre tiene amigos por todas partes —zanjó, lacónico, Gontrand, encogiéndose de hombros—. ¡Qué idiota, este Thomas! ¡Mira que darnos ese susto!

—¡Y tú, con tu silbato mágico! —se burló Romaric, despeinando a Gontrand.

—¡Qué pasa! ¿Cómo iba yo a saberlo? —se defendió éste, volviendo a peinarse con la palma de la mano.

–En todo caso, sabes guardar un secreto –admitió Ambre, revolviéndole otra vez el pelo.

–¡Parad ya, sois unos plastas! –gruñó alisándose de nuevo el cabello–. ¡Qadehar me confió el silbato al principio de las vacaciones, para que pudiera avisarle si Guillemot corría el menor peligro! Me pidió que no os dijera nada. Confía en mí.

–¡Ahora estará dándose de cabezazos contra las paredes! –le pinchó Romaric.

–¡Venga, vale ya! Hizo lo que tenía que hacer –intervino Guillemot–. ¡Gracias, en todo caso! Porque si sólo hubiera estado yo para defenderos...

–Eso no lo sabes –le tranquilizó Coralie–, a lo mejor, si se hubiera tratado de un Gommón de verdad, tu poder se hubiera manifestado.

–Sí, a lo mejor –dijo el chico con una mueca–. Bueno, tíos, aquí os dejo. ¡Nos vemos esta noche!

–¡Hasta la noche! –le respondieron, viéndolo desaparecer por el sendero que conducía al claro del gran roble donde lo esperaba el Mago Qadehar para su lección diaria.

El episodio de la sombra en la playa, aunque había sucedido dos días atrás, les parecía ya lejano. Las vacaciones habían tomado un cariz distinto con las obligaciones de Guillemot para con su Maestro. Pasaba con sus amigos las mañanas y las noches, pero las tardes estaban consagradas al aprendizaje de las cosas mágicas. Así que Romaric había decidido dedicar esas horas a su entrenamiento de futuro Caballero, y Gontrand tocaba escalas con su cítara mientras lo veía sudar. Ambre y Coralie eran las únicas a las que no satisfacía por completo aquel nuevo horario y se aburrían, una vez agotadas las bromas que podían gastarles a los dos chicos que tenían a mano. Afortunada-mente, por las noches recuperaban juntos el tiempo perdido y se iban a dormir a altas horas de la madrugada.

Guillemot pronto llegó al claro. Qadehar le esperaba sentado en el suelo con los ojos cerrados y la espalda apoyada contra el tronco de un roble. Para manifestar su presencia, el chico se aclaró la garganta.

–Ven a mi lado –le dijo el Mago, que no se había movido.

Guillemot obedeció. Se sentó junto a su Maestro, tratando de imitar cuidadosamente su postura.

–Relájate y déjate invadir por la energía del árbol, que sube desde las raíces más profundas hasta las hojas más altas…

Guillemot cerró los ojos e intentó concentrarse. No sentía nada… Como si le hubiera leído el pensamiento, Qadehar continuó:

–Es una medicina lenta, hijo. Pero no te preocupes, ¡tu columna vertebral no necesita tu atención para beneficiarse de ella! Hablemos un poco: ¿ayer querías preguntarme algo?

Habían pasado la tarde del día anterior recitando, una y otra vez, los veinticuatro Grafemas, a pesar de los vanos intentos de Guillemot por orientar la conversación al episodio de los acantilados.

–Sí, Maestro –respondió entusiasmado–, quería saber…

–¡Conserva tu posición, con la espalda bien apoyada en el árbol! A ver, ahora dime.

Guillemot rectificó su postura, luego continuó:

–¿Cómo habéis podido salir de una roca, Maestro?

El Mago rió.

–¡Porque en realidad no estaba dentro de ella, hijo! Para llegar a donde estabas, empleé los caminos del

Wyrd. En primer lugar, calculé mi trayectoria, más o menos como se prepara un itinerario sobre un mapa con una brújula; a continuación, penetré en el Wyrd deslizándome dentro de un roble, y salí de él atravesando una roca. ¡Nada más!

–¿Nada más? –exclamó Guillemot, desconcertado, sin poder dar crédito a lo que escuchaba–. ¿Pero cómo es posible viajar así? ¿Uno está en el bosque, llama a la puerta de un árbol, le abre, corre por un sendero, abre una ventana en una piedra y puf, uno se encuentra en una playa? ¡Es increíble!

–No es tan increíble, Guillemot. Es simplemente agotador, y además exige un gran dominio de la magia, así como un buen conocimiento del Wyrd. ¡Mira, ya que estamos, me vas a decir cómo lo hubieras hecho tú!

–¿Yo? –se asombró el Aprendiz– ¿pero cómo?

–Por ejemplo, ¿cómo hubieras hecho para abrir el árbol y la roca para entrar y salir del Wyrd?

–Yo... hubiera...

–¡Piénsalo! –dijo Qadehar con voz dura–. Espero.

–Eh... Hubiera, ¡hubiera invocado a Raidhu! ¡El carro, el Grafema del viaje!

–¿Y después? –preguntó el mago, cuyo rostro se había iluminado– ¿Para calcular tu trayectoria y orientarte en el Wyrd?

–Hubiera solicitado la ayuda de Perthro, el Grafema que parece un cubilete de dados y que es el guía en el Wyrd –respondió Guillemot, con más confianza en sí mismo.

Sintió la mano del Mago posarse en su hombro y apretarlo afectuosamente.

–Bravo, bravo, hijo. ¡Empiezas a comprender muchas cosas! Pero siguen confinadas al ámbito teórico, ¡la práctica es infinitamente más difícil y peligrosa! Recita el antiguo poema de la Sabiduría de los Aprendices de Mago.

Guillemot obedeció:

—*¿Sabes cómo hay que grabar? ¿Sabes cómo hay que interpretar? ¿Sabes cómo hay que colorear los Grafemas? ¿Sabes cómo hay que sentir? ¿Sabes cómo hay que preguntar? ¿Sabes cómo hay que sacrificarse? ¿Sabes cómo hay que ofrecer? ¿Sabes cómo hay que proyectar? Más vale no pedir que sacrificar demasiado; un don siempre recibe recompensa. Más vale no ofrecer que proyectar demasiado…*

—¡Algún día, hijo mío —continuó Qadehar— comprenderás plenamente el sentido de estas frases! Por el momento, basta con que sepas que, ante la magia, hay que permanecer siempre humilde y prudente… Sí, ¿quieres preguntar algo más?

Guillemot se agitaba como solía hacer cuando ardía en deseos de interrogar a su Maestro.

—Maestro Qadehar, ¿qué postura era ésa que adoptasteis contra la sombra de Thomas, en la playa?

—¡Buena pregunta, pequeño! Era una Stadha, una posición que reproduce la forma de un Grafema para darle más fuerza si hubiera tenido que invocarlo… En este caso, agotado por mi trayecto en el Wyrd, había adoptado la postura de Naudhiz, el Grafema del peligro, que sirve tanto para neutralizar los ataques mágicos como para resistir a las agresiones físicas. ¿Hay algo más que quieras saber?

—No, Maestro —respondió pensativo Guillemot, calibrando de repente la gran distancia que le quedaba por recorrer en el camino de la magia.

—Entonces, puedes marcharte. Hoy estoy cansado… ¡Igual que uno no hace la guerra sin sufrir cuando es Caballero, uno no practica la magia impunemente cuando es Mago! Anda, hijo. ¡Y hasta mañana!

Guillemot no se lo hizo repetir dos veces y tomó a la carrera el camino de Troïl.

En su casa, encontró a sus amigos, encantados de verle volver antes de lo previsto. En su entusiasmo, decidieron preparar un picnic para la cena e ir a pasar la noche bajo las estrellas, en la landa, alrededor de una fogata.

–¿Estáis seguros de que no corremos ningún peligro con los Korrigans? –preguntó por quinta vez Coralie, a quien asustaban todas las historias que circulaban sobre ellos.

–Absolutamente ninguno –respondió Romaric, echándose la mochila al hombro–. Díselo tú, Gontrand, yo ya estoy harto.

–En esta época del año, hermosa princesa, los Korrigans sólo danzan en torno a los menhires y los dólmenes: ¡basta con elegir una zona de la landa donde no los haya! Además –añadió– ¡esta noche estaremos acompañados por un esforzado Caballero y un poderoso Mago!

–Ja, ja, ja… ¡Muy gracioso! –le espetó Romaric–. Mientras tanto, ¿quién llevará la mochila de la comida, eh? ¡Desde luego, no un mequetrefe que se rompería en dos a la primera ráfaga de viento!

–¡Vale ya, gruñones! –intervino Ambre, llegando a la puerta de la cocina.

Luego, dando palmadas e imitando la voz autoritaria del un profesor, ordenó:

–¡Vamos, chicos, daos prisa!

Todos se abalanzaron sobre ella para hacerla callar.

La noche caía lentamente.Habían caminado un rato largo antes de encontrar un lugar que les pareció ideal, junto a un bosquecillo de fresnos, en medio de unas rocas bajas plagadas de líquenes. Habían encendido el fuego, colocado las patatas bajo las cenizas calientes y clavado las salchichas en los extremos de unas varas por encima de las brasas. Se habían dado el gran banquete, contando historias graciosas que les habían provocado continuos ataques de risa. Luego, habían cantado las viejas canciones de Ys, que sobrevivían de generación en generación. Entonces Romaric y Coralie se habían enfrascado en una animada conversación a propósito de los tiempos antiguos de Ys, él extasiado ante la bravura de los Caballeros del Viento, ella ante los atavíos de las mujeres de la época representadas en algunos tapices. Gontrand había sacado su cítara del estuche.

–¡Qué bien se está aquí! –suspiró Ambre, recostada boca arriba para disfrutar mejor de las notas melancólicas que Gontrand arrancaba a su instrumento.

–Qué pena que toda la vida no sea como este momento –ponderó Guillemot, que se había tumbado a su lado y, con las manos en la nuca, dejaba deambular su mirada entre las estrellas.

La oscuridad ocultaba sus rostros y sólo sus ojos brillaban. «Sí», se dijo Guillemot, sorprendido de sentirse turbado por la chica, «¡qué pena que la vida entera no sea como este momento!».

15
El ataque

—¿QUÉ hacemos esta tarde? —preguntó Coralie al grupo.

El tiempo estaba triste y todos acusaban el cansancio de unas noches demasiado cortas y unos días que acababan agotándose sin saber cómo. Tirados en la alfombra de la habitación de Guillemot, ya habían dejado pasar la mañana entera sin hacer nada, y lo mismo habría ocurrido con el resto del día, si no hubieran reaccionado.

—Ya vale, ¿no? —continuó—. ¡Para una vez que Guillemot está con nosotros!

Qadehar, convocado urgentemente a uno de los monasterios de la Guilda, había tenido que ausentarse, y su alumno disfrutaba de una tarde de libertad inesperada.

—¿Y si vamos al cine? —propuso Gontrand.

—¡Buena idea! —aplaudió Ambre—. ¿Qué ponen en Troïl esta semana?

—Creo que es una peli vieja de máquinas del tiempo —respondió Coralie.

—Bueno —dijo la chica—, ¿quién vota a favor?

Uno tras otro, fueron levantando la mano sin mucho entusiasmo.

Pero como no sabían qué hacer y a ese paso llevaban camino de perder el tiempo por completo, ¡más valía agarrarse a la primera buena idea!

–¿De qué quieres el helado, Ambre? –preguntó Gontrand.

–¡De vainilla, por favor!

–¿Y tú, Guillemot? –continuó, tendiéndole su helado a Ambre.

–¡De lo mismo, gracias!

–¡Anda, mira, tenemos los mismos gustos, Guillemot! –exclamó la chica, a un volumen suficiente para que todo el mundo pudiera oírla–. ¡Es una señal!

Los ojos verdes del chico echaron chispas fulminantes, mientras Gontrand y Romaric ahogaban una risita maliciosa. ¡Y Guillemot creyendo que desde la noche de la landa se había declarado una especie de tregua entre Ambre y él! Cierto que hacía ya unos días que no se metía con él a la primera de cambio, lo cual resultaba muy agradable… Pero ahora la paz parecía rota por completo, y Guillemot suspiró. ¿Es que las chicas no tenían nada mejor que hacer en la vida que tomarles el pelo a los chicos? Se revolvió en su asiento, incómodo.

–¡Shhh! –chistó alguien en la sala–. ¡Que ya empieza!

La luz se apagó. La mirada pérfida de Agathe y la sonrisa burlona de Ambre se adueñaron por un momento de los pensamientos de Guillemot. Luego, se esforzó en expulsarlas de su imaginación para disfrutar de la película. Estaba a punto de conseguirlo cuando sintió una mano que intentaba discretamente coger la suya. Su corazón se desbocó. Era Ambre, que estaba a su lado. ¿Por qué querría cogerle la mano? Nadie podía verles, así que no era para ponerlo en ridículo delante de los demás. ¡Era otra cosa! ¿Podía ser que... podía ser que a lo mejor? ¿Podía ser que de verdad sintiera algo por él? El pulso se le aceleró. ¿Qué debía hacer? ¿Fingir que no pasaba nada? ¿Susurrarle que lo dejara? Intentó calmarse. ¡Él, un futuro Mago! ¡Incapaz de dominar una situación tan embarazosa! No pudo evitar enrojecer. Hubiera deseado murmurar cualquier cosa, pero ella se burlaría de él. ¿Qué iba a hacer, qué iba a hacer? Afortunadamente, Ambre, harta de intentar llamar su atención, había vuelto a poner la mano en el reposabrazos. Guillemot lanzó un suspiro de alivio.

—¿Tú crees que es posible viajar en el tiempo, como en la peli? —preguntó Romaric a su primo.

Al terminar la sesión, habían decidido volver a casa dando un rodeo por el bosque para aprovechar que por fin había vuelto a salir el sol y que proyectaba una hermosa luz al filtrarse por entre las hojas.

—Sí, debe de ser posible —respondió Guillemot—. No sé cómo, pero en todo caso no con una máquina.

—¡Qué rallada pensar que en el Mundo Cierto no conocen la magia! —exclamó Romaric.

—Hay cosas más rallantes todavía —respondió Gontrand—. Mira, por ejemplo, ¡no tienen Caballeros!

—¡Tú no eres capaz de hablar en serio ni cinco minutos, Gontrand! —refunfuñó Romaric, cuyo cabello parecía aún más rubio bajo los rayos del sol—. No sé si ves mucho las noticias en la tele, pero están mandando su mundo a la porra.

—Papá siempre dice —aventuró Ambre, que respecto a Guillemot se comportaba como si no hubiera pasado nada en el cine— que el principal mérito de Ys es haber elegido lo mejor del Mundo Cierto.

–Ya ves. Yo en todo caso no les envidio el aire contaminado ni el agua que apesta a cloro –prosiguió Romaric–. Pero la verdad es que me molaría montar en un coche. ¡En un Porsche o un Ferrari!

–¡Y a mí subir las escaleras del festival de Cannes! –añadió Coralie agitando los párpados.

–¡Pero eso no tiene nada que ver! –saltó Romaric.

–¿Ah, no? –replicó molesta la chica.

–¡Callaos! –interrumpió de pronto Guillemot–. ¿No habéis oído un ruido extraño?

Se quedaron inmóviles. Estaba en pleno bosque, y a su alrededor la naturaleza hervía de sonidos familiares: el canto de los pájaros, el soplo del viento agitando las hojas, los zumbidos de los insectos.

–No, no he oído nada –respondió Romaric.

–Es curioso –murmuró Guillemot–. Pero me había parecido... ¡Aquí hay algo que no es normal!

Abandonó el caminó y avanzó unos pasos. Se puso a escudriñar la espesura. Estaba seguro de haber oído un gruñido, un gruñido ahogado, sordo como el de un oso. Y sin embargo, no había nada. Ningún animal a la vista, ni siquiera un arbusto donde hubiera podido camuflarse. No había más que árboles, demasiado delgados para poder esconderse detrás de ellos.

–¿Ves algo, Guillemot? –musitó Gontrand.

–No, yo...

En medio de un torbellino de hojas, una criatura colosal surgió de la tierra y se irguió delante de Guillemot, provocando un alarido general de sorpresa y terror.

¡Era un Orco! Uno de esos monstruos horribles del Mundo Incierto que la Sombra utilizaba con frecuencia en sus ejércitos.

Primos de los Gommones, los Orcos tenían la misma estatura, la misma fuerza y la misma crueldad; y se diferenciaban de ellos por estar adaptados no al medio marino, sino al terrestre. Llevaban el pelo, gris y lacio, recogido en la nuca con una banda de tela grasienta, y en medio de su rostro tosco y arrugado brillaban dos ojillos vivos de depredador. Su piel gruesa y cuarteada, cubierta por unas groseras ropas de tela y cuero, parecía la de un elefante, y a juzgar por la anormal longitud de sus extremidades, se adivinaba que tenían una excepcional aptitud para correr.

El Orco había estado esperándoles, emboscado en las inmediaciones del camino, en un agujero cavado en el suelo y recubierto de ramas. Ahora, inmóvil, sujetaba una maza y paseaba su mirada cruel sobre los miembros del grupo, invadidos de estupor.

–¡Silba, tío, silba por lo que más quieras! –gritó de pronto Romaric a Gontrand, que acababa de sacar el silbato del bolsillo y se estaba dejando los pulmones soplando a través de él.

–¡Pero si ya estoy silbando!

Qadehar no aparecía. Una oleada de pánico se apoderó del grupo, que se dispuso a emprender la huida. Justo en ese momento, un segundo Orco se dejó caer ágilmente de las ramas del árbol donde estaba escondido, cortándoles la retirada.

Como si hubiera estado esperando a la intervención de su compañero, el Orco surgido de la tierra blandió su arma y se lanzó gruñendo sobre Guillemot.

¡Así que no se equivocaba cuando le había parecido oír un gruñido! Guillemot salió corriendo y zigzagueando entre los troncos de los árboles, con la esperanza de escapar así de la criatura del Mundo Incierto. Tenía que pensar rápido. El segundo Orco perseguía a sus amigos agitando su maza. ¡No resistirían mucho tiempo frente a aquellos adversarios! Su Maestro, por alguna razón, no aparecía. Y aunque había un peligro real, esta vez Thursaz tampoco actuaba por sí mismo, espontáneamente, como había hecho contra el Gommón en la playa.

Guillemot se agachó instintivamente y escapó por muy poco a las enormes garras que intentaban agarrarlo del pelo. Intentó correr aún más deprisa.

–¡Ambre! –chilló Coralie–. ¡Ambre!

Como Guillemot, Coralie intentaba en vano distanciarse del Orco que se había lanzado a perseguirla al dispersarse todos. A pesar de su gran tamaño, se desplazaba con agilidad y las ramas que la joven soltaba como látigos sobre él al atravesar los arbustos no lograban frenarle. Cuando se dio cuenta de lo que sucedía, Ambre corrió a ayudar a su hermana.

–¡Ya está bien, bicho asqueroso! –gritó, lanzando al Orco un puñado de tierra que le cegó durante un instante breve, pero suficiente para que Coralie lograra alejarse.

El monstruo aulló de rabia y dirigió su atención a la intrépida joven. Entonces, Romaric y Gontrand intentaron atraer al Orco hacia ellos insultándole y lanzándole trozos de madera. Pero en vano: la criatura furiosa se ensañaba con Ambre quien, cada vez más agotada, ponía todas sus energía y habilidad en esquivar los mazazos que llovían a su alrededor.

Guillemot palideció. ¡Tenía que ayudarla! ¡Él era el único capaz de hacer algo contra aquellos monstruos! Afortunadamente, el Orco que le perseguía, tal vez más viejo que el otro, se iba cansando, y el Aprendiz logró retomar la iniciativa, de modo que cambió de dirección para acercarse a sus amigos. Al mismo tiempo, se esforzó en concentrarse e hizo desfilar los Grafemas en su imaginación. Cuando llegó a Ingwaz, el vigésimo segundo, éste se hinchó ligeramente. Instintivamente, el Aprendiz de Mago lo invocó. En ese preciso momento, consiguió reunirse con Ambre, y ambos Orcos se encontraron a la misma altura. Los monstruos intercambiaron una mirada y detuvieron su carrera. Romaric, Gontrand, Coralie, Ambre y Guillemot hicieron lo mismo y, jadeantes, intentaron recuperar el aliento. El tiempo quedó suspendido un instante.

Entonces, rugiendo y blandiendo con más energía aún sus armas por encima de sus cabezas, ambos Orcos atacaron a la vez a la pandilla, que se dispersó nuevamente gritando.

Esta vez, Guillemot no se movió. Cerró los ojos. Tenía que concentrarse, hacer el vacío en su interior, olvidar a aquellos monstruos de casi dos metros de alto, dientes afilados y armas amenazantes. Ingwaz brilló en la noche de sus párpados cerrados. Adoptó la Stadha, la postura del Grafema, abrió los ojos y gritó, justo cuando los Orcos iban a alcanzarle:

–¡INGWAAAAZ!

El primer Orco se detuvo de golpe, como si sus pies hubieran caído en una trampa de mandíbulas temibles. Apresado bruscamente por el suelo, daba igual lo que rugiera o se agitara, ¡ya no era capaz de avanzar! Pero su compañero seguía corriendo hacia el chico.

Guillemot se quedó desconcertado. ¡El Grafema de Fijación sólo había funcionado a medias! Era demasiado tarde para invocar otro y, de todos modos, sabía que no iba a tener la energía necesaria. ¡La única salida era huir! Eso iba a hacer cuando una silueta surgió de entre los árboles más cercanos y propinó un puñetazo al Orco, justo en el momento en que éste iba a abalanzarse sobre Guillemot.

—¡Thomas!

En efecto, ¡era Thomas quien había intervenido milagrosamente y quien luchaba contra el monstruo con todas sus fuerzas! Recobrando el valor, Guillemot cogió una rama y empezó a golpear al Orco una y otra vez, siempre que podía sin lastimar a Thomas. Romaric, Ambre y Gontrand acudieron en su ayuda. Pero la lucha era desigual y Thomas, con un mordisco en el brazo, sangraba y sentía que le flaqueaban las fuerzas. El Orco volvía a ponerse de pie, furioso, gruñendo y levantando en volandas a su joven adversario, al que tenía agarrado por la garganta, cuando Qadehar apareció jadeante por culpa de la distancia que había tenido que recorrer.

Cuando lo vio, el monstruo se quedó estupefacto, lanzó un grito de terror, soltó a Thomas e intentó escapar. El Mago desencadenó inmediatamente sobre él el poder de Ingwaz, y el Orco vio interrumpida su carrera, al lado de su compañero, arañando el suelo de impotencia.

Qadehar se acercó a Thomas, que yacía en tierra sin sentido.

16
El monasterio de Gifdu

La montura –un enorme caballo gris– que Qadehar había tomado prestada del tío Urien seguía prudentemente el estrecho sendero sinuoso a lo largo de las gargantas de Gifdu. Guillemot, sentado a la grupa detrás del Mago, contemplaba aquel paisaje cautivador. Habían partido de Troïl al alba y ahora la noche se aproximaba. El chico rompió el silencio que se había instalado desde que habían vuelto a cabalgar, tras comer en una posada de carretera a mitad de camino:

–Maestro, ¿creéis que Thomas se recuperará?

–No te preocupes, Guillemot. El Orco le hizo una mordedura espantosa, pero ya está fuera de peligro. Si yo no hubiera llegado a tiempo…

–¡Es increíble, Maestro, que alguien haya podido impediros el acceso al Wyrd para llegar hasta nosotros!

–¡Alguien no, hijo mío, la Sombra! ¡Parece que en efecto ha aumentado considerablemente sus poderes, hasta conseguir impedirme todo acceso al Wyrd durante diez minutos! Por esa razón nos dirigimos a Gifdu, Guillemot: para informar con detalle de los últimos acontecimientos a nuestro Gran Maestre.

–¡Menos mal que os encontrabais cerca de Troïl cuando escuchasteis el silbato!

–¡Menos mal, sobre todo, Guillemot, que corro rápido!

Se internaron por un paso todavía más estrecho y escarpado.

Guillemot pensó en la necesidad para un Mago de poseer una buena condición física. Al principio, se sentía bastante orgulloso de haberse mantenido a distancia del Orco, en el bosque. Luego se había dado cuenta de que su carrera, en realidad, lo había agotado: ¡cuando había querido invocar un segundo Grafema, había sido superior a sus fuerzas, lo mismo que volver a huir, por otra parte! No, era exclusivamente a Thomas a quien debía el seguir con vida. Hablaría con Romaric cuando volviera a Troïl: quizá pudieran hacer ejercicio juntos.

–Por cierto, felicidades por tu hechizo de fijación, hijo –continuó Qadehar–. ¿Cómo se te ocurrió esa idea?

–En cierto modo se me impuso, Maestro. No igual que Thursaz en la playa contra el Gommón, ¡pero prácticamente me vino por sí solo! Decidme, ¿por qué Ingwaz no funcionó con el segundo Orco?

–Ingwaz es un Grafema selectivo, que actúa sobre una sola persona. Hubieras tenido que invocarlo dos veces para detener a tus dos agresores.

Guillemot se prometió no olvidarlo. ¡Si lo hubiera sabido! ¡Thomas no hubiera tenido que arriesgar su vida!

Los cascos del caballo hicieron rodar las piedras del camino.

–¿Puedo preguntaros una cosa, Maestro?

–¿No es lo que estás haciendo desde hace un rato?

–Eh… ¡sí! ¿Puedo, Maestro?

–Adelante, Guillemot –le animó Qadehar.

–En la playa, la primera vez, con Agathe y Thomas… Agathe me dijo que los Aprendices no podían lanzar hechizos… ¿Por qué yo soy capaz de hacerlo?

Se produjo un instante de silencio.

El Mago acabó respondiendo, en tono lacónico.

–Porque tienes un talento especial, Guillemot.

Estaban llegando a un paso difícil. Qadehar tuvo que desmontar para guiar al caballo. Cuando volvió a montar, Guillemot le interrogó de nuevo:

–Maestro…

–Sí, hijo.

–¿Por qué los Orcos os tenían miedo?

Qadehar dejó escapar una risita.

–Es que, desde que voy por allí, empiezo a ser conocido en el Mundo Incierto. Conocido y… ¡temido!

–Maestro, ¿tenemos los mismos poderes en el Mundo Incierto que aquí?

–Sí y no, Guillemot. El poder de los Grafemas permanece intacto, pero se comportan de forma diferente. Por el momento no puedo explicártelo con más claridad. Es necesario experimentarlo personalmente… Para simplificar, recuerda únicamente que los Magos conservamos y a veces incluso incrementamos nuestros poderes en el Mundo Incierto.

A Guillemot no se le ocurrió nada más que decir. Permanecieron en silencio hasta su llegada al monasterio de Gifdu, joya de la Guilda, sede de las altas instancias de la magia del País de Ys.

El monasterio se alzaba en lo alto de una cumbre, en el corazón de las gargantas de Gifdu, que se ensanchaban en aquel lugar antes de ir a morir contra la abrupta Montaña de los Magos. Las murallas, grises y espesas, concordaban tan bien con las formas del relieve que se hubieran confundido con la roca, de no estar punteadas por cientos de ventanas.

Debido al viento que soplaba sin pausa en esta zona de las gargantas, los techos no estaban construidos ni con paja ni con tejas, sino con grandes losas planas que hacían que el edificio se fundiera con el paisaje desolado.

Era la primera vez que Guillemot contemplaba el monasterio fuera de un libro, y la vista le cortó el aliento. ¡Troïl entero hubiera cabido en el interior del gigantesco edificio! Qadehar percibió la sorpresa de su alumno.

–Y bien, Guillemot, ¿qué te parece Gifdu?

–¡Es inmenso, Maestro! –exclamó el chico–. ¿Cuántos Magos viven en él?

–Ah, muy pocos. Unos quince, tal vez. Pero lo esencial no es eso: la mayor parte del monasterio está ocupada por bibliotecas y salas de estudio. Los Magos que viven aquí tienen por tarea principal ocuparse de ellas. El resto de los edificios comprende los dormitorios y refectorios para acoger a los miembros de la Guilda que vienen a estudiar.

–¿Entonces aquí no se aprende magia? –preguntó Guillemot con un toque de decepción.

–¡La magia no se aprende en ningún lugar, Guillemot, porque se enseña en todas partes! Basta con que haya un Maestro y un Aprendiz. Pero más adelante, cuando necesites respuestas a tus preguntas, aquí es donde podrás venir a buscarlas…

–¿Fue en Gifdu, Maestro, donde Yorwan robó *El Libro de las Estrellas*?

El rostro de Qadehar se ensombreció.

–Sí, aquí fue. Pero debes saber que es mejor no mencionar ese episodio en el monasterio. Ha dejado demasiados malos recuerdos.

Guillemot se mordió los labios.

–Perdón, Maestro.

–¿Perdón, por qué? No podías saberlo. Ahora ya lo sabes.

Bajaron del caballo y, tirando de la brida, ascendieron por un camino más ancho tallado en la roca. Pronto llegaron frente al único acceso visible al monasterio: un gran portón de roble, claveteado y reforzado con planchas de hierro.

–¡Halaaaa! –exclamó Guillemot, asombrado–. ¡Anda que no debe de ser sólida esta puerta!

–¡Más de lo que crees! –respondió Qadehar–. Pero su verdadera solidez reside principalmente en los Galdr, los encantamientos, las asociaciones de Grafemas grabadas en ella. Tendremos ocasión de volver a hablar de ellos.

El Mago agitó la enorme campana que se encontraba en la entrada.

Unos minutos después, un hombrecillo con gafas, rechoncho y casi calvo, vestido como Qadchar con un gran abrigo oscuro, vino a abrirles. Al ver a los visitantes, en su rostro se dibujó una amplia sonrisa.

–¡Qadehar!

–Me alegro de volver a verte, Gérald. ¡Cuánto tiempo!

Los dos hombres se dieron el abrazo de los Magos.

–Gérald, te presento a Guillemot, mi alumno…

–Encantado, si me permitís la expresión –respondió Gérald con malicia, estrechando vigorosamente la mano del chico.

—Guillemot —continuó Qadehar—, este es el Mago Gérald.

—¿Es el portero? —preguntó Guillemot con candidez, decepcionado de que el responsable de aquella tarea no fuera un coloso.

Los dos Magos rieron.

—Aquí no hay portero, joven Aprendiz —explicó Gérald—. ¡La puerta de Gifdu se basta y se sobra ella sola!

—Gérald es nuestro Mago informático —precisó Qadehar.

—¡Y espero verte a menudo en la sala de ordenadores durante tu estancia! —le previno el hombrecillo—. ¡Con el pretexto de que los Grafemas son más divertidos, los Aprendices descuidan la magia de los microprocesadores!

Confiaron su montura a Gérald, que la llevaría a las caballerizas, y se internaron por un amplio pasillo. Tras ellos, la puerta se cerró sola.

—Nuestro Gran Maestre no podrá recibirnos antes de mañana. ¡Vamos a dar un paseo por el monasterio!

Qadehar acababa de volver junto a su alumno, a la pequeña celda que les habían asignado en el tercer piso del ala Sur. Era sencilla y estaba limpia: tenía dos camas, una mesa y dos sillas. Una puerta daba, en un rincón, a un pequeño aseo. Por último, una ventana provista de un sólido postigo ofrecía una impresionante vista de las gargantas.

Salieron de la habitación y se adentraron por los interminables pasillos del monasterio.

—Aquí están las cocinas... Allí, la biblioteca de Historia... Aquí, una sala de trabajo... Allí, el cuarto donde están los ordenadores de Gérald...

Franquearon puertas, atravesaron salas, recorrieron interminables deambulatorios. Todos los estilos arquitectónicos estaban presentes, del más antiguo al más moderno, pero dominaba el gótico, que confería al conjunto no sólo unidad sino también, con sus piedras talladas, sus bóvedas y sus arcos ojivales, una apariencia de serenidad. Guillemot mantenía bien abiertos los ojos y los oídos. ¡Todo acababa por entremezclarse y confundirse, tal era la cantidad de lugares que había que visitar!

–Aquí, el patio, el único lugar del monasterio donde están autorizadas las conversaciones ruidosas... Allí, la biblioteca del Mundo Incierto, que contiene toda la información de la que disponemos al respecto... Aquí, el gimnasio...

–¿Un gimnasio, Maestro?

–¡Claro! ¿Ya has olvidado la importancia del ejercicio físico?

Guiando Qadehar a Guillemot por el laberinto de pasillos, tan parecidos unos a los otros, continuaron la visita por el imponente monasterio, y la noche se anunció antes de que hubieran terminado el recorrido. Se dirigieron a las cocinas, donde el Mago pidió una comida sustanciosa que transportó en una bandeja hasta su habitación. Ambos comieron con apetito, con los ojos clavados en el asombroso espectáculo de las gargantas lentamente conquistadas por la noche.

–Continuarás tu visita por Gifdu tú solo. Mañana tengo muchas cosas que hacer. Vamos a dormir, hijo mío.

–Buenas noches, Maestro Qadehar. Que tengáis dulces sueños.

–Tú también, Guillemot, tú también.

17
El Aprendiz juega a ser pirata

GUILLEMOT estaba pesaroso. Hacía casi dos semanas que Qadehar y él estaban en el monasterio de Gifdu, insignia de la Guilda de los Magos. Ya se habían reunido dos veces con el Gran Maestre, y el chico había contado al anciano descarnado todo lo que sabía. No comprendía por qué su Maestro prolongaba su estancia de aquella manera… El Gommón capturado en la playa seguía sin hablar. ¿Pero eso en qué le afectaba a él? ¡Cómo echaba de menos a Romaric, Gontrand, Ambre y Coralie! Tenía la impresión de estarlos traicionando al mantenerse lejos de ellos ¡y sobre todo de estarse perdiendo muy buenos ratos! El rostro de Ambre le vino al pensamiento sin darse cuenta. ¡Hasta echaba de menos las burlas de la chica más exasperante de Ys! Prueba evidente de que su soledad le pesaba de veras. Echó un vistazo a una Piedra Parlante para comprobar que iba en la dirección correcta y apresuró el paso por la escalera que llevaba al piso bajo.

Qadehar lo dejaba solo la mayor parte del tiempo. Le había autorizado desde el primer día –con una voz curiosamente irónica– a deambular a sus anchas por los edificios. Guillemot se había lanzado entonces al descubrimiento del monasterio. Por supuesto, como todos los Aprendices que llegaban por primera vez a Gifdu, al principio se había perdido y había tenido que pasar mucho tiempo llamando por los pasillos, antes de que un Mago viniera a buscarle y le llevara a su cuarto.

Para asombro general, Guillemot, puesto a prueba por su Maestro, había comprendido en un solo día algo que los nuevos tardaban a veces una semana en descubrir: en ciertas zonas de los muros, había piedras grabadas (que los Magos de Gifdu llamaban Piedras Parlantes) que proporcionaban indicaciones para llegar a cada sitio. Sólo había necesitado un día más para descifrar los signos que figuraban en ellas. Luego se había dedicado a explorar el monasterio y rápidamente tuvo la impresión de haberlo recorrido entero.

Como en Gifdu no había ningún otro Aprendiz con quien poder compartir el placer de sus descubrimientos, Guillemot había pasado entonces a visitar con asiduidad las numerosas salas de trabajo del monasterio. De esta manera, además de Gérald, cuyo humor agudo había aprendido a apreciar, había acabado haciéndose amigo de varios Magos. Qadwan, el responsable del gimnasio, era uno de ellos. Era un anciano solitario, extraordinariamente ágil y fuerte para su edad, a quien había conseguido meterse en el bolsillo contándole sus desventuras con los Orcos.

Todas las mañanas ayudaba también a Eugène, encargado del correo del monasterio, a clasificar las sacas que llegaban a Gifdu de los cuatro rincones del País de Ys: simples ciudadanos, jefes de clan, a veces incluso Korrigans (Guillemot reconocía su letra minúscula y alambicada), etc. ¡Eran muchos los que solicitaban los consejos o el arbitraje de la Guilda!

Por su parte, los Magos de Gifdu habían tomado cariño a Guillemot, reían sus chistes y se divertían también de ver la seriedad con la que paseaba su zurrón y su cuaderno de Aprendiz por las bibliotecas y las salas de estudio.

El chico aprendía mucho. Sin embargo, aquella situación empezaba a cansarle de verdad. ¡Estaba pasando allí sus vacaciones, lejos de Troïl y de sus amigos! Siempre tendría tiempo de volver a Gifdu más adelante, en octubre o noviembre, durante las vacaciones de Samain.

Con un suspiro, se detuvo a la altura de una Piedra Parlante que le daba a elegir entre tres destinos diferentes. Se internó por un pasillo mal iluminado para dirigirse a la sala de ordenadores.

Tras saludar a Gérald, que parecía muy ocupado en un trabajo de clasificación, se instaló delante de una pantalla libre. A aquella hora del día –¡la de la siesta!– los huéspedes de Gifdu estaban poco activos; y más teniendo en cuenta que, desde hacía varios días, el calor era asfixiante y la sala de ordenadores no se distinguía precisamente por ser el lugar más fresco. Guillemot dejó su zurrón en el borde de la mesa y puso en marcha el aparato.

No se le daban especialmente bien aquellas cuestiones, pero, como la mayoría de los escolares de Ys, dominaba suficientemente la informática como para pasar el rato. Empezó a pasearse por el menú buscando un juego. Como no encontraba ninguno, hizo una búsqueda más exhaustiva, para ver si el sistema no escondería alguno que Gérald hubiera puesto voluntariamente fuera del alcance de los Aprendices. Cuando el motor de búsqueda le pidió el término indispensable para su investigación, tecleó la palabra «juego». La respuesta apareció inmediatamente: «no hay resultados que mostrar». Claro, aquello hubiera sido demasiado simple. Tecleó «diversión», con el mismo resultado. A continuación probó con varios sinónimos, y luego con nombres de juegos que le gustaban. Nada. Iba a darse por vencido cuando, tras escribir, «El guardián de la mazmorra», el nombre de su juego preferido, el motor de búsqueda le condujo a una austera página de presentación con fondo de cielo estrellado, donde figuraba simplemente, en una hermosa letra manuscrita: «clave de acceso».

–¡Ah, esto se pone interesante! –murmuró Guillemot.

A continuación había doce símbolos idénticos, cada uno de los cuales reclamaba una letra o una cifra; una clave tan larga que Guillemot hubiera necesitado más de una vida para descifrarla.

Le pareció curioso que un simple juego fuera objeto de tal protección. Su emoción decayó, pero dio paso a una determinación firme.

–¡A ver quién gana, juego misterioso!

Sus dedos volaban sobre el teclado intentando esquivar la clave, pero no conseguía nada. Sus conocimientos eran demasiado escasos para introducirse como pirata en el sistema. Reflexionó. De pronto, se le ocurrió una idea. Febrilmente, abrió un programa de dibujo. Con el ratón, dibujó cuidadosamente una imagen que había copiado cientos de veces para su Maestro: ¡Elhaz, el Grafema del cisne, que desbloquea las situaciones y abre los cerrojos!

Acabada la tarea, importó el dibujo a la página estrellada y lo deslizó sobre el emplazamiento de la clave de acceso. Luego esperó. No ocurrió nada.

–Debe de faltar algo –volvió a farfullar Guillemot, que pensaba a toda velocidad.

Con una repentina inspiración, enchufó el micrófono del ordenador y activó el sonido. Luego, se lo pegó a los labios y murmuró:

–*Por el poder de la Abuela y del Arco Iris, tú que crepitas al arder, Elhaz…*

El Grafema de la pantalla se puso a brillar, luego pareció evaporarse, rellenando los símbolos de la clave. La página de bienvenida tembló y desapareció, cediendo su lugar a un nuevo menú.

–¡Sííííí!

Guillemot apretó los puños en señal de victoria. ¿De qué juego se trataba? Recorrió el menú: «Contabilidad del monasterio», «Miembros de la Guilda», «Supuestos amigos y enemigos de la Guilda», «Proyectos en curso»… La lista era larga. ¡Era casi increíble, había entrado en el núcleo del sistema central! Un lugar al que sin duda alguna no estaba autorizado a acceder. Lanzó una ojeada en dirección a Gérald, que seguía ocupado clasificando sus discos.

–Calma, calma. De todas maneras, tus intenciones no son malas. Tu objetivo no es perjudicar a la Guilda. Así que lo que has hecho no es tan grave. Basta con que salgas del programa, apagues tu ordenador y te marches tranquilamente…

Mientras intentaba serenarse, Guillemot veía difícil no acallar su interés por los archivos que tenía delante, como invitaciones a saciar su curiosidad.

–«Plano de Gifdu». Vamos a ver, seguro que no es delito echar un vistazo ahí.

Hizo clic sobre el icono y el monasterio se le apareció en tres dimensiones. Deslizando el ratón por encima de las zonas que le intrigaban, vio aparecer en un primer plano cada una de ellas, acompañado de comentarios. ¡Y pensar que creía haber visto todo el complejo! En realidad Gifdu tenía tanta extensión subterránea como en la superficie.

¡Guillemot hubiera deseado visitarlo todo! Sin embargo, la hora de la siesta había pasado y algunos Magos empezaban a entrar en la sala. El Aprendiz creyó más sensato detenerse en aquel punto.

Mandó a imprimir el plano general de monasterio, dudó y al final lanzó también la impresión de la lista de archivos disponibles en el sistema. A continuación, cerró con cuidado todos los elementos que había abierto y apagó el ordenador. Metió los documentos impresos en el zurrón y abandonó la sala despidiéndose del hombrecillo orondo y afanoso, que se limitó a dedicarle un gesto con la mano.

18
La curiosidad en ocasiones se ve recompensada

HABÍAN pasado varios días más. Aquella mañana, Guillemot se había quedado en la cama más de lo normal. A veces le gustaba permanecer acostado y dejar que sus pensamientos se perdieran en ensoñaciones vagabundas. En una de ellas, Ambre y él estaban en la landa junto al fuego, ¡y ella le pedía perdón por todas las maldades que le había hecho! Él, magnánimo, perdonaba a la chica, e incluso la rodeaba con sus brazos para demostrarle que no le guardaba rencor… Soñar despierto era agradable. Pero al fin y al cabo no lo hacía ni más ni menos que para matar el aburrimiento, igual que había asaltado el ordenador central y que se paseaba del gimnasio a las bibliotecas y de las bibliotecas a su cuarto, todo para matar el aburrimiento.

Echaba de menos a Romaric, Gontrand, Coralie y Ambre.

¿Qué estarían haciendo en estos momentos? ¿Cómo transcurrirían sus tardes al aire libre sin él? Se incorporó y saltó de la cama. ¡Tenía que hacer algo! ¡Hablaría con Qadehar! El Mago había salido una vez en su defensa, en la audiencia con el Preboste, para salvar sus vacaciones: ¡seguro que lo haría por segunda vez! Agarró su zurrón de tela y partió en busca de su Maestro por el monasterio.

Gérald, a quien preguntó, le informó de que Qadehar se encontraba en el despacho del Gran Maestre, pero lamentó no poder indicarle el camino: los Aprendices no tenían acceso a él. Como su insistencia no ablandaba al Mago informático, Guillemot se despidió de él. Tras comprobar que estaba solo, sacó de su bolso el plano del monasterio robado del ordenador, que todavía no había tenido tiempo de consultar a conciencia. Encontró sin mucho esfuerzo, gracias a las indicaciones precisas que proporcionaban las leyendas, el despacho de Charfalaq, en la torre Norte, en lo alto de una interminable escalera de caracol.

Allí decidió dirigirse, pegándose a las paredes al menor ruido, silencioso como un gato.

A medida que ascendía por los peldaños de la torre, a la que había llegado sin encontrar obstáculos, el chico sintió que le asaltaban las dudas. Al tiempo que se sorprendió volviendo a plantearse si hacía lo correcto, tuvo la impresión de que su voluntad se desmoronaba. ¿Sería el temor a acercarse al Gran Maestre? ¿O sería un Galdr, un conjuro? Por si acaso, invocó suavemente en su mente a Naudhiz, para neutralizar el eventual hechizo, y con más fuerza a Isaz, el Grafema del hielo, que ayuda a fortalecer la voluntad. Este último brilló y le sacudió interiormente; sintió condensarse su energía. Luego continuó su ascensión.

Guillemot llegó por fin ante la robusta puerta claveteada que daba acceso a los aposentos del Gran Maestre. Había quedado entreabierta. Se disponía a llamar, cuando escuchó las voces del Venerable y de su

Maestro que se escapaban del interior. Se le ocurrió entonces aguzar el oído:

–... estados de ánimo de vuestro Aprendiz no pesan mucho en la balanza, mi querido Qadehar. El crío se quedará aquí todo el tiempo que haga falta. ¡Un mes, un año si es necesario! Soy responsable de él frente al Preboste.

–Reflexionad, Gran Maestre, reconozco que he subestimado un poco el peligro, pero...

–¿Un poco? –continuó la voz cascada–. No ha faltado ni un pelo para que lo raptaran, ¿y os atrevéis a decir: un poco?

El Gran Maestre tuvo un acceso de tos. Cuando se hubo repuesto, prosiguió:

–No, en ningún otro lugar estará tan seguro como en Gifdu. En fin, Qadehar, sabéis que la Sombra ansía hacerse con el chico, ¿no? ¿Querríais ponerlo en sus manos?

–No, por supuesto que no. Por eso lo hemos tomado a nuestro cargo con tanta rapidez. Sin embargo, ¿pensáis seriamente que la Sombra vendrá a buscarlo aquí?

–Quiere apresarlo a cualquier precio, eso seguro. Lo que nos ha salvado por el momento es la estupidez de los Gommones. La bestia a la que hicimos hablar nos ha confesado que habían sido enviados a Ys para llevarse a un niño con un colgante en forma de sol. ¡Me parece que ésta era la única instrucción que podían comprender! ¿Quién sabe cómo había llegado la joya a manos de esa chica? En todo caso, la confusión nos ha concedido un momento de tregua, y el chico se ha convertido en nuestra principal baza contra la Sombra. Si se queda aquí, tendrá que venir a buscarlo ella misma, ¡porque ningún Orco ni ningún Gommón se arriesgarían jamás a acercarse a Gifdu!

–Vuestro razonamiento es acertado –suspiró Qadehar–. Sólo temo que no sea del agrado de Guillemot…

–¡Estúpido! Es la mejor oferta que se le puede hacer. ¿No tiene aquí a su disposición las más grandes bibliotecas de Ys? ¿A las personas más sabias?

–Ya no recordáis lo que es ser joven, Gran Maestre. A esa edad no se razona como un adulto. Sobre todo cuando uno lleva el nombre de Guillemot.

–Absurdo. ¡Os inquietáis por vuestro alumno, cuando todavía no entendemos cómo la Sombra consigue enviar a sus monstruos a donde le viene en gana, burlándose sin más de la Puerta!

Las voces se aproximaron. Guillemot no esperó más. Dio media vuelta y bajó la escalera con el mayor sigilo posible.

¿Qué significaba aquello? ¡El Gommón por fin había hablado y la Guilda ni siquiera había informado al Preboste! El País de Ys estaba en peligro, la Sombra quería raptarlo a él, Guillemot, por motivos oscuros, y por culpa suya Agathe se pudría en algún lugar del País Incierto… ¡Y para colmo, le retenían prisionero en el monasterio, lo había oído de labios del mismísimo Charfalaq! Sería por su seguridad y todo lo que quisieran: no dejaba por ello de ser cierto que lo tenían cautivo. Guillemot no pudo contener las lágrimas. Y su Maestro no había podido hacer nada… El corazón le oprimió aún más. ¡Por haber sido considerado con él y dejarle su libertad en Troïl, Qadehar se había visto desautorizado y aquel viejo horrible incluso había osado reprenderle! Decididamente, aquel asunto iba ya demasiado lejos. El sentimiento de que todos a su alrededor le mentían lo llenó de amargura. Ahora había dos formas de reaccionar: hacer lo que le decían y lo que esperaban de él, como un niñito bueno, o desobedecer y dejarse llevar por su intuición.

Guillemot pasó sin detenerse por delante de la biblioteca de Naturaleza. Subió de cuatro en cuatro los peldaños que conducían al palomar del monasterio. ¿Le trataban como a un preso? ¡Pues él se comportaría como un preso!

Se acercó sin hacer ruido a la vasta habitación cuadrada que rebullía con el batir de alas y los arrullos de cientos de palomas que despachaban por todo el País de Ys la correspondencia secreta de la Guilda. El Mago Eugène le había explicado el funcionamiento del sistema un día en que estaba ayudándole a clasificar el correo…

¡Por suerte, el lugar estaba desierto!

Guillemot se acercó al escritorio del Mago, redactó rápidamente un mensaje sobre un papel ultraligero especial y lo deslizó dentro de un tubito de metal, que selló con cera azul. A él adhirió una etiqueta en la que escribió «Romaric de Troïl, en el domicilio de Alicia de Troïl».

Sin dejar de vigilar el pasillo, cogió el ave que ocupaba el nicho con la inscripción «Troïl», la acarició y enganchó el tubo y la etiqueta a su pata. Por último, se acercó a la ventana y lanzó la paloma al aire. Allá, en el palomar de Troïl, alguien recibiría el mensaje marcado con el sello confidencial de la Guilda e iría, sin hacer preguntas, a entregárselo en mano a su primo.

El ave desplegó las alas y pronto no fue más que un puntito en el cielo.

19

La evasión

HABÍAN transcurrido varios días desde que Guillemot entrara en el palomar del monasterio. Nadie parecía haberse dado cuenta, y su vida en Gifdu continuaba como había empezado. Qadehar todavía no había reunido el valor de anunciarle a su alumno la decisión del Gran Maestre respecto a él. Ya fuera porque tenía cosas que hacer en otro sitio, o para escapar a las miradas del chico, se ausentaba todo el día y no volvía a la pequeña habitación hasta muy tarde. Guillemot, por su parte, dedicaba su tiempo a curiosear en las bibliotecas del monasterio en busca de informaciones misteriosas que apuntaba en su cuaderno con aires de conspirador. Seguía frecuentando asiduamente el gimnasio, y Qadwan le había ensañado el Saludo al Día, que consistía en una tabla de ejercicios para hacer todas las mañanas al levantarse. Le estaba entrenando en los movimientos básicos del Quwatin, el arte marcial tradicional de Ys.

Al monasterio habían llegado Aprendices acompañando a sus Maestros, pero Guillemot se había contentado con saludarlos de lejos. Poco le importaba que aquellos chicos tomaran su distancia por soberbia: no estaba de ánimos para hacer nuevos amigos. Los que ya tenía parecían haberle olvidado, y las certezas que habían acompañado su gesto en el palomar se habían tambaleado desde entonces. ¡Se preguntaba incluso cómo había podido creer que sus amigos abandonarían su vida agradable y despreocupada en Troïl para venir hasta Gifdu a ayudarle en su loca empresa!

La idea de que Romaric y los demás hubieran podido abandonarlo a su desdichada suerte lo llenaba de cólera, e intentó aplacarla fabricando con papel maché una falsa Piedra Parlante que hacía perderse a los novicios en las lavanderías del sótano. Después de todo, ¿por qué iba a ser el único al que se le aguaran las vacaciones? Su gamberrada desató contra él las iras del Intendente General de Gifdu, un Mago alto, barbudo y severo, pero no le costó más que un castigo sin postre, que burló por otra parte gracias a la complicidad de Gérald.

Aquella mañana, Guillemot se estiró perezosamente en su cama una vez más. Una mirada a su derecha le hizo ver que Qadehar ya se había marchado. Suspiró: un día más lejos de Troïl… Se levantó y entró en el baño.

Estaba frotándose con la toalla cuando escuchó un choque sordo en la habitación: como el ruido de una piedra cayendo al suelo. Se precipitó al tragaluz del baño ¡y vio al pie del monasterio, mal escondidos entre las rocas, a Romaric, Gontrand, Ambre y Coralie! Estaban lanzando cantos hacia la ventana de la habitación que había quedado abierta y en cuyo exterior colgaba un pañuelo rojo.

¡Qué tonto había sido! ¡Habían acudido a su llamada! ¿Cómo había podido imaginar que sus amigos no vendrían? ¿Acaso él no hubiera movido montañas por uno solo de ellos? ¡Estuvo a punto de echarse a llorar de la rabia que le daba haber dudado de su lealtad! Otra piedra fue a golpear contra el suelo.

Se vistió precipitadamente, cogió su zurrón de Aprendiz y se echó a la espalda una voluminosa mochila. Sacó de debajo del colchón una cuerda que había robado de un armario del gimnasio y la ató firmemente al gancho del postigo. Luego salió por la ventana, ante la mirada inquieta de la pandilla. Se tambaleó ligeramente y comenzó a descender con movimientos inseguros. Se había pasado la cuerda por la espalda y alrededor del muslo y avanzaba a duras penas, sentado en el vacío, con los pies apoyados contra la muralla. En varias ocasiones Ambre, Coralie, Gontrand y Romaric dudaron de si animarle: Guillemot se escapaba, ¡sin duda más valía no llamar la atención! El viento, que soplaba a ráfagas, obligaba al Aprendiz a separar mucho las piernas para conservar el equilibrio. Afortunadamente, las piedras estaban secas y lisas, y ofrecían una buena adherencia a sus suelas. Sin embargo, cometió el error de mirar hacia abajo y tuvo que parar un rato largo, presa del vértigo. Con los ojos cerrados, recobró el valor y controló el temblor de sus músculos. Luego prosiguió su interminable descenso. ¡Visto desde abajo, Gifdu parecía imponente, pero desde donde estaba ahora era impresionante de un modo muy distinto! El roce de la cuerda le quemaba; apretó los dientes y acabó por tocar el suelo, para gran alivio de sus amigos.

—¡Vamos, no nos entretengamos! —les espetó Guillemot con voz velada tras reunirse con ellos.

Al Aprendiz le flaqueaban las piernas, pero no podían permanecer al descubierto. Romaric le sostuvo por el brazo y corrieron en dirección a las gargantas, parándose a tomar aliento tras una gran roca que no se veía desde el monasterio.

–¡Uf! –jadeó el evadido–, pensé que nunca lo lograría... ¡Qué agobio!

–¡El agobio ha sido venir aquí! –objetó Gontrand.

–¡Sí, la verdad es que esto es el fin del mundo! –añadió Coralie.

–¿Entonces recibisteis mi mensaje? –preguntó Guillemot, que poco a poco iba recobrando el aliento.

–¡Anda! –refunfuñó Romaric–. ¿Y cómo te crees que íbamos a estar aquí, si no?

–¡Vaya sorpresa, cuando vimos al encargado del palomar dirigirse a Romaric y entregarle un mensaje de la Guilda! –exclamó Coralie–. Al principio pensamos que te habían raptado.

–Bueno, era un poco eso –comentó irónicamente Guillemot.

–¡Y no te digo nada cuando leímos el mensaje! –continuó la bella morena–: «Prisionero en el monasterio de Gifdu. Venid a sacarme de aquí. Pondré un pañuelo rojo en la ventana de mi cuarto. Acordaos de traer provisiones...»

–¿Os habéis acordado, al menos? –inquirió Guillemot.

–No te preocupes –lo tranquilizó Ambre–, hemos escondido las cosas un poco más abajo, en la garganta. Perdona el retraso, pero hemos tenido que inventarnos un rollo para tu madre y prepararnos...

–¡Y también hemos tenido que encontrar el maldito monasterio! –intervino Gontrand–. ¡Esos Magos tienen que estar completamente chiflados para venir a instalarse en un sitio como éste!

–¿Y qué tal el monasterio de Gifdu? –preguntó Coralie, con los ojos brillantes de curiosidad–. ¡Es uno de los lugares más misteriosos de Ys! ¡Cuéntanos!

–¡Sí, cuéntanos, Guillemot!

–Calma, calma… ¡Os olvidáis de que, aunque me haya escapado, sigo estando obligado por el secreto de los Aprendices! Es mejor no entretenerse: Qadehar no se dará cuenta de mi desaparición hasta la noche. Hay que ganar tiempo.

–¿Al menos podemos saber dónde vamos? –gruñó Romaric.

–Lo sabréis muy pronto… ¡En marcha!

Los cinco se deslizaron por el estrecho sendero de las gargantas de Gifdu.

Llegaron a Dashtikazar cuando la noche empezaba a anunciarse. Un hombre había tenido la amabilidad de llevarlos en su carro al salir de las gargantas, y otro los había conducido hasta las cercanías de la capital. Durante el verano, nadie en Ys se extrañaba de la presencia de grupos de chiquillos paseándose por las carreteras: ¿acaso no era época de vacaciones?

–¿Y ahora adónde vamos? –interrogó Romaric, que cada vez aceptaba peor que Guillemot no lo tuviera al corriente de su proyectos.

–A las Puertas de los dos Mundos –prorrumpió el Aprendiz con voz tranquila.

Todo el mundo se quedó de piedra.

–¿A las… a las Puertas de los dos Mundos? –exclamó Coralie con los ojos desorbitados.

–¿Te has vuelto loco? –se alarmó Romaric, mirando de hito en hito a su primo como si fuera otra persona.

–¡Calma, calma! –intervino Gontrand–. ¿Qué tal si nos explicas para qué?

Guillemot reflexionó y acabó asintiendo.

—De acuerdo. Para no ocultaros nada, ¡que sepáis que tengo intención de viajar al Mundo Incierto!

—Vale —gimió Romaric—, lo sabía: ¡se ha vuelto loco!

—Escuchad —explicó Guillemot—. He tenido tiempo de pensar, en Gifdu. ¡No estoy dispuesto a quedarme preso toda la vida en ese monasterio! Me he enterado de cosas atroces allí, de cosas que querían ocultarme. Sobre la Sombra, y también sobre Agathe.

—¿Agathe? —se extrañó Gontrand—. ¡Creía que estabas encantado de haberte librado de ella!

—Ya sé que os va a parecer una paranoia —prosiguió Guillemot—, pero la Sombra me quiere a mí. ¡Y a por mí venía el Gommón de la playa! Raptaron a Agathe en mi lugar. Por mi culpa está prisionera en el Mundo Incierto. ¡Tengo que hacer algo para salvarla! Pero no os pido que me comprendáis, sólo que me ayudéis.

—¿Qué quieres que hagamos nosotros? —preguntó Coralie.

—Que os fijéis bien en todo lo que hago para que, si sale mal, vayáis a explicárselo todo a Qadehar... Y a pedirle que me perdone por haberle desobedecido.

—¿Y cómo piensas acercarte a las Puertas, eh? —intentó otra vez oponerse Romaric—. ¡Es imposible, hay Caballeros vigilándolas continuamente!

—Confío en mi magia.

—¿Y cómo vas a abrirlas? ¡No eres más que un Aprendiz de poca monta, no eres un Venerable, ni un Mago siquiera!

—Confío en mi magia —repitió Guillemot.

Ambre, que había guardado silencio hasta entonces, se acercó al chico y clavó sus ojos en los de él.

—No irás a ninguna parte tú solo, Guillemot. O nos llevas contigo en tu viaje, o te devolvemos atado de pies y manos a Gifdu.

–¿Estás loca? –exclamó Guillemot.

–No, tiene razón –dijo por su parte Romaric, que no sabía aún cómo tomarse toda aquella historia, pero que por nada del mundo se hubiera perdido un poco de acción–. ¿Verdad Gontrand? ¿Coralie?

–¡Estamos contigo! –confirmó Gontrand–. ¡Bastante tiempo has tenido ya abandonados a tus amigos!

–¿Estáis seguros de que no es peligroso? –se inquietó Coralie.

–¿Lo habrás olvidado, princesa? ¡Viajamos en compañía de un esforzado Caballero y de un poderoso Mago!

Se burlaron del semblante descompuesto de la chica y luego, formando un círculo, unieron sus manos posándolas unas sobre otras, como habían visto hacer a quienes sellaban un juramento: «¡Todos para uno y uno para todos!».

–Es alucinante lo que hacéis –dijo Guillemot, emocionado.

–Bah –respondió Romaric guiñándole un ojo–. ¿Hasta la muerte, no es eso?

–De todos modos –repitió el Aprendiz–, ya es formidable haber venido a buscarme a Gifdu. No estabais obligados a hacer nada más.

–Personalmente –se burló Ambre– tengo curiosidad por verte hacer de salvador de esa remilgada de Agathe de Balangru. ¡Tengo que decir que por nada del mundo me lo hubiera perdido!

Dejaron la ciudad a su derecha y, juntos, se dirigieron hacia la colina donde se alzaban las Puertas de los dos Mundos.

20
La Puerta del Segundo Mundo

LAS Puertas de los Dos Mundos tenían verdaderamente aspecto de puertas. Inmensamente altas y anchas, de madera de roble grabado con cientos de Grafemas, nada las diferenciaba de la que Guillemot había franqueado al entrar en el monasterio de Gifdu, salvo porque eran tan antiguas que nadie recordaba cuándo habían sido erigidas y por qué no se estaban en ningún edificio.

En efecto, ni de un lado ni de otro había nada. Las Puertas se alzaban allí, solitarias, sobre una colina desnuda al pie de la cual se encontraba un campamento de la Orden de los Caballeros del Viento. Normalmente, sólo dos guardias estaban destinados a la vigilancia del lugar. Sin embargo, con las recientes incursiones de la Sombra en el País de Ys, había ahora diez Caballeros apostados como centinelas para velarlas.

Ésta es la situación que constató la pandilla al llegar a un lugar desde el que se divisaba la colina.

–¡Ya empiezan los problemas! –exclamó Gontrand con voz ahogada, escondido junto a sus amigos tras una gran roca–. ¿Qué hacemos ahora, Guillemot?

–Lo que estaba previsto –respondió él tranquilamente–. Basta con esperar a que se reagrupen.

—¿Vas a matarlos? —preguntó Coralie, alarmada.

—¡Sí, claro —ironizó Romaric—, va a lanzar un gran grito, abalanzarse sobre ellos y abatirlos uno por uno con sus manitas!

—Date cuenta —añadió Gontrand en el mismo tono— de que con el efecto sorpresa…

—Sois muy majos burlándoos de mí —se ofendió Coralie.

—No tienes más que dejar de decir tonterías —le espetó secamente su hermana.

—Tranquilos —dijo Guillemot—, hacéis demasiado ruido. No, claro que no voy a matarlos. Sólo voy a lanzarles un hechizo.

Su intervención les devolvió al silencio y todos esperaron sin moverse.

Romaric se preguntaba con curiosidad qué iba a hacer su primo.

—Oye, Guillemot —inquirió Romaric—, una vez estemos donde estemos, o sea, en el Mundo Incierto: ¿qué va a pasar?

—Cumpliremos con nuestra misión, nada más.

—¿Nuestra misión? ¿Qué misión? —prorrumpió Coralie frunciendo el ceño.

—¡Pues arrancar a Agathe de las garras de la Sombra, dar unos buenos azotes a los Gommones infames que la raptaron y arrancarles los pelos de la nariz a los Orcos asquerosos que nos atacaron! —soltó Ambre encogiéndose de hombros.

—No tiene gracia —respondió Coralie apretando los labios—. Sólo quería saber cuál era el plan.

—El plan —declaró Guillemot revolviendo en la mochila que transportaba misteriosamente desde Gifdu— empieza por disfrazarnos. Si no, no podríamos recorrer ni cincuenta metros sin toparnos con problemas.

El chico tiró al suelo un paquete de ropas envueltas en el plástico vegetal que se usaba en Ys y desgarró el embalaje.

—Son abrigos de excelente calidad, muy caros en el sitio adonde vamos —explicó el Aprendiz a sus amigos, que lo miraban con los ojos como platos—. Los llevan los Hombrecitos de Virdu, que son los banqueros del Mundo Incierto. Su ciudad, Virdu, está en las cercanías de unas montañas ricas en piedras preciosas. Allí excavaron minas, hace mucho tiempo. Esperad, lo vais a entender mejor...

Guillemot buscó en su zurrón de Aprendiz de Mago, sacó una bolsa de cuero y un mapa, que puso ante la vista de los otros cuatro.

—Aquí está —anunció orgulloso antes de pasear el dedo por el papel—: ¡un mapa del Mundo Incierto! ¡Me llevó una tarde entera copiarlo sin que me vieran, en Gifdu! Aquí está Virdu. Nosotros deberíamos llegar por aquí, a una de las Islas del Medio, donde pone «Puerta del Mundo». Por lo demás, sé más o menos lo mismo que vosotros.

Luego abrió la bolsa de cuero, en la que brillaban unas treinta piedras preciosas.

—¡Y aquí está nuestro dinero para el viaje, generosamente proporcionado por la Guilda! No somos muy ricos, por eso he cogido todos estos abrigos: para venderlos, si hacía falta.

—¿De verdad te han dado todas estas piedras preciosas? —se asombró Gontrand mientras jugaba con un diamante.

—Eh, la verdad es que no —admitió Guillemot con una mueca—. Digamos más bien que se trata de un préstamo. Vamos a repartírnoslas, será más seguro.

El Aprendiz de Mago procedió a su distribución. A

continuación, centraron su atención en las seis prendas que reposaban en el suelo.

–¿Por qué disfrazarnos de Hombrecillos del Virdu? –preguntó Coralie, dubitativa, contemplando el abrigo gris, largo y flexible.

–Hombrecitos de Virdu –corrigió Guillemot–. ¿Que por qué? En primer lugar, porque los habitantes del Mundo Incierto los temen y los desprecian, así que los dejan en paz, ¡y eso nos viene muy bien! En segundo lugar, porque son bajitos como nosotros. Y por último, porque es el único traje del Mundo Incierto que he encontrado en los almacenes de Gifdu. Tomad, coged cada uno un abrigo.

–¿Y en qué idioma tendremos que hablar? –preguntó Ambre poniéndose el suyo.

–En ska, claro, como todo el mundo allí. Espero que no hayáis hecho pellas en clase de ska.

–No, no creo que haya problema –le tranquilizó Ambre, a quien los argumentos de Guillemot parecían haber convencido–. ¡Jo, sabes mazo de cosas sobre el Mundo Incierto!

–¡En Gifdu me ha dado tiempo a leer casi todos los libros que hablan de él!

–Bueno, y mientras tanto, ¿en qué nos entretenemos? –lanzó Romaric al aire, aburrido de estar sin hacer nada.

–A lo mejor podíamos comer algo –propuso Coralie.

–Buena idea, hermanita –aprobó Ambre–. Pero habrá que racionarse: sólo habíamos preparado provisiones para Guillemot, y somos cinco.

–Vamos a repartirnos la comida –anunció el Aprendiz, guardándose en la mochila el abrigo sobrante–. Luego, os aconsejo que copiéis todos mi mapa del Mundo Incierto, por si lo pierdo. De todos modos, tenemos tiempo: hay que esperar a la noche para que se reagrupen los Caballeros.

Más que comer, picotearon algo, envueltos en sus confortables abrigos de Hombrecitos de Virdu.

Guillemot mascaba lentamente mirando al cielo. Estaba pensando en la aventura que emprendía y a la que arrastraba a sus amigos. ¡Qué inconsciencia! O mejor dicho: ¡qué audacia! No se reconocía a sí mismo. ¿Qué tenía en común el Guillemot de hoy con el de antes? Se sentía fuerte. Muy fuerte. Un pensamiento se deslizó en su mente: ¿y si los Grafemas que invocaba regularmente para sí lo estuvieran transformando poco a poco, sin que él se diera cuenta?

Un movimiento a su lado lo distrajo de sus reflexiones.

–Mi querido primo –le susurró Romaric al oído–, ahora confiésamelo todo.

–¿Confesártelo todo? –respondió en el mismo tono de confidencia un Guillemot asombrado–. ¿Confesarte qué?

–¡Pues no sé, que en realidad estás en una misión secreta para la Guilda, para el Preboste, para quien sea! ¡Pero confiésame que sabes algo que nosotros no sabemos!

–Francamente, Romaric, no entiendo nada. ¡No estoy en ninguna misión para nadie! ¡Ni para la Guilda, ni para el Preboste! Os he contado la pura verdad hace un momento: es idea mía y sólo mía ir al Mundo Incierto.

–¡Mi primo delira! –gimió Romaric, dándose cuenta de que aquello nunca había sido un juego–. ¡Pero si dices la verdad estamos acabados!

—¿Qué te pasa? —se admiró Gontrand, que acababa de acercarse, seguido por las dos chicas—. ¡No hagas tanto ruido o los Caballeros nos van a ver!

—¡Estamos sentenciados a muerte! —anunció Romaric—. ¿No lo pilláis? ¡Yuju! ¡Bajad de las nubes! Somos cinco mocosos, guiados por un pringao que juega a los Magos, y que quiere arrastrarnos al peor de los mundos posibles…

—¿El señor esforzado Caballero —le interrumpió Ambre con mirada feroz— va a ponerse a llorar como una niñita?

—¡Parad, parad, por favor! —imploró Guillemot—. Que os quede claro de una vez por todas: ¡no os obligo a acompañarme! Todavía estáis a tiempo de echaros atrás. ¡Pero yo me he puesto en marcha y llegaré hasta el final!

—¡Bravo! —aprobó Ambre, palmeándole el hombro al estilo de Urien de Troïl—. ¡Eso es hablar como un hombre!

—Hermana, córtate un poco —exclamó Coralie—, en este momento estás golpeando a un poderoso Mago.

—Genial, están todos como cabras —constató Romaric.

—Dicho esto, Guillemot —prorrumpió Gontrand—, hay que admitir que vamos un poco a lo loco.

—Esperad —intervino Coralie—. ¡Todavía no nos hemos marchado! Primero hace falta que Guillemot consiga abrir la Puerta.

—No hay problema —respondió él, frotándose el hombro—. Estoy seguro de mi fórmula.

—¿Ya la has probado? —se inquietó Coralie.

—No, pero lo tengo todo muy claro en la cabeza.

—En la cabeza… ¡Entonces todo va bien, estamos salvados! —suspiró Romaric con tal desprecio que no pudieron evitar echarse a reír.

21
El paso

MÁS tarde, al aproximarse la noche, los Caballeros se reunieron cerca de sus tiendas para cenar. El momento le pareció favorable a Guillemot, que se levantó. Comprobó que el viento continuaba soplando en dirección al campamento, luego cerró los ojos y se concentró. Invocó en su mente a Dagaz, el Grafema con forma de reloj de arena, que evocado correctamente era capaz de modelar o incluso de suspender el tiempo.

Guillemot había aprendido de su Maestro, en Gifdu, durante uno de los raros momentos que pasaban aún juntos, que no todos los Grafemas se invocaban gritando, y que a menudo un mismo Grafema, dependiendo de si era gritado o murmurado, no desempeñaba las mismas funciones.

Una vez que Dagaz se hubo instalado firmemente en su espíritu, Guillemot lo susurró al viento, que lo transportó hasta el campamento de los Caballeros:

–Daaaagaaz…

El efecto no fue inmediato, pero al final resultó espectacular. Los Caballeros continuaron durante un momento su actividad, atizando el fuego, limpiando sus armaduras o removiendo el caldo en la marmita. Luego, progresivamente, sus gestos se ralentizaron, como si aquellos robustos guerreros se hubieran quedado de pronto entumecidos; sin embargo, nada en sus rostros traslucía pánico alguno; ¡se hubiera dicho que no se daban cuenta de nada!

Finalmente, acabaron quedándose completamente quietos, petrificados, como hombres sorprendidos en sus ocupaciones por las cenizas incandescentes de una erupción volcánica.

La pandilla lanzó gritos de exclamación. No era la primera vez que veían a Guillemot hacer magia; el Aprendiz ya había dejado a un Orco clavado en el suelo ante sus ojos en el bosque de Troïl. ¡Pero este conjuro era francamente más impresionante!

–¡La caña! –soltó Romaric, pasmado.

–Increíble… –fue lo único que acertó a decir Gontrand.

Ambre, manifiestamente sorprendida también, observó con curiosidad al lanzador de Grafemas. Él intentó fingir serenidad, ¡pero por muchos progresos admirables que pudiera realizar en la práctica de la magia, no ruborizarse ante la mirada admirativa de sus amigos era un problema muchísimo más complicado!

–¿Los has transformado en estatuas? –preguntó Coralie, que no conseguía despegar los ojos de las siluetas inmóviles allá abajo.

–No… Siguen moviéndose, ¡pero tan lentamente que parece que están paralizados! En este momento, el tiempo transcurre de forma diferente para ellos y para nosotros. Así, podremos pasar delante de sus narices sin que nos vean. Seremos demasiado rápidos para sus ojos…

–¡Bueno, chaval –silbó Romaric–, tengo que decir que me has dejado alucinado!

–Sí, eh… gracias… pero bueno, no perdamos tiempo, se está haciendo de noche.

Cruzaron rápidamente el campamento de los Caballeros, temblando ante la mirada ausente de los hombres petrificados. Coralie se paró un momento para observar atentamente a un capitán con barba hirsuta que estaba afilando su espada; Romaric fue a tirarle del brazo.

–¡Espera un minuto! Pero… ¡si es verdad que se mueven! –exclamó la chica–. Mira, Romaric: si pongo esta piedrecilla así encima de la espada, al lado de la piedra de afilar, acabará por hacerla caer… ¡Mira! ¿Lo has visto?

–Sí, ya lo he visto, ya lo he visto –concedió Romaric, que se sentía incómodo en medio de aquellos feroces guerreros neutralizados en unos minutos por un pequeño Aprendiz de Mago de nada–. Venga, corramos con los otros: ¡ya están delante de las Puertas!

Coralie, que no estaba por la labor de quedarse sola, aceptó de mala gana interrumpir sus experimentos. Los dos se apresuraron a reunirse con sus amigos.

–¿Cuál es? –preguntó Gontrand tratando de leer los signos grabados sobre la madera.

–Ésa –dijo Guillemot sin dudar un instante, señalando la Puerta de la derecha, tras haber echado una ojeada a los Grafemas que tenía inscritos.

–¿Estás seguro? –preguntó Coralie–. ¡Porque no me gustaría encontrarme de pronto en el Mundo Cierto!

–¿Por qué? ¡Podrías ir a Cannes y subir la escalinata del festival! –se burló Gontrand.

–¡Anda, idiota! –respondió ella, golpeándolo.

–¡Callaos! –dijo Guillemot con impaciencia–. Para abrir la Puerta voy a tener que lanzar un hechizo. ¡Y es la primera vez que lo hago, os lo recuerdo! Necesito silencio para concentrarme.

–¡Es verdad, es la primera vez! –volvió a inquietarse Coralie–. Y estás realmente seguro de que…

–Estoy seguro de mi hechizo, pero no del resultado.

–Pero no hace ni una hora que decías… –se indignó ella.

–… que iba a abrir la Puerta, y es lo que voy a hacer. Después, no estoy seguro de nada. ¡Por eso me hubiera gustado tener un testigo, capaz, si algo va mal, de ir a explicarle todo al Maestro Qadehar! Con la esperanza de que él quisiera lanzarse a rescatarnos.

–Un testigo –reflexionó velozmente Ambre–, ¿te vale cualquiera?

–Sí, cualquiera que no sea demasiado tonto.

–Pues no sé si servirá del algo –suspiró la chica–, pero está ese imbécil que nos sigue a todas partes con la discreción de una manada de elefantes. ¡Thomas! ¡Sal de tu agujero y ven aquí!

Ante el estupor general, Thomas de Kandarisar surgió de un matorral y condujo su compacta silueta hacia el grupito.

–¡Pero bueno! –exclamó Romaric encolerizado–. ¿Desde cuándo llevas espiándonos, di?

–Déjalo –dijo Ambre–. De todos modos, soy la única que se ha dado cuenta de que nos seguía, así que ¿qué más da? Y además, ya ves que lo necesitamos, así que…

–Ambre tiene razón –intervino Guillemot–. ¡Callaos!

Se dirigió a Thomas, que llevaba el brazo todo vendado y en cabestrillo desde su combate con el Orco.

–Thomas, ¿te sientes capaz de acordarte de todo lo que voy a hacer para pasar al Mundo Incierto?

Thomas, que hasta entonces se había mostrado completamente indiferente a las reacciones del grupo, asintió con la cabeza. En su mirada se leía una absoluta devoción por Guillemot.

–Si ves algo totalmente anormal, te lanzas como una bala a buscar al Maestro Qadehar y le cuentas todo. Si tiene pinta de haber ido bien, esperas nuestras noticias durante una semana, y si no has sabido nada hasta entonces, vas a verle y se lo explicas. ¡Pero no antes! ¿Lo has entendido?

El chico gruñó de fastidio por tener que abandonar a Guillemot, pero volvió a mover la cabeza en señal de asentimiento. Rebuscó en sus bolsillos y sacó un objeto extraño que parecía de plata y que representaba una especie de león rodeado de llamas.

–Toma, Guillemot –dijo avanzando y tendiéndole la joya al Aprendiz de Mago–. Es para ti. Se lo quité al Orco mientras luchaba con él, el otro día. A lo mejor te sirve de algo allí.

Todos se reunieron en torno al objeto y lo observaron con curiosidad.

–Gracias, Thomas –respondió Guillemot con gravedad, deslizando la joya en su zurrón y acercándose a las Puertas–. ¡Ah, una última cosa! No te entretengas mucho por aquí, el hechizo que lancé a los Caballeros se desactiva en una hora… Los demás, ¿estáis listos?

Romaric, Gontrand, Ambre y Coralie se acercaron a su amigo, que se había colocado enfrente de la Puerta del Mundo Incierto.

–Daos la mano y no os soltéis bajo ningún concepto.

Guillemot cogió con la mano izquierda la mano que le tendía Ambre. Luego se concentró. Fabricar un

Galdr, un conjuro, era más complicado que invocar un Grafema…

En primer lugar solicitó a Raidhu, el carro, el Grafema del viaje, luego invocó a Eihwaz, el árbol viejo, que establece la comunicación entre los diferentes Mundos. Todo parecía desarrollarse con normalidad. Quedaba entretejer ambos Grafemas e invocarlos juntos; esto le llevó mucho tiempo. Sus compañeros, que no las tenían todas consigo y a quienes, en efecto, el rato se les hacía largo, no se atrevían a moverse, ¡aún menos a hablar, y prácticamente ni a respirar! Por fin, con voz temblorosa y tocando con la mano derecha los signos inscritos en la Puerta que daba al Mundo Incierto, Guillemot murmuró el encantamiento:

–*¡Por el poder de la Vía, de Nerthus, de Ullr y de la Doble Rama, Raidhu debajo y Eihwaz delante, llevadnos! ¡RE!…*

Escucharon el sonido de una puerta que se abría. Todos agarraron con más fuerza las manos de los otros. Estupefactos, vieron apagarse las estrellas. Brutalmente, fueron aspirados por la Puerta y cayeron en un agujero negro, arrastrados en un espantoso torbellino.

Ante los ojos atónitos de Thomas, la Puerta del Mundo Incierto se iluminó el instante que dura un rayo y Guillemot, Romaric, Gontrand, Ambre y Coralie desaparecieron.

22
Las Colinas Movedizas

GUILLEMOT tuvo la impresión de que no había pasado más que un segundo. En un abrir y cerrar de ojos, el lugar donde se encontraba hacía un instante había dejado su lugar a unas extrañas colinas cubiertas de hierba, que en la oscuridad se sucedían en suaves ondulaciones hasta el infinito. La noche había caído y una delgada luna en cuarto creciente brillaba en medio de las estrellas. Tras él, una única Puerta recortaba su silueta en el fondo de una pequeña hondonada; una Puerta similar a la que tenían ante ellos en Ys. No había nada más alrededor. Nada ni nadie. Nadie...

Guillemot sintió que lo invadía un terror profundo. ¡Los demás! ¿Dónde estaban los demás?

Corrió como loco a derecha e izquierda, trepó a varias colinas y exploró varias hondonadas, gritando a pleno pulmón. Sin aliento, se dejó caer sobre la hierba y estalló en sollozos. ¿Qué había podido pasar? ¿Dónde podían encontrarse Romaric, Gontrand, Ambre y Coralie? ¡No era posible, estaban todos dándose la mano hacía unos minutos! Las lágrimas no dejaban de correr por sus mejillas. ¿Dónde habían ido a parar todos los buenos consejos de su Maestro?

«Prudencia y humildad, los lemas del Mago...» ¿Había sido prudente? No. ¿Y humilde? Menos aún... Había pecado por exceso de orgullo. ¡Él, el superdotado de la magia, a quien nada ni nadie se resistían, había creído que la Puerta le obedecería! ¿Qué había hecho, demonios, qué había hecho?

Se fue calmando poco a poco y, al tiempo que se secaba las lágrimas, se puso a pensar. ¿Qué podía haber fallado en el Galdr que había invocado? Había abierto la puerta y se encontraba en el Mundo Incierto, aunque solo. Solo... Guillemot se quedó de piedra. De pronto, lo comprendió. ¿Cómo había podido olvidarse de incluir en su encantamiento a Wunjo, el Estandarte, cuya función principal era vincular a los individuos que persiguen el mismo objetivo? ¡No debería haber llegado a RE, sino a WRE! Mentalmente, recitó el Galdr que debería haber construido: *Por el poder del Generoso y de la Vía, de Nerthus, de Ullr y de la Doble Rama, Wunjo encima, Raidhu debajo y Eihwaz delante, llevadnos! ¡WRE!*

Se maldijo por su olvido, pero a la vez sintió un gran alivio. El Grafema que no había formulado permitía únicamente mantener agrupados a los individuos... ¡Sus amigos no habían quedado prisioneros del torbellino, en algún lugar entre ambos Mundos! Como él, sin duda habían aterrizado, cada un por su lado, en el Mundo Incierto. ¿Pero dónde? Sacó el mapa de su zurrón y lo estudió a duras penas a la débil luz de la luna. No había salido por la puerta oficial, pues aquélla estaba situada en una isla y –paseó la mirada a su alrededor– el lugar donde ahora se encontraba no tenía nada de isla. Todo indicaba que él debía de estar en este lugar del mapa, en algún punto de las Colinas Movedizas. Lo mejor, cuando despuntara el día, sería quizá dirigirse a la ciudad más cercana, es decir… sí, Ferghânâ, que debía de encontrarse a dos días de camino.

Guillemot suspiró y se tumbó en la hierba, envuelto en su confortable abrigo de Hombrecito de Virdu. ¡Qué buena idea había tenido al repartir su material y compartir con sus amigos sus conocimientos del Mundo Incierto! Una secreta esperanza empezaba a apoderarse de él. Todos tenían un mapa, y todos habían visto la joya que Thomas le había confiado. ¡En buena lógica, Gontrand, Romaric y las dos hermanas deberían seguir aquel indicio! En todo caso, eso era lo que iba a hacer él. Y además, en el peor de los casos, ¡dentro de una semana el Maestro Qadehar se lanzaría en su busca!

Tranquilizado por esta idea, el Aprendiz dejó su mirada vagar libremente por el cielo. Hizo un gesto de sorpresa: reconocía las estrellas, pero no estaban en sus sitios de siempre. Era muy extraño. Había, en todo caso, las mismas constelaciones que en Ys, pero éstas tenían formas poco habituales… Se prometió anotar todas aquellas observaciones en su cuaderno al despertarse y, agotado por los sucesos del día, se fue quedando dormido.

Guillemot se puso en marcha al día siguiente, tras una mala noche plagada de sueños agitados en los que Ambre le pedía socorro, antes de desaparecer sin que él pudiera hacer un solo gesto. Estas pesadillas, que lo atormentaban desde el despertar, traducían el estado de ánimo en que se encontraba sumido: a pesar de las historias que se había inventado para tranquilizarse, sabía que la situación no era precisamente excelente, por no decir que era catastrófica, y que sus amigos tal vez corrían un peligro muy real, en algún lugar del terrible Mundo Incierto.

Un animal parecido a una liebre se esfumó al acercarse Guillemot. Su huida, con botes desordenados, tenía un toque grotesco que dibujó una sonrisa en el rostro del chico. Éste se dio cuenta de pronto de que tenía hambre, y el sol, que indicaba en aquel momento el mediodía, le dio la razón. Sacó un pedazo de pan de su mochila y le dio un mordisco. Sin saber muy bien por qué, un peso se le había quitado de encima. Respiraba mucho mejor. ¡La pista de la joya volvió a aparecérsele como una evidencia y la elección de Ferghânâ para iniciar sus investigaciones, como la única que tenía sentido! Volvió a emprender la marcha casi alegremente, con el corazón reconfortado por la esperanza de volver a encontrarse pronto con sus compañeros.

Guillemot caminaba desde hacía dos días por aquella increíble sucesión de colinas. Por fin había entendido por qué en el mapa llevaban el apelativo de Movedizas: el viento que le revolvía el cabello jugaba también con la hierba que las recubría, y parecía que éstas se desplazaran como olas. El sol resultó ser menos abrasador de lo que había temido y las noches eran más frescas que frías. Sin embargo, no por ello sus provisiones se agotaban más despacio, y sabía que si no avistaba pronto la ciudad de Ferghânâ, su situación no tardaría en volverse peligrosa.

A pesar de todo, Guillemot no sentía verdadera inquietud. De acuerdo con las frecuentes consultas que realizaba al mapa, en el que figuraban las coordenadas telúricas, aerológicas y astronómicas de Ferghânâ, ya no se encontraba muy lejos de ella. ¡En todo momento daba gracias a su Maestro por haberle obligado a empaparse de aquellas áridas ciencias! Gracias a ellas, gracias a la experiencia adquirida en Troïl y al conocimiento de las diversas corrientes del Mundo Incierto, cuya posición había anotado cuidadosamente cuando se encontraba en Gifdu, sabía con exactitud dónde se encontraba. La brisa que soplaba, las ondas que percibía bajo sus pies, el sol y las estrellas lo guiaban con más certeza que un mapa de carreteras.

En efecto, algo más tarde, en la cumbre de una colina más alta que las demás, descubrió las fortificaciones de Ferghânâ.

23
El Mar Abrasador

CORALIE abrió por fin los ojos, que había cerrado en el momento de pasar la Puerta, y dejó que se habituaran a la oscuridad.

Se encontraba acostada en medio de un batiburrillo inimaginable, un amasijo de telas, vajillas lujosas, cofres y muebles esculpidos, amontonados unos sobre otros. Paseó la mirada por encima de su cabeza; tanto el techo como las paredes eran de tela espesa y unas aberturas estrechas en los laterales dejaban pasar la luz de la luna. Coralie supuso que estaba bajo una gran tienda. Se sentó en el suelo de tablones y giró la cabeza. Tras ella, una Puerta invertida estaba encajada entre una mesa baja y un baúl roto, del que escapaban pañuelos de seda con aspecto de haberse estropeado por permanecer largo tiempo en el agua.

La chica se levantó y se inquietó de no ver moverse a los demás. Vislumbró, en la esquina de un mueble próximo a la entrada, una lámpara de aceite cuya boquilla de cuero brillaba en la penumbra. Prendió la mecha con ayuda de un viejo encendedor que había al lado, signo de que alguien iba a aquel lugar de vez en cuando. Luego se puso a explorar la tienda.

–¡Eh, chicos! ¡No tiene gracia jugar a asustarme! Venga, salid de ahí... ¡Eoo!

Al levantar una colgadura tirada por el suelo, descubrió una arquilla metálica toda oxidada y llena de joyas.

«¡Hay que estar loco –pensó– para dejar unas joyas por ahí tiradas en un lugar abierto al azote de los vientos! ¡Son todas magníficas!»

Eligió algunas y buscó un espejo, que encontró sobre un mueble deformado por la humedad. Se puso dos piedras azules en las orejas, un collar de oro en el cuello y una pulsera de plata en la muñeca.

–Tengo un aspecto horroroso –murmuró.

Sacó un cepillo que había tenido la precaución de meter en su bolsito y se peinó con esmero. Luego se puso a buscar a los demás.

Tras registrar toda la tienda sin éxito, se dijo que quizá ya habrían salido. ¡Sin esperarla! Apretó los labios. No sería la primera vez... Echó una ojeada a su abrigo de Hombrecillo del Virdu y se encogió de hombros. ¡Decididamente, no era posible ponerse una cosa tan horrenda! De todos modos, afuera era de noche. Descorrió las batientes de tela.

–¡Anda! ¡Mi madre!

Coralie no podía creer lo que veían sus ojos. ¡Estaba en medio del mar! ¡Es decir, era el mar sin duda lo que relucía por todas partes a su alrededor a la luz de la luna! Se encontraba sobre una amplia plataforma, como una gran balsa. Por todas partes, otras balsas flotaban, comunicadas unas con otras por pasarelas de madera. Un leve oleaje producía un ruido de salpicaduras al chocar contra los tablones.

–¡Ambre! ¡Guillemot! ¡Gontrand! ¡Romaric!

Sin abandonar la entrada de la tienda, llamó a sus amigos susurrando lo más alto que pudo. No recibió respuesta… Volvió a acostarse en el lugar donde había abierto los ojos, no sin antes recoger unas telas gruesas para confeccionarse un colchón y una manta confortables.

¿Por qué se encontraba sola en aquel lugar? Coralie no estaba tranquila. Guillemot había señalado una isla en el mapa diciendo –y recordaba aún su tono de absoluta seguridad–: «Llegaremos al Mundo Incierto por aquí…» ¡Ya, y qué más! ¡Por mucho que una balsa estuviera rodeada de agua, no era para nada una isla! Mira que ella estaba segura de que no iba a funcionar… ¿No se lo había dicho a los demás? Bien que se reían de ella cada vez que se preocupaba, pues mira, estuvieran donde estuvieran todos ahora, seguro que estarían tirándose de los pelos por no haberle hecho caso esta vez. Pero seguramente ella tenía algo más inteligente que hacer que comerse el coco. Ya lo pensaría mañana… ¡Bastantes cosas extraordinarias habían sucedido ya!

Coralie se enroscó en la manta improvisada e intentó dormirse. Pero el ligero balanceo la molestaba, y el ruido del agua contra la balsa la hizo sobresaltarse en varias ocasiones. Se dio cuenta de que iba a costarle trabajo dormirse. Se puso a pensar en su madre, allá en su pueblo de Krakal, en su padre y en Ambre. ¿Donde podría estar en este momento? ¡Esta noche hubiera dado cualquier cosa por oírla refunfuñar! Las lágrimas rodaron por su rostro.

El sonido del mar acabó acunándola y el sueño venció a Coralie a altas horas de la noche.

–¡Mira, papá, ya te decía yo que esta noche había visto luz y había oído ruidos en la tienda de los objetos!

Coralie abrió los ojos. Estaba acurrucada en el mismo sitio, pero afuera el sol había ocupado el lugar de las estrellas. Alguien acababa de hablar. Y no era un sueño…

–¿Qué estás haciendo aquí?

Coralie se incorporó sobre su colchón. Ante ella descubrió a una chiquilla y un hombre que la observaban.

–Voy a repetirte la pregunta: ¿qué estás haciendo aquí? ¿Entiendes el ska?

El hombre no se dirigía a ella con maldad, simplemente parecía intrigado. Coralie lo contempló un instante antes de responder. No era muy alto y sólo llevaba puesto un ancho pantalón corto. Su piel estaba bronceada por el sol y cuarteada por la sal. Lo que asombró a la joven de Ys fueron sus cabellos casi blancos y sus ojos vidriosos. La chiquilla guardaba con él un parecido extraño.

–Sí, señor, hablo ska. Pero para explicarle lo que hago aquí…

La niña, de largos cabellos blancos, vestida con una túnica ligera que dejaba transparentarse algo parecido a un bañador, agarró a su padre por el brazo.

–Déjala, papá, seguro que es una Pachahn. Anda, por favor, ¿puedo quedarme con ella?

El hombre sonrió con ternura mirando a su hija.

–De acuerdo, Matsi. Pero sólo hasta que volvamos a tocar tierra: ¡ya conoces la regla!

El hombre de la piel quemada por la sal abandonó la tienda. Su hija, que debía de tener unos diez años, se acercó alegremente a Coralie.

–¡Me llamo Matsi!

–Y yo Coralie… Oye Matsi, ¿tu padre no estará enfadado conmigo?

—No —respondió la chiquilla con una amplia sonrisa—. Es muy frecuente que suban Pachahns a nuestras balsas para esconderse cuando nos acercamos a las costas. ¡Pero siempre los encontramos!

—¿Qué son los Pachahns?

—¡Pasajeros clandestinos, claro! ¡Anda, vamos a jugar afuera! Cuando toquemos tierra, te harán desembarcar y yo volveré a estar sola.

Cogió a Coralie de la mano y la arrastró fuera de la tienda.

—¿Por qué tienes los ojos tan claros? Parece que tuvieran una piel transparente por encima.

Cansadas de perseguirse riendo y salpicándose en el mar, Coralie y Matsi se habían sentado al borde de una balsa y charlaban mientras se secaban al sol.

—Es para poder ver debajo del agua. Papá me ha explicado que todos los niños del Pueblo del Mar nacen así.

—¿Sois muchos? —siguió indagando Coralie, que había explorado con fascinación los pontones de las dieciocho balsas de la Sexta Tribu del Pueblo del Mar, a la que pertenecían Matsi y su padre.

—Hay treinta tribus en total —declaró la niña con orgullo—. Algunas poseen cuarenta balsas. ¡En tiempos de mi abuelo, la nuestra tenía veintisiete! Es mejor tener muchas balsas. Da más estabilidad en el mar. Y también hay más sitios para jugar.

—¿Nunca vais a tierra? —se admiró Coralie—. ¿Pasáis toda vuestra vida sobre estas balsas?

—¿Y qué íbamos a hacer en tierra? —respondió Matsi—. Nos limitamos a acercarnos a las costas. A veces, desenganchamos una balsa y la enviamos a una playa, para intercambiar nuestro pescado por otras cosas. La tierra firme es peligrosa. ¡Aquí estamos seguros! Lo único es que… aquí estoy sola.

–¿No tienes amigos? Pero si hay otros niños en las balsas…

–Es verdad –respondió con gravedad la pequeña–. Pero mi padre es el guardián de los objetos, y los otros niños no quieren jugar conmigo.

–¿No quieren jugar contigo porque tu padre es un hombre importante? –se sorprendió Coralie.

Matsi estalló en carcajadas y chapoteó con los pies en el agua.

–¿Un hombre importante, mi padre? Qué va, al revés: ¡es el menos importante de todos! Pachéiak, que pilota nuestras balsas de costa en costa siguiendo las corrientes, es un hombre importante. Haléiak, que pesca los peces más grandes de la tribu, es un hombre importante. Ousnak, que nada rápido y muy lejos, es un hombre importante. Pero mi padre, Wal, se limita a custodiar los objetos que nos envía el mar o que Ousnak rescata del fondo. ¿Por qué te parece que iba a ser importante? Sólo guarda cosas que no sirven para nada.

Coralie se quedó pasmada. ¿Inútiles, los objetos? ¿Pero cómo era posible..? Pensó en los argumentos que iba a esgrimir para convencer a Matsi de su importancia, pero no encontró ninguno. ¡Evidentemente, en aquel lugar donde todos iban casi desnudos era difícil ponderar las ropas y las joyas! Al final, preguntó:

–¿Por qué los conserváis, entonces, si son inútiles?

–Porque siempre los hemos conservado. Igual que siempre hemos tenido un piloto para nuestras balsas, siempre hemos tenido también un guardián de los objetos, eso es todo.

–¿Y te molesta que tu padre sea el guardián de los objetos?

–Lo que me molesta es que los otros niños no quieran jugar conmigo… ¡Mira allí! ¡Abrasantes!

Matsi tendía el brazo en dirección a una gigantesca mancha oscura que oscilaba en la superficie al ritmo del mar.

–¿Son peligrosas? –se inquietó Coralie.

–No, siempre que te quedes en la balsa y no te tires al agua.

Las balsas se encontraron pronto en pleno centro de la mancha inquietante. Ningún miembro de la tribu parecía preocuparse, pero todos estaban atentos para no acercarse demasiado al borde.

–¡Parecen… medusas! –exclamó Coralie, que observaba con asco la masa compacta y gelatinosa–. ¡Qué horror! ¡Odio las medusas!

Sintió un escalofrío helado que le recorría la espalda. Era más fuerte que ella: ¡tenía aversión a cualquier cosa parecida a la gelatina! Cuando era pequeña, para fastidiarla, Ambre se divertía persiguiéndola con un tarro de gelatina de grosella y Coralie se ponía entonces a chillar hasta que su madre venía a rescatarla. Imposible saber de dónde venía aquella repugnancia. Pero era persistente y nunca la había abandonado.

–Son Abrasantes –corrigió Matsi–. Por separado no son peligrosas, ¡pero juntas son capaces de matar ballenas! Antiguamente, nos deshacíamos de los Pachahns arrojándolos a las Abrasantes –añadió riendo–. Hoy ya no es tan divertido: ¡nos limitamos a desembarcarlos cuando tenemos que hacer trueque en la costa!

–¡Aaah! –tembló Coralie–. ¡Tiene que ser terrible caer ahí dentro!

–Morirías en unos minutos –anunció tranquilamente la chiquilla–. Tu única posibilidad sería conseguir sumergirte y escapar de ellas buceando bajo el agua.

–¿Y funciona?

–Sí. Yo lo hice una vez.

Coralie le lanzó una mirada de admiración.

–Es más fácil que escapar de un Gommón, en todo caso –precisó Matsi.

Coralie no pudo evitar dudarlo y se preguntó si no preferiría tener que vérselas con aquellos monstruos en lugar de con estos repugnantes animales gelatinosos.

–¿Los Gommones llegan hasta aquí? –preguntó.

–No. Cuando nos atacan, lo hacen cerca de las costas o en las playas.

–Sí, eso lo sé… –murmuró Coralie, mientras se le ensombrecía el rostro.

El relato de la captura del Gommón y del rapto de Agathe, sucesos que estaban en el origen de toda la aventura, le vino a la memoria y desterró a las medusas de sus pensamientos. El recuerdo de su hermana y sus amigos surgió a continuación y un sentimiento de tristeza la invadió. ¿Pero de qué servía dejarse llevar por la pena? Mientras no llegara a tierra, no podía hacer nada.

–¿Qué te pasa? –se inquietó Matsi al vislumbrar las lágrimas en los ojos de su nueva amiga.

–Nada, nada –se repuso Coralie, negando con la cabeza–. Vamos a ver a tu padre: nos está haciendo señas.

El olor a pescado asado que flotaba en el aire desde hacía algún tiempo se había vuelto más penetrante y el padre de Matsi las llamaba para comer.

24
El Irtych Violeta

DEBÍA de estar empezando la tarde. Desde hacía una hora, Ambre no paraba de dar vueltas: tenía la impresión de que la seguían. Sentía tras ella una presencia y tenía la desagradable sensación de que alguien la vigilaba a sus espaldas. Pero nunca conseguía ver nada. Continuó caminando bajo los enormes árboles, sin poder deshacerse de su aprensión.

El día anterior, al igual que Guillemot en su colina y Coralie en su balsa, había aparecido en medio de la noche. Sin alterarse, esperó a que sus ojos se habituaran a la penumbra. Poco después, había distinguido unas formas gigantescas e inmóviles a su alrededor y, sobre su cabeza, la luna enmascarada por unas densas masas que se agitaban.

«Bueno, estoy en un bosque», se había tranquilizado, acercándose a un árbol y tocando su corteza. «Por eso está tan oscuro.»

Había echado una rápida ojeada en torno suyo, para constatar que sus compañeros no estaban con ella. Entonces, había sido incapaz de retener un hondo suspiro. ¿Qué había pasado? Nada bueno, seguro. ¿Tal vez Guillemot se hubiera equivocado y existieran varias Puertas en el Mundo Incierto? ¿Pero no habría habido una fórmula para permanecer unidos durante el paso?

«¡Para saberlo, tendría que encontrar a ese dichoso Aprendiz de Mago!», había refunfuñado.

A continuación, había imaginado a su hermana, sola también delante de una Puerta, completamente desamparada. Apretó entonces los puños.

«¡Si alguien se atreviera a hacerle daño! ¡Ay, Guillemot, Guillemot! ¿Por qué?»

¡Se había arrepentido de su confianza ciega y también de haber empujado a los demás a seguirle! Pero lamentarse o dejarse llevar por los remordimientos no servía de nada. Con orgullo, había levantado el mentón y se había llevado las manos a las caderas, observando el lugar en el que se encontraba.

Había terminado descubriendo, esculpida en el tronco de un roble inmenso, la Puerta que la había llevado hasta allí. Como estaba demasiado oscuro para aventurarse a explorar el bosque, se había encaramado a la primera rama gruesa del árbol, donde se había acurrucado, envuelta en su abrigo de Virdu.

«¡Por lo menos aquí estaré a salvo de animales peligrosos, si los hay!»

Ambre no tenía miedo. Tras dedicar un último pensamiento a su hermana, había acabado por dormirse, agotada por el esfuerzo y la tensión de la jornada.

Con las primeras luces del día, había abierto sus grandes ojos azules. Durante la noche, se había despertado en varias ocasiones. Había escuchado un ruido extraño al pie del árbol y, más tarde, había sentido que algo la rozaba. No se había inquietado, pues sabía bien que el bosque estaba aún más vivo bajo la mirada de la luna que bajo la del sol. Los trinos de los pájaros habían saludado su despertar, y ella se había estirado perezosamente, sentada en su rama, con las piernas colgando.

Había trepado hasta lo alto del roble, y una mirada le bastó para darse cuenta de que estaba en pleno corazón del bosque: árboles y más árboles, hasta donde alcanzaba la vista. Después se había deslizado por el tronco y había aterrizado en el suelo con agilidad. Una ojeada al mapa del Mundo Incierto le había indicado que sin duda se encontraba en la región del Irtych Violeta. ¡Se encontrara donde se encontrara, tenía que dirigirse hacia el Oeste!

«Lo primero es salir de aquí y llegar a un lugar habitado, donde pueda informarme y trazar un plan de acción para reunirme con los demás», había concluido.

Tras observar la posición del sol, se había puesto en marcha en dirección Oeste, hasta el momento en que tuvo la impresión de que alguien la seguía.

Siguió caminando largo rato, sin poder deshacerse de aquella desagradable sensación, por entre los viejos robles de troncos agrietados, cuyos ramajes se extendían por encima de su cabeza como la bóveda de una catedral. Le gustaba aquel bosque, que le recordaba al de Paimperol, en el País de Ys, donde a menudo iba a pasear con su padre. Ambre siempre se sentía bien en medio de la naturaleza, especialmente en el bosque. En el País de Ys no existían aquellas arboledas domesticadas por el ser humano, tan frecuentes en el Mundo Cierto. Todas eran salvajes, misteriosas y pobladas por criaturas tan numerosas como extrañas, y la persona que se adentraba en ellas era tan solo una más de tantas otras criaturas. Había respeto e incluso una cierta forma de complicidad entre la naturaleza y los habitantes del País de Ys. Era como un antiguo pacto, sellado hacía tanto tiempo que la memoria humana no podía recordar cuándo.

Ambre llegó pronto a un vasto claro. Los restos de madera calcinada y las ruinas de una cabaña indicaban claramente que unos carboneros, que fabricaban carbón vegetal a partir de los árboles, habían pasado allí una temporada durante la estación anterior. Loca de alegría por descubrir trazas de presencia humana, Ambre avanzó hacia el centro de la zona despejada. Entonces, su intuición le gritó que se pusiera en guardia. La joven se detuvo y palideció. ¡Pero qué estúpida era! ¡Tenía que volver al bosque, y rápido! Si era un animal el que la estaba siguiendo, ¿por qué no la había atacado aún? ¡Sin duda a causa de los árboles que la protegían! ¡Los árboles en que podía refugiarse! Retrocedió sobre sus pasos y se puso a correr. Pero era demasiado tarde… Surgiendo de las lindes del bosque, un animal de tamaño impresionante se abalanzó en dirección a ella rugiendo; ¡tenía cuerpo y patas de jabalí y cabeza de perro! Le seguía una horda de bestias de la misma especie. Ambre dio media vuelta chillando y corrió hacia la antigua cabaña de los carboneros. Se agachó a recoger una rama y consiguió encaramarse al tejado de vigas inestables.

Unos instantes después, la casita estaba rodeada de fieras que soltaban espumarajos, ladraban y enseñaban los colmillos.

–¡Largo! ¡Al suelo! ¡A la perrera! –ordenaba Ambre con voz temblorosa, amenazándolos con su vara.

Se tragó las lágrimas que le subían a los ojos. ¿Para qué? Lo único que importaba ahora era defender con uñas y dientes su vida.

—¡Venga, bonitos, venid a probar mi vara! ¡Venga, cerdos, acabemos de una vez! —gritó en un último aliento de ironía.

En aquel momento, el líder de la jauría consiguió escalar a una de las vigas y avanzar prudentemente sobre sus pezuñas inestables en dirección a Ambre. Ella le atizó con su rama un fuerte golpe en el morro que le hizo caer en medio de los escombros.

—¡Uno menos! ¿A quién le toca?

La jauría aulló. En unos minutos se lanzaría al asalto de la cabaña. Ambre lo sabía, ¡pero curiosamente no sentía miedo, sino sólo una exaltación, una voluntad salvaje de pelear hasta el final, hasta el límite de sus fuerzas! De pronto, un cuerno resonó y un grupo de caballeros irrumpió en el claro. Las bestias manifestaron su disgusto por ver escapárseles a su presa, dudaron y al final terminaron por esfumarse. Los jinetes se acercaron a la cabaña a la que Ambre permanecía encaramada, aún con la vara en la mano.

Eran diez e iban revestidos de una armadura de metal ligero que despedía reflejos violetas; su yelmo llevaba por cimera el cráneo de un animal del bosque. Llevaban un venablo de caza en bandolera y una espada al costado. Sus caballos eran robustos. En las grupas de algunos de ellos, colgaban los cuerpos de unos animales parecidos a ciervos. El que debía de ser el jefe se apeó de su montura, imitado de inmediato por todos los demás, que hincaron ante él una rodilla en tierra.

Avanzó hacia Ambre y se quitó el casco, coronado por un cráneo de oso.

–¡Una mujer! –exclamó la chica, dejando caer la vara de sorpresa.

El yelmo había liberado una larga cabellera rubia y descubierto un bello rostro iluminado por dos brillantes ojos verdes.

–Mi nombre es Kushumaï. Kushumaï, la Cazadora.

Tendió una mano a Ambre y la ayudó a abandonar su refugio inestable.

–Yo me llamo Ambre. Ambre de Krakal…

La Cazadora sonrió y continuó, siempre en lengua ska:

–Pues bien, Ambre, ¡bienvenida al temible bosque del Irtych Violeta!

La mujer, a quien sus compañeros parecían manifestar el mayor de los respetos, había tomado a Ambre sobre la grupa de su caballo. Hacía más de una hora que galopaban en silencio. Ambre decidió romperlo. ¡Demasiadas preguntas la acuciaban!

–Perdonad, señora, pero… ¿adónde nos dirigimos?

–Llámame Kushumaï. Te he dicho mi nombre hace un momento. Tienes derecho a utilizarlo.

–Perdón, eh, Kushumaï… ¿adónde vamos, entonces?

–A mi casa, a mi castillo de Gor.

Las respuestas de Kushumaï eran lacónicas. Esto incomodaba a Ambre, que a pesar de todo no dejó de hacer preguntas.

–¿Estabais cazando cuando oísteis ladrar a esos monstruos?

–No se te puede ocultar nada. Esos monstruos, que llevan el nombre de Roukhs, nunca son muy discretos.

–¿Y esos… Roukhs, de dónde salen?

–De las ciudades, donde se les entrena para el combate. Los vencedores reciben mimos, a los perdedores se les mata o abandona, y se ven obligados a sobrevivir en los bosques.

—¿Queréis decir que no son salvajes?

—Son unas pobres bestias, inventadas por hechiceros sin escrúpulos. Llevan en su interior la locura del ser humano y por eso son malas. El mundo salvaje es duro, cruel a veces, pero nunca maligno. La naturaleza no es buena ni mala: existe más allá de las nociones del bien y del mal.

Ambre reflexionó un momento sobre lo que acababa de decir Kushumaï, luego continuó:

—En fin, menos mal que pasabais por allí. ¡Si me hubierais visto correr, completamente perdida, en el claro!

—Te vimos —respondió Kushumaï con serenidad.

Ambre se quedó desconcertada.

—¿Me... me visteis? ¿Entonces estabais allí?

—Desde el principio —terminó en su lugar la amazona.

—¿Por qué? ¿Y entonces por qué? —tartamudeó Ambre.

—Porque queríamos ver si merecía la pena socorrerte —exclamó la Cazadora estallando en una sonora carcajada—. Si hubieras renunciado, si te hubieras derrumbado ante los Roukhs, éstos hubieran conseguido una buena comida y yo me hubiera alegrado por ellos. Pero tú no bajaste los brazos, peleaste y me inspiraste deseos de acudir en tu ayuda; me alegro por ti.

—¡Eso es monstruoso! —se rebeló Ambre.

—Ya te lo he dicho —terció Kushumaï con voz suave pero firme—: igual que la naturaleza, mi madre, estoy más allá del bien y del mal.

La Cazadora espoleó su montura y pronto cabalgaron en medio de los inmensos árboles.

25
La Playa

ROMARIC notó que estaba pisando arena. Al igual que Guillemot, Coralie y Ambre en ese mismo momento, abrió de par en par los ojos en la oscuridad.

Lo primero que vio fue una gran playa flanqueada por rocas en sus dos extremos. Lo segundo, una Puerta enterrada en sus tres cuartas partes, que el mar acariciaba de forma intermitente. Lo tercero, que estaba solo. Aquello provocó una serie de juramentos que iban de lo más o menos conveniente a lo claramente grosero, mientras caminaba de arriba abajo para calmarse. ¡En cuanto le pusiera la mano encima al irresponsable de su primo, se le iban a quitar las ganas de volver a hacer magia! Se había equivocado hacía un momento en el País de Ys: Guillemot no sólo estaba loco, además era peligroso.

De pronto, el chico escuchó un ruido en uno de los extremos de la playa. ¡Llevaba un rato maldiciendo, cuando sus amigos estaban allí, a unos cientos de metros, preocupándose por él y seguramente buscándole! Se sintió aliviado. Feliz, iba a echar a correr en aquella dirección cuando su instinto le aconsejó desconfiar. ¿Se trataba en realidad de sus amigos? ¿Quién si no hubiera podido pasearse en plena noche por una playa del Mundo Incierto? Se le cortó la respiración. La respuesta le pareció evidente: Gommones…

Era perfectamente posible que hubiera Gommones a aquella hora a la orilla del mar en el Mundo Incierto puesto que… ¡puesto que era allí donde vivían! Romaric ahogó un nuevo juramento. Se apresuró a borrar lo mejor que pudo las huellas de sus pasos en la arena y caminó pegado al agua, salpicando lo menos posible, hacia las peñas del otro lado de la playa. El trayecto le pareció interminable.

A pesar de sus temores, llegó a la zona rocosa sin contratiempos. Comprobó que el lugar estaba efectivamente desierto y a continuación encontró un escondite, una pequeña gruta excavada en una roca inmensa. Se quitó los zapatos, los calcetines y el pantalón, que se había mojado hasta las rodillas. Se tumbó en el suelo seco y se enroscó al calor del abrigo de Virdu.

Las olas venían a golpear la costa un poco más abajo, se retiraban dejando espuma tras de sí y regresaban, incansablemente. Los sonidos del mar no apaciguaban al chico. No lograba conciliar el sueño. Estaba demasiado irritado. Los pensamientos se atropellaban en su cabeza, saltando de sus padres a su tío Urien, de Urien a Guillemot y de Guillemot a sus amigos. No consiguió dormirse hasta la madrugada, y sólo pudo hacerlo a ratos, despertándose cada vez que una ola mayor que las demás estallaba al pie de los peñascos.

El sol estaba ya alto cuando se levantó. Se puso sus ropas aún húmedas haciendo un gesto de desagrado. A continuación se tomó un rato para comer; sus provisiones eran reducidas y habría debido conformarse con poco, pero le resultaba imposible empezar el día con el estómago vacío. Sobre todo después de una noche como aquélla. Luego inspeccionó prudentemente los alrededores antes de abandonar su refugio y adentrarse en la playa.

Se encaminó hasta la Puerta medio enterrada en la arena. El corazón le dio un vuelco: en el lugar por donde había caminado rumiando su enfado el día anterior, aparecían otras huellas marcadas en el suelo. Y aquellas huellas, anchas y profundas, no eran humanas.

–Efectivamente, eran Gommones –murmuró Romaric.

¡Había escapado por los pelos! Circulaban historias horribles sobre aquellos monstruos y sus hábitos alimenticios; por lo visto no hacían ascos a comer seres humanos cuando la ocasión se presentaba. Sintió escalofríos. Una vez más, su instinto lo había salvado.

–¡Romaric, chaval, no puedes entretenerte aquí!

Volviéndole la espalda al mar, se encaramó a las dunas y varios minutos más tarde caminaba bordeando un campo de trigo.

Más adelante, encontró bajo un árbol a dos viejos campesinos. Estaban bebiendo de una cantimplora, a resguardo de los primeros rayos del sol, y lo observaron sin manifestar excesiva sorpresa.

Romaric se pasó una mano por los cabellos para darse un aspecto presentable y empezó a hablar con ellos en ska. Pronto se enteró de que estaba al Norte de la ciudad de los sacerdotes de Yenibohor, ciudad que más valía evitar si uno era joven y gozaba de buena salud, pues, según contaban, los sacerdotes eran rápidos para obtener conversiones y propensos a ofrecer sacrificios.

–Pero eso tú debes de saberlo mejor que nosotros, ¿no, hijo?

El hombre le había guiñado un ojo a su compañero.

–¿Por qué iba saberlo? –preguntó Romaric con candidez.

–Bueno –respondió el segundo campesino sonriendo–, no es la primera vez que un novicio se escapa de esa ciudad infernal para buscar refugio en estas costas.

–Nosotros los vemos, pero no decimos nada –añadió el primero–. ¿Por qué íbamos a ayudar a esos condenados sacerdotes? ¡Bastante tenemos con pagarles el diezmo! –dijo dirigiéndose a su camarada.

–No hay razón para decirles ni una palabra –confirmó el otro asintiendo con la cabeza–. Pero a ti, hijito, nada nos impide darte un consejo: vuélvete a la costa, a la orilla del mar, y espera a que pase un barco para hacerle señas.

–Pero –objetó el chico de Ys–, ¿y los Gommones?

–Los Gommones son preferibles a los hombres de Yenibohor –explicó el primer campesino–. Y siempre tendrás más posibilidades de escapar por mar que por tierra: los sacerdotes de abrigos blancos controlan la península.

Los dos hombres le ofrecieron para beber el vino mezclado con agua de su cantimplora y un poco de pan para comer. Romaric no se negó. Mientras masticaba la enorme rebanada que le habían cortado, decidió seguir el consejo de los campesinos.

Iba a volverse sobre sus pasos y abandonarlos, tras haberles dado las gracias calurosamente, cuando se acordó de la joya que les había mostrado Thomas justo antes de cruzar la Puerta. Dibujó el símbolo en la tierra. Los dos hombres se miraron.

–Es el blasón de la ciudad de Yâdigâr, que se encuentra al Sur del Desierto Voraz. No tiene buena fama. ¿Es de allí de donde vienes?

–No, es adonde quiero ir… ¡Pero, vaya –se asombró Romaric–, que para ser campesinos me parece que saben ustedes muchas cosas!

–¿Eso es un insulto o un elogio? –respondieron los dos hombres riendo–. ¿Crees que hace falta ser un paleto para cultivar la tierra y ocuparse de los animales?

–No –farfulló el chico–, no… ¡Sólo quería decir que parece que han viajado mucho, nada más!

–¡No siempre hace falta viajar para instruirse! –ironizó el primer campesino–. Basta con ir algo al colegio y leer muchos libros.

–¡Y escuchar los relatos de los que viajan! –se carcajeó el segundo.

Romaric se despidió de ellos mucho tiempo y luego volvió a ponerse en camino hacia la playa.

No se alegró de volver a ver el mar, la arena y las rocas. El lugar seguía desierto. La prudencia hubiera aconsejado que se resguardara entre los riscos, ¡pero la espera no era su fuerte ni la paciencia su principal virtud! Mató el tiempo haciendo ejercicios de flexibilidad y repitiendo las llaves que sabía de Quwatin, el arte marcial de Ys; luego se puso a caminar un rato por la arena. En la lejanía, divisaba una costa que podría ser una isla, coronada por una montaña humeante que debía de ser un volcán. Nunca conseguiría aguantar en aquella playa mientras le corroía la impaciencia. ¿Además, cuánto tiempo podía estar así? Sólo tenía provisiones para dos días más. Tomó una decisión inmediatamente: ¡esperaría dos días a que apareciera un barco! Pasado ese tiempo, probaría suerte por vía terrestre. ¡Y al diablo con los sacerdotes de Yenibohor! Prefería vender cara su piel en alguna aventura a perderla tontamente sin hacer nada.

Volvió a la gruta donde había pasado la noche y se puso a estudiar con detenimiento el mapa del Mundo Incierto, copiado al abrigo de otras rocas, en aquellos tiempos mejores en que todavía estaba en su querido País de Ys, rodeado por sus amigos.

26
La torre

UNAS antorchas ardían, sujetas por aros de hierro adosados a los muros, iluminando con su resplandor danzante las colgaduras rojo sangre de una gran estancia circular. Gontrand avanzó unos pasos. El lugar estaba repleto de muebles atestados de libros y mapas, y sobre las mesas se amontonaban probetas y retortas, algunas de ellas calentadas por mecheros de gas que hacían hervir el líquido que contenían produciendo gruesas burbujas.

«¡Bienvenidos al antro de Gargamel!», pensó inmediatamente Gontrand, mientras paseaba la mirada a su alrededor.

En el centro de la habitación se alzaba una Puerta similar a la que habían atravesado en el País de Ys.

«Éramos cinco ante la Puerta y ahora me encuentro solo del otro lado», se dijo el chico.

Cruzó los brazos y se rascó la barbilla con la mano derecha, con aire perplejo, como hacía siempre que se enfrascaba en una intensa reflexión. Una cosa era segura: el conjuro de Guillemot había funcionado, puesto que él había franqueado la Puerta. Pero había ocurrido algo anormal, puesto que se encontraba solo del otro lado.

La magia no debía de diferenciarse mucho de la música: ¡bastaba con alejarse un semitono de la partitura y uno ya estaba tocando una melodía distinta de la que quería! Y lo mismo ocurría si uno ejecutaba una partitura en una clave diferente a la indicada en la armadura…

Claro, seguramente eso era lo que había pasado: ¡cada uno había abordado la misma pieza (el Mundo Incierto) en una clave distinta (una Puerta distinta)! ¿Por qué? Él no era Mago, pero sabía que había que reparar el error, volver a coordinar los instrumentos para tocar la misma melodía. En una palabra, tenían que encontrarse.

Se dirigió hacia la puerta metálica, que daba a una escalera de caracol. De pronto, se paró en seco. Su oído entrenado percibía un ruido procedente de aquella escalera, un ruido que se iba amplificando. No cabía la menor duda: una persona, no, dos subían las escaleras.

Sin alterarse, Gontrand buscó otra salida. Mirando a su alrededor a través de la oscuridad, acabó por distinguir, en el muro situado en el otro extremo de la habitación, una abertura perforada a la altura de una persona. Parecía comunicar con el exterior, a juzgar por la llama de una antorcha colgada a su derecha, que oscilaba por efecto de una leve corriente de aire. Sin perder un momento, se acercó. La abertura era suficientemente ancha para poder deslizarse por ella. Tenía que darse prisa: en la escalera, los ruidos de pasos sonaban cada vez más próximos. Se encontró en un pasaje, parecido a un conducto de ventilación, tan estrecho que no pudo avanzar más que reptando. Consiguió desplazarse, ayudándose de las asperezas de la piedra, hasta desembocar por fin al aire libre.

Era de noche. Las estrellas titilaban en el cielo y una pálida luna iluminaba una formación rocosa… ¡veinte metros por debajo de donde él estaba! Más abajo aún, las olas del mar venían a estrellarse al pie del acantilado. Presa del vértigo, con el corazón en un puño, Gontrand cerró los ojos: ¡eran Ambre y Romaric quienes tendrían que estar en su lugar; ellos eran los escaladores intrépidos que no conocían el vértigo!

Respiró hondo varias veces para recobrar la calma antes de volver a abrir los ojos. Entonces se dio cuenta de que se encontraba prácticamente en el punto más alto de una torre. Como era inútil pensar en huir hacia abajo, se vio ante una disyuntiva: o quedarse allí escondido, esperando a que los visitantes cuyos pasos había escuchado abandonaran la sala –lo cual podía llevar un buen rato–, o subir a lo alto de la torre. El temor a tener que enfrentarse a su vértigo le empujó a dar media vuelta. Deshizo el camino en sentido inverso y, protegido por la oscuridad que lo rodeaba, paseó la mirada por la sala. ¡Había alguien en ella! Vio a un hombre que se afanaba ante una mesa donde estaban dispuestos diferentes instrumentos químicos. Como estaba de espaldas a él, Gontrand vio únicamente que era alto y delgado. En un determinado momento, el hombre extendió una probeta hacia la luz de una antorcha para examinar su contenido: le faltaba un dedo de la mano derecha.

En la escalera, el otro ruido de pasos estaba ahora muy cerca. Era un ruido pesado y tan inquietante que Gontrand, sin esperar, decidió probar suerte por lo alto de la torre. Lo más rápido que pudo, regresó al extremo del pasadizo.

Luego, tendiéndose boca arriba, empezó a escurrirse fuera de él, con los brazos extendidos por encima de su cabeza, buscando puntos de apoyo. Se encontró entonces colgado en el vacío, con el cuerpo entero pegado al muro exterior. «¡Estoy completamente loco!», gimió.

Nunca en su vida había tenido tanto miedo.

Un punto de apoyo tras otro, con mucho cuidado de no mirar hacia abajo, logró ascender lentamente y llegar a lo alto de la torre. Franqueó las almenas y por fin, extenuado, se dejó caer sobre el suelo enlosado. «Pero qué narices le verá Ambre a la escalada...», pensó negando con la cabeza.

¡Ahora tenía que salir de aquella torre fuera como fuera!

Unos instantes le bastaron para recobrar el aliento y recuperar algunas fuerzas. Se puso en pie de un salto e inspeccionó la plataforma a la que acababa de encaramarse. La única salida visible era el arranque de una escalera que se adentraba en el edificio. Pero no podía ni soñar con utilizarla, porque hubiera jurado que era de allí de donde venía el ruido de pasos que había oído. Con una mueca, se inclinó sobre las almenas y acabó descubriendo lo que buscaba: una sucesión de vigas fijadas en la muralla, que descendían en espiral hasta la base de la torre. Las habrían empleado, sin duda, durante su construcción. Armándose de valor, Gontrand puso el pie en la primera de ellas, agarrándose lo mejor que pudo a la pared.

El descenso le pareció interminable, sobre todo porque tenía que pararse con frecuencia para secarse con la manga el sudor que le picaba en los ojos. Cuando por fin puso un pie en el suelo, temblaba de arriba abajo.

Ante él, un senderillo se hundía entre gruesos peñascos. Por él se encaminó corriendo. Atravesó las ruinas de lo que debía de haber sido una villa fortificada: casas arrasadas, murallas desmoronadas. Corría como alma que lleva el diablo. Finalmente, cuando estuvo seguro de no correr peligro, se detuvo. Arreglándose el abrigo de Virdu sobre los hombros, se dio la vuelta. Contempló la torre que se alzaba hacia el cielo, sombría y terrible. Con un escalofrío, volvió a ponerse en camino.

27
Trucos de magia

GUILLEMOT llegó al pie de la murallas de la cuidad que el sol poniente bañaba con una intensa luz ocre. Ferghânâ estaba situada en las proximidades del Mar de los Vendavales y del Desierto Voraz. Para la población que allí habitaba, era uno de los principales mercados comerciales. Antigua etapa de la Ruta de la Madera que , en una época más próspera, conducía las riquezas naturales del Irtych Violeta hacia las fastuosas ciudades del Sur, hoy la ciudad debía su opulencia a sus mercados, que atraían a gentes de todo el Mundo Incierto, y a los impuestos con los que gravaba a quienes allí acudían a hacer negocios.

El Aprendiz de Mago se presentó, camuflado con su abrigo de Hombrecito de Virdu, ante una de las monumentales puertas de la ciudad fortificada. Para poder entrar, tuvo que pagar un derecho de paso –una esmeralda y dos zafiros– a un guardia monstruoso, que sin duda alguna era un cruce entre Orco y humano.

Guillemot deambuló largo rato por las calles sinuosas de las que subían fuertes olores a guisos, lejía y orín. Se maravilló de la abundancia de mercancías brillantes desplegada ante los comercios y del espectáculo de los juglares y comefuegos que animaban hasta la callejuela más recóndita. Adentrándose aún más en la ciudad, oculto en su abrigo gris, se cruzó con algunos Orcos y otras criaturas extrañas; sin embargo, la mayor parte de la población era de origen humano.

Sus pasos le condujeron hasta una amplia plaza, llena de gente y de bullicio. Se gastó una pequeña piedra preciosa en comer sentado a una mesa grasienta de un puesto improvisado, instalado bajo una tienda montada a toda prisa entre un exhibidor de osos y un charlatán que anunciaba las maravillas de un ungüento milagroso. Dio un bocado a un enorme muslo de Batachul –especie de faisán de las Colinas Movedizas– relleno de Kutsis –setas picantes de las montañas de Virdu–. El relleno le pareció demasiado fuerte y para aliviar el picor bebió varios tragos de Sharap, un vino dulce de las Islas del Medio. Pero enseguida, al hacer efecto el vino, sintió que la cabeza le daba vueltas. Sensatamente, decidió terminar su comida con una Palaur, una manzana roja y dulce procedente de las regiones del Este Incierto.

Saciado por fin, se levantó y continuó su exploración.

Un poco más adelante, un grupo de niños se arremolinaban ante el carromato de un hombre vestido de forma extravagante: llevaba una larga túnica azul cubierta de estrellas y, en la cabeza, un gran gorro puntiagudo.

–...¡Y ahora yo, Gordogh el Magnífico, el mayor hechicero que el Mundo Incierto haya conocido jamás, haré desaparecer esta pelota!

El hombre agitó la mano a una velocidad sorprendente y la pelota que sostenía desapareció. Los niños lanzaron gritos de admiración. «¡Un prestidigitador!», se dijo Guillemot, divertido. El hombre era hábil. Hizo desaparecer varios objetos, que reaparecieron en la espalda o tras las orejas de los espectadores incrédulos. Luego anunció, alzando los brazos para reclamar silencio:

–Ahora, el Gran Hechicero Gordogh va a hacer desaparecer a uno de ustedes…

Buscó con la mirada a su víctima entre los niños, que apartaban los ojos e intentaban encogerse lo más posible. Se detuvo en Guillemot.

–¡Tú, Hombrecito de Virdu! ¡Ven, súbete a mi carromato!

Empujado por los demás, demasiado aliviados de haberse librado como para dejar escapar a la presa del hechicero, Guillemot se vio propulsado ante Gordogh, que le obligó a retroceder un paso hacia la izquierda. Luego, con aire satisfecho, se dirigió al público:

–¡Por el poder del Cráneo ancestral, poseo la Fuerza todopoderosa! ¡Tengo el poder de hacerte desaparecer! ¡Desaparece!

Y agitando su manto para ocultarlo a la vista de los espectadores, pasó ante Guillemot a la vez que pulsaba un botón con el pie. Guillemot oyó un clic y a continuación la trampilla sobre la que se encontraba se abrió y él cayó a los bajos del carromato, ocultos por una lona. Sintió que dos hombres lo agarraban.

–¡Vamos, Hombrecito, danos tus piedras preciosas y tu abrigo o dile adiós a la vida!

Guillemot se debatió un poco, pero en vano. Pidió socorro a los Grafemas, que tardaron un poco en aparecer. Y cuando el Aprendiz solicitó a Thursaz, la Montaña, fue Isaz, la Brillante, quien se presentó en su lugar. Todos los signos se agitaban y a Guillemot le costaba trabajo reconocerlos. Sin embargo, no tenía tiempo para pensar en aquel misterio; y aunque hubiera preferido la ayuda del Grafema de la defensa, murmuró, antes de ser abatido por sus agresores, el nombre del Grafema de la inmovilidad y del dominio de uno mismo:

–Isaaaaz…

Sintió que la presión de las manos sobre su cuerpo cedía de repente. Se deshizo del abrigo de Virdu en el que estaba aprisionado… ¡Los dos compinches del falso hechicero estaban en el suelo, rígidos como estatuas y completamente congelados! Sintió un escalofrío. Arriba, Gordogh seguía entreteniendo al público con sus juegos de manos, sin duda para dar a sus cómplices tiempo para rematar su tarea. Guillemot se arrastró hasta la parte trasera del carromato y escapó corriendo por las callejas de Ferghânâ.

¡Algo ocurría con su magia! Lo del Paso, vale, podía explicárselo: había olvidado un Grafema en su Galdr. Había sido una idiotez, nunca hubiera debido pasar, y por culpa de aquel error, sus amigos y él se encontraban en aquella situación lamentable, ¡pero sabía por qué había sucedido! ¡Tenía una explicación! Sin embargo, no tenía ninguna para la dificultad con la que habían acudido los Grafemas invocados; era algo que ocurría a veces por cansancio o falta de concentración. ¡Pero no había conseguido estabilizarlos, cuando hasta ahora siempre lo había logrado! ¿Y por qué le había costado tanto reconocerlos? ¡Estaban totalmente deformados! Bueno, y además había invocado a Thursaz, que se había negado a acudir, y en su lugar se había presentado Isaz. ¿Por qué? Cierto que no era la primera vez que los Grafemas actuaban con independencia de él. Pero en este caso, ¿cómo se habían quedado congelados aquellos tipos? ¡Isaz debería haber actuado sobre él, no sobre ellos! ¿Qué misterio era aquél? Aunque… ¡De pronto se acordaba! ¡El Maestro Qadehar le había advertido que los Grafemas no se comportaban igual en el Mundo Incierto que en el País de Ys! Sí, pero entonces, ¿cómo iba a controlarlos aquí?

Guillemot pensó aún largo rato en su desventura y se prometió, ante la ausencia de respuesta clara, que evitaría utilizar la magia en el Mundo Incierto.

Luego se concentró en los letreros de los comercios que daban a la calle.

No tardó en encontrar lo que buscaba: en una callecita apartada, de una orfebrería abierta salía la luz de una lámpara de aceite que iluminaba débilmente los adoquines. Empujó la puerta.

Al fondo de la tienda, un hombre estaba sentado tras una mesa, con las gafas en la nariz, ante un montón de relojes desmontados. Era casi un anciano. Sentado a sus pies, en el suelo, un muchacho le pasaba las herramientas que necesitaba.

–¿Qué quieres? –preguntó con tono áspero.

–Quiero averiguar el origen de esta joya –respondió Guillemot en la misma lengua ska que el viejo acababa de utilizar, tendiéndole el objeto de plata que Thomas le había confiado en el momento de cruzar la Puerta.

El joyero agarró el medallón y lo giró varias veces entre los dedos.

–No lo había visto nunca. Ahora vete. Voy a cerrar.

Luego, volviéndose al muchacho:

–Kyle, acompaña al Hombrecito a la puerta y cierra con dos vueltas de llave.

El chico se levantó. Debía de tener la misma edad que Guillemot. Delgado y vigoroso, su mirada azul contrastaba con su cabello oscuro y su piel bronceada por el sol. Sus pies desnudos estaban atados por una gruesa cadena que le obligaba a andar torpe y pesadamente. Llevó a Guillemot a la puerta, como el joyero le había pedido. Pero en el momento en que salía, le susurró:

–Dentro de una hora. Por el tragaluz, al otro lado de la calle. Puedo ayudarte.

Luego la puerta se cerró y Guillemot escuchó el sonido de un cerrojo. La luz se apagó casi de inmediato, sumiéndolo en la oscuridad.

28

Romaric se arroja al agua

–WAL... quisiera decirle algo.

Coralie se había acercado al padre de Matsi, que volvió hacia la joven un rostro benevolente.

–Es sobre las joyas que llevo. En realidad, las encontré en la tienda de los objetos. No son mías. Voy a devolvérselas.

Se quitó las piedras azules, el collar de oro y la pulsera de plata y se las tendió al hombre, que no hizo gesto alguno para cogerlas.

–Tómelas, Wal. ¡Ahora me siento aliviada! Ha sido usted tan bueno conmigo desde el principio. Me sentía culpable de haberle... robado, un poquito.

Al pronunciar las últimas palabras, se ruborizó. El guardián de los objetos estalló en carcajadas.

–Quédate con tus joyas, chiquilla. ¡Mejor que tú las luzcas a que estén olvidadas en nuestra tienda! Además, sólo tú y yo sabemos de su existencia. Y aunque no fuera así, ¿quién iba a enfadarse contigo? No impido a nadie que venga a coger lo que quiera a la tienda, y nadie viene nunca.

Coralie miró a Wal directamente a los ojos casi blancos y vio que no bromeaba. Le sonrió y volvió a ponerse las joyas. El hombre le dio unas palmaditas en el brazo, como para decirle que estaba bien así y que no volvería a sacar el tema. Matsi apareció de repente y se arrojó sobre su padre.

–¡La costa! ¡La costa! ¿Es aquí donde tiene que marcharse, eh, es aquí?

La chiquilla lloraba a mares.

–¡Para una vez que tenía una amiga, una amiga para mí sola!

Coralie vio sorprendida que la caravana de balsas se había acercado a la orilla. Una larga playa se extendía ante sus ojos, sembrada de rocas por aquí y por allá. Wal consoló a su hija:

–No, Matsi, no es aquí. Desembarcaremos más al Sur. Esta costa está infestada de Gommones y la tierra que se divisa tras ella es la de los sacerdotes de Yenibohor, con los que el Pueblo del Mar no tiene muy buenas relaciones.

–¿Por qué? –preguntó Coralie, mientras Matsi saltaba de alegría a su alrededor.

–Hace no mucho tiempo, cuando todavía trocábamos nuestro pescado por su trigo, algunos niños desaparecían durante las escalas. Son cosas del pasado, pero nosotros tenemos buena memoria. ¡Y nuestros rencores son tan persistentes como nuestras amistades!

Wal parecía estar hoy especialmente hablador.

–Nunca me ha hablado usted de su pueblo, Wal –aprovechó Coralie.

–Porque no hay nada que decir, hijita. En fin, nada diferente de las historia de todos los pueblos y de todas las personas: ¡nacemos, vivimos y morimos!

–¿Pero y estas balsas, y esta vida que pasan ustedes enteramente en el agua?

–Hace mucho tiempo –continuó Wal–, el Pueblo del Mar vivía en tierra, desperdigado por las costas del Mar Abrasador. Éramos numerosos y subsistíamos gracias a la pesca y al comercio de las alfombras de algas que tejíamos. ¡Puede decirse que éramos felices! Un día, como surgidos de la nada, aparecieron los Gommones. Enviados quizá por un dios maligno al que no le gustaba nuestro pueblo. Estos monstruos se enfrentaron a nosotros por el control de las costas. Son feroces, poderosos y crueles. ¡Nuestras oportunidades de acabar con ellos eran reducidas! Diezmaron a mi pueblo.

Coralie palideció y se mordió los labios. ¡Habían sido la Orden y la Guilda las que, a finales de la Edad Media, habían capturado a los Gommones en las playas de Ys y los habían enviado al Mundo Incierto para deshacerse de ellos! Wal malinterpretó la consternación de la chica.

–Sí, aquello fue horrible... De modo que un día, los jefes de todas las aldeas se reunieron para hablar del futuro de nuestro pueblo. Nos era imposible refugiarnos tierra adentro, a causa de los pueblos belicosos que allí habitaban. Pero nos habíamos dado cuenta de que a los Gommones, a pesar de ser excelentes nadadores, no les gustaba alejarse de la orilla, debido a los bancos de Abrasantes que pululan por nuestro mar. Nuestro destino se nos imponía por sí mismo: ¡encontraríamos refugio en el Mar Abrasador! Así pues, cada aldea construyó y acondicionó unas balsas inmensas. ¡Al echarlas todas juntas al agua, hubiera podido parecer que el mar ya no existía! Entonces no hablábamos aún de Tribus, sino de Aldeas: ¡pues bien, no había menos de trescientas Aldeas mecidas por las olas y, sobre las balsas, miles de aldeanos que aún no sabían nada de navegación! Hoy apenas somos unos centenares, repartidos en treinta Tribus. Los demás no sobrevivieron a las tempestades, a los monstruos marinos o a la llamada de la tierra firme, donde sin embargo no les esperaban más que desgracias…

Coralie permaneció en silencio, terriblemente incómoda. Pero por nada del mundo le hubiera confesado a Wal que su propio pueblo era, aunque involuntariamente, el causante de las desgracias del suyo…

–No digas nada, hijita. Ya te avisé hace un momento: ¡un pueblo es tan mortal como un ser humano! Lo importante es que tanto uno como otro hayan vivido bien. Míranos: ¿somos dignos de compasión? ¡No! ¡Nunca tenemos hambre ni frío y, sobre todo, somos libres como la brisa marina o como el Bohik que planea infinitamente sobre las olas!

Coralie, emocionada, sonrió de agradecimiento a Wal, que le acarició la mejilla con un gesto paternal.

La conversación llegó a su fin porque Matsi, harta de esperar, fue a coger de la mano a la chica y la arrastró a jugar.

Romaric salió de la gruta en la que llevaba dos días refugiado. La tarde estaba en pleno apogeo y el sol caía a plomo. Se le habían agotado las provisiones y las reservas de agua. ¡Y ningún barco había aparecido todavía cerca de la costa! Se mantendría fiel a su plan: abandonaría aquella playa e iría a probar suerte tierra adentro.

Oteó el mar con la mirada. A lo lejos, hacia la izquierda, le pareció distinguir una enorme mancha sombría mecida por las olas. ¿Sería una ilusión óptica? Veía mal y entornaba los ojos por culpa del brillo del sol y de sus reflejos en el agua.

Luego, algo de mayor tamaño atrajo su atención, a la derecha. Serían seguramente unos troncos de árbol a la deriva o los restos de un barco naufragado. ¡No, eran balsas, estaba seguro! El chico abandonó las rocas y corrió sobre la arena llamándolas y agitando los brazos. No tardó en abandonar sus esfuerzos: nadie podía verlo desde las balsas.

Justo al revés que los tres Gommones que avanzaban hacia él, atraídos por sus gritos.

El chico dudó. Volver hacia las rocas no hubiera servido de nada. Hubiera podido escapar por los campos, si los Gommones no le hubieran cortado el paso rodeándolo. Sólo le quedaba una solución, muy dudosa, pues los monstruos eran excelentes nadadores: ¡tratar de llegar a las balsas que en este momento estaban pasando de largo! Sin perder ni un minuto más en pensar, se puso a correr y se arrojó a las olas.

En cuanto hubo dejado atrás la zona de resaca, emprendió un poderoso crol que lo alejó rápidamente de la orilla. Agitaba con vigor los pies, convencido de que una enorme mano de Gommón iba pronto a caer sobre uno de sus tobillos y arrastrarlo al fondo. Pero al volverse descubrió que los tres monstruos se habían quedado en la playa y lo observaban, inmóviles. Romaric sintió un inmenso alivió y disminuyó un poco la velocidad. Giró hacia la derecha en dirección a las balsas, sin darse cuenta de que la enorme mancha sombría que había visto antes se acercaba peligrosamente a él.

–¡Mira allí! –gritó Matsi cogiendo de la mano a su amiga.

–¿Qué, qué pasa? –respondió Coralie cegada por el sol, que le impedía ver bien.

–Gommones en la playa. ¿Los ves?

–¡Sí, ya los veo! ¡Qué feos son! ¿Es a nosotros a quien miran así?

–Creo que más bien están mirando al chico que nada hacia aquí. O a las Abrasantes que van a alcanzarlo dentro de un momento.

–¿Un chico? ¿Pero dónde, Matsi?

–Allí –mostró la chiquilla, señalando con el dedo.

Coralie vio por fin al nadador y se quedo helada. ¡No era posible! Pero sí, lo era.

–¡Ay, no! –gimió la chica, mordiéndose las uñas–. ¡Qué horror! Romaric…

–¿Lo conoces? –se sorprendió Matsi.

–¡Claro que sí, es Romaric! ¡Es amigo mío!

–Pues tu amigo se va a morir –anunció tranquilamente la niña.

La mancha sombría estaba ya muy cerca de Romaric cuando él se dio cuenta de su presencia. Volvió a ponerse a nadar con todas sus fuerzas hacia las balsas, que no estaban ya a más de unos metros, lanzando miradas nerviosas a las Abrasantes; sus cuerpos se hinchaban y deshinchaban rápidamente y los filamentos traslúcidos, en el extremo de sus tentáculos, temblaban de excitación.

–Van a alcanzarlo antes de que llegue a las balsas. Tendría que… ¡No, nunca me atreveré! –murmuró Coralie.

Cerró los ojos y se imaginó sumergida en un inmenso tarro de gelatina de grosella. Se estremeció de puro asco. No había nada que hacer: no podía…

Romaric lanzó un grito ahogado, que golpeó a Coralie como una descarga eléctrica, disolviendo todas sus dudas.

Como movida por una repentina inspiración, se dirigió hacia el borde.

–¿Qué haces? –se inquietó Matsi.

–Voy a demostrar, una vez más –respondió Coralie con un hilo de voz y una sonrisa forzada–, que definitivamente los chicos no pueden vivir sin las chicas.

Luego se tiró al mar, ante la mirada estupefacta de la chiquilla.

El contacto estimulante del agua la espoleó y le infundió valor. En unas brazadas, alcanzó a su amigo, que daba señales flagrantes de agotamiento. Cuando la vio llegar hacia él, dio un trago de agua de pura sorpresa y estuvo a punto de ahogarse. Coralie le pasó el brazo bajo la barbilla y le ayudó a recobrar la respiración. Tras ellos, las Abrasantes flotaban a menos de un metro, en una masa compacta. «No tengo que mirarlas, no tengo que mirarlas», murmuró para sí la joven, temblando y volviendo la cabeza. Luego se dirigió a Romaric, extenuado:

–¡Sígueme y haz exactamente lo que yo haga!

–¿Pero cómo? ¿Y qué… qué..?

–Luego. Ahora no tenemos tiempo. ¿Estás listo?

Romaric asintió. Ella aspiró una gran bocanada de aire y se sumergió. Él se apresuró a imitarla. Ambos bucearon bajo el agua tanto tiempo como pudieron en dirección a las balsas. Cuando volvieron a la superficie, las Abrasantes, desconcertadas por su repentina desaparición, no habían avanzado.

–¡Funciona! –exclamó Coralie, triunfante–. ¡Vamos, Romaric, un esfuerzo más!

Volvió a sumergirse, dándole mentalmente un millón de gracias a Matsi por sus sensatos consejos.

Unos minutos más tarde, los poderosos brazos de los hombres de la Sexta Tribu los izaban a ambos lejos del alcance de las Abrasantes del mar.

29
Un gigante melómano

GONTRAND caminaba en dirección Sur. Como sus amigos, había aprovechado el primer alto para enfrascarse en el estudio en profundidad del mapa del Mundo Incierto, copiado en Ys, en la colina de las Puertas. La torre, de la que había escapado arriesgando su vida, era con toda probabilidad la de Djaghataël, cuya ingenua silueta parecía mofarse de la serpiente marina que aparecía en el Océano Inmenso. Gontrand, lógicamente, había decidido seguir la pista de la joya de Thomas –el único indicio con el que contaban todos en común– y se había dicho que, mientras no encontrara a nadie a quien preguntar el camino, lo mejor sería dirigirse a Virdu, cuyo abrigo llevaban también los cinco.

La carretera atravesaba un primer pueblo. El chico intentó obtener de los escasos habitantes que vio alguna información sobre la joya, dibujándola en la tierra. Todos negaron con la cabeza en señal de que nunca habían visto nada parecido.

El resultado fue idéntico en el segundo pueblo, al que llegó al caer la tarde. Sus habitantes, de baja estatura, pelirrojos y de piel lechosa, no eran muy habladores, lo cual no resultaba de gran ayuda. Pasó la noche hecho un ovillo, al pie de un almiar de heno, tras dar cuenta de sus últimas provisiones.

La suerte le sonrió más en el tercer pueblo, más importante que los dos anteriores, donde hizo un alto a media mañana. Su intención era volver a cargar su bolsa de víveres, pues se había dado cuenta de que los habitantes de la comarca no eran muy hospitalarios. Estaba acabando de negociar en ska el precio de unas manzanas que harían compañía en su morral a un gran salchichón y una hogaza de pan, cuando la puerta abierta de un taller de luthier atrajo su atención. Se desprendió sin más dilación de la piedra preciosa que le pedía el hortelano y se apresuró a entrar. ¡Era una verdadera cueva del tesoro! De las paredes colgaban violas, arpas y mandolinas de todos los tipos, formas y colores.

El artesano levantó los ojos de su trabajo, observó un momento al visitante y continuó manos a la obra.

—¿Desea comprar algo?

Gontrand, enfrascado en su descubrimiento, se sobresaltó. El hombre, alto y rubio, no tenía el físico típico de la región, caracterizado por una cabellera pelirroja y un cuerpo achaparrado. Se trataría seguramente de un extranjero, que por razones oscuras tenía una tienda en aquel pueblo perdido.

—Eh... bueno —respondió el chico, camuflado en su abrigo de Virdu—, digamos que estaba mirando...

El luthier esbozó una sonrisa divertida.

—¿Desde cuándo los Hombrecitos de Virdu se interesan por la música?

—¿Y desde cuándo los campesinos de la zona fabrican esta clase de instrumentos? —replicó instintivamente Gontrand, justo antes de morderse la lengua.

El hombre se echó a reír. Gontrand dudó y acabó por imitarle. Se quitó la capucha y se acercó a él.

–Tiene usted razón, no soy de Virdu. Pero usted tampoco tiene pinta de ser de por aquí.

El hombre le cortó con un gesto.

–¡Allá cada uno con sus secretos, chico! Mejor dime lo que puedo hacer por ti.

Gontrand agarró una gubia y trazó sobre un resto de tabla el dibujo de la joya de Thomas: una especie de león rodeado de llamas.

–Busco un lugar donde puedan llevar este símbolo.

El luthier reflexionó.

–Pienso que este dibujo representa el blasón de Yâdigâr, una ciudad situada al Sudeste, al otro lado del Desierto Voraz. He viajado mucho antes de establecerme aquí, pero nunca he estado en ella. He oído decir, sin embargo, que es refugio de bestias y salteadores. ¿De verdad piensas ir ahí, muchacho?

–Sí –suspiró Gontrand–. Tengo amigos que sin duda me esperan allí.

–Entonces, buen viaje. Pero antes te aconsejo que reces a tus dioses: lo más probable es que te haga falta.

El hombre lo saludó con la mano y volvió al trabajo.

–Espere –exclamó el chico que, a punto de salir, se había quedado extasiado ante una cítara espléndida–. ¿Cuánto, sí, cuánto cuesta esta maravilla?

Gontrand había reemprendido la marcha con la bolsa llena de víveres y su nuevo instrumento en bandolera. De vez en cuando se paraba, acariciaba el cuerpo abombado de la cítara y pellizcaba algunas cuerdas. Le había costado todas las piedras preciosas que le quedaban de las que le había dado Guillemot, pero no se arrepentía. ¡Siempre podría cubrir sus necesidades tocando y cantando! Si es que conseguía algún público distinto de los pueblerinos gruñones.

Su deseo se vio cumplido aquella misma tarde. En una bifurcación, había torcido en dirección Sudeste, y la nueva carretera que transitaba parecía más concurrida. Al caer la noche, llegó a un campamento donde se reunía una treintena de carromatos vacíos, dispuestos en círculo para ofrecer protección frente a los posibles ataques de salteadores.

Los mercaderes procedían de Ferghânâ, ciudad comercial del Este; habían vendido sus cargamentos en Virdu y regresaban con los bolsillos repletos de piedras preciosas. Por este motivo, como era habitual en el Mundo Incierto, que hacía honor a su nombre, habían recurrido a mercenarios para proteger su seguridad. En este caso eran híbridos, cruces de humano y Orco, que llevaban en sus cuerpos y en sus rostros la marca de su ascendencia monstruosa.

Habían intentado ahuyentar a Gontrand cuando se acercó presentándose como un juglar que se ganaba la vida tocando la cítara de pueblo en pueblo. Como los mercaderes habían insistido en disfrutar de su compañía junto al fuego, lo habían registrado y no le quitaban ojo, mirándolo con aire de sospecha.

Gontrand había intentado mantener la calma, pero no había podido evitar estremecerse cuando aquellas enormes manos llenas de garras se habían paseado por su cuerpo. Enseguida había recobrado el control de sí mismo junto al fuego, donde le esperaban los mercaderes, ricamente vestidos, que se alegraban de poder pasar una noche menos monótona que las demás. Había cantado en ska canciones graciosas compuestas por él, que hicieron llorar de risa a los comerciantes de Ferghânâ, y había tocado algunas melodías tristes de Ys, que los sumieron en una melancolía silenciosa.

Se estaba haciendo tarde. Los hombres de Ferghânâ se retiraban uno tras otro a dormir en sus carromatos. Gontrand pronto se encontró solo junto al fuego.

–Nunca había escuchado esas melodías. ¿De dónde vienes, joven juglar?

Era uno de los mercenarios que, sentado a cierta distancia, se dirigía a Gontrand. Gigantesco, debía de superar por una cabeza a todos sus compadres cuando estaba de pie y sus espaldas casi ocultaban por completo la rueda del carromato en la que estaba apoyado. No era un híbrido, sino un gigante, como Urien de Troïl.

–Pues… pues… en realidad –farfulló Gontrand–, ¡me las invento!

–Tienes talento. ¿Por qué lo malgastas por las carreteras, donde además arriesgas la vida?

El gigante se levantó y se acercó a él. Se desplazaba con una agilidad y una rapidez que uno nunca hubiera imaginado en alguien tan corpulento.

–¿No quieres responder?

Tenía una voz cavernosa, pausada y profunda. Sus ojos grises no reflejaban maldad alguna, su rostro, esculpido a machete, estaba marcado de cuchilladas. En el cráneo rapado llevaba tatuajes de dragones. Su torso y sus brazos también estaban cubiertos de cicatrices.

–No hay mejor escuela que la carretera para un juglar, ni mayor placer que el de ser dueño de sí mismo y dormir bajo las estrellas –declaró Gontrand, que se había abismado en la contemplación de las llamas.

–Respuesta de poeta –murmuró el gigante–. ¡Me caes bien, pequeño! En el lugar de donde yo vengo, en las estepas del Norte Incierto, amamos la música. La del viento en los abedules, la del relincho de los caballos a todo galope, la del agua rebotando en la lona de nuestras tiendas... También amamos la música de las palabras, que nos dicen los ancianos que saben, los niños que inventan, las mujeres que aman...

Ambos se quedaron un momento en silencio. Gontrand se sentía bien. Instintivamente, le apetecía confiar en aquel gigante cuya alma parecía tan luminosa.

–Me llamo Gontrand. Gontrand de Grum.

–¡Y yo Tofann!

El gigante sonrió descubriendo su dentadura de carnicero.

–¿Adónde te diriges, Gontrand?

–Voy a Yâdigâr a reunirme con mis amigos.

–Qué curioso, allí voy yo también. En cuanto divisemos Ferghânâ, dejo mi empleo y me encamino a la ciudad de fuego. ¡Dicen que el señor Thunku recompensa generosamente a quienes le sirven, y que ofrece la oportunidad de participar en hermosas batallas! Hagamos el viaje juntos, juglar: tú tocarás para mí tu música y yo mantendré a raya los peligros.

Se estrecharon la mano para sellar el pacto. Con los dedos triturados por los del gigante, Gontrand empezó a echar de menos el puño del tío Urien, que en comparación con éste resultaba incluso delicado.

30
La Cazadora

EL castillo de Gor –que en realidad más parecía una mota, un fuerte rudimentario, que un alcázar–, al que Kushumaï había conducido a Ambre al final de una larga cabalgada, hundía los pilares de acero de su palizada en un montículo de tierra artificial dispuesto en el centro de un vasto claro. Un arroyo había sido desviado para llenar un profundo foso, antes de seguir su curso natural y volver a su cauce. Un puente levadizo que servía de acceso a la puerta principal daba entrada a un espacioso patio. Tres edificios alargados lo delimitaban: uno albergaba las caballerizas, los otros dos, el dormitorio, la cocina y un gran salón donde hacían vida los veinte hombres que constituían la guarnición del castillo. El camino de ronda discurría por encima de los techos de las construcciones. En el centro del patio, una torre cuadrada, coronada por un simple tejado de tablillas, se elevaba en tres niveles.

Todo en aquel lugar estaba hecho de madera.

–No mandé construir Gor para protegerme de los humanos –había explicado Kushumaï a Ambre a su llegada–. ¡El bosque lo hace por mí! Mi castillo disuade simplemente a las bestias demasiado curiosas o hambrientas.

Los hombres de Kushumaï que se habían quedado en el recinto se ocuparon de los caballos, tras manifestar su alegría por volver a ver a su jefa. La joven y Ambre se habían dirigido directamente a la torre que la Cazadora ocupaba en solitario. El piso bajo servía de almacén y de reserva; en su centro, un pozo ofrecía un agua siempre fresca. En el primer piso, arcones de ropa, una gran cama, dos amplios sillones y un armario lleno de armas aderezaban una espaciosa habitación caldeada por una chimenea esquinera de grueso metal negro, sostenida y encerrada por piedras. Por todas partes había pieles de animales extendidas.

–El último piso me está reservado sólo a mí –le había prevenido Kushumaï–. Nadie más ha entrado ni entrará en él.

Un cazador acudió a encender las velas de un gran candelabro que había en el centro de la habitación. Se había quitado la armadura para vestir ropas de cuero más cómodas y había cambiado su espada por un puñal.

Kushumaï pidió que le sirvieran la cena en aquella estancia y el hombre desapareció tras asentir.

–A veces como sola aquí –le confió la joven a Ambre que, asombrada por todo lo que descubría, había decidido callarse y escuchar–. La mayor parte del tiempo, acompaño a mis hombres en el gran salón. Les gusta tenerme con ellos.

Kushumaï contó a su invitada cómo había llegado al Irtych Violeta huyendo acorralada de la persecución los monjes inquisidores del culto de Yenibohor, a los que había desafiado practicando ritos prohibidos en sus tierras y bailando, una noche de luna llena, sobre el techo de uno de sus templos.

–Es extraño –le confió su anfitriona– cómo los hombres tienen a veces miedo de las mujeres.

El bosque había ocultado, cobijado y alimentado a la maga. Ésta había descubierto entonces que otras personas vivían resguardadas en el Irtych Violeta: eremitas, bandidos fugados, falsos brujos perseguidos por hechiceros reales... había conseguido conquistarlos y convencerlos de que, juntos, conseguirían sobrellevar el peso de su destino. Aquéllos eran los hombres que Ambre había visto en el claro de los Roukhs y en el castillo. Habían cambiado sus pieles por armas de metal. Por lo demás, se contentaban con la generosidad del bosque. ¡Y aquellos hombres la habían elegido reina a ella, a Kushumaï, la Cazadora! Reina de los bosques del Irtych Violeta...

Ambre estaba perdida en sus ensoñaciones, recostada boca abajo al calor de una piel de Ohts, una especie de oso gigante, con el mentón apoyado en la palma de las manos y los ojos ausentes en el vacío. ¡Menuda historia, y era real! Le embargó un sentimiento de admiración y envidia por su anfitriona, que cortaba lonchas de carne asada de la bandeja humeante que le habían traído.

–Toma, no te mueras de hambre –le dijo Kushumaï alargándole un pedazo en la punta de su cuchillo.

Ambre lo cogió y se quemó las yemas de los dedos, pero comió con apetito. Cuando terminó, la Cazadora le trajo una gruesa manta.

–Basta de emociones por hoy –declaró la anfitriona con autoridad, apagando las velas–. ¡Ya es hora de descansar! Buenas noches.

Ambre quiso protestar y, por orgullo, luchó un instante contra el sueño. Pero estaba tan cansada que, unos minutos más tarde, se quedó dormida.

–Cuéntame más cosas de tus amigos –pidió Kushumaï a la joven de Ys, mientras caminaban por el claro que rodeaba el castillo buscando setas de carne rosada.

El día anterior, durante el viaje a caballo, Ambre se había puesto a contarle su vida a la Cazadora, sin mencionar, no obstante, el País de Ys. Había hablado mucho rato de los integrantes de la pandilla y de algunas de sus aventuras. Luego se había preguntado, un poco tarde, si había hecho bien y si no hubiera debido mostrarse algo más prudente. Pero Kushumaï la había escuchado, si no con interés, al menos sin interrumpirla, ¡y lo menos que podía hacer era distraer con sus historias a su salvadora! Además, ¿qué importancia podía tener aquello? Kushumaï vivía encerrada en el Irtych Violeta, lejos de los asuntos del mundo.

–Primero está Coralie. Es mi hermana. Es un poco tontita y muy miedosa; no piensa más que en trapos y en divertirse. Pero es muy buena, muy cariñosa... ¡y consigue hacer lo que quiere con los chicos!

–¿Y tú no lo consigues? –dijo Kushumaï, divertida–. Pues eres muy guapa.

–Me importa un bledo ser guapa y gustarle a los chicos. ¡Es más divertido hacerlos rabiar! ¡Y demostrarles que puedo hacer lo mismo que ellos! Me da igual darles miedo. ¡Lo que quiero es que me respeten!

–¿Por eso intentas parecerte a ellos? Creo, chiquilla, que vas mal encaminada. ¿Piensas que imitar a los chicos es suficiente para lograr su respeto? Al contrario: ponte en pie de igualdad con ellos y estás perdida... Mira Ambre, yo manejo el arco y la espada tan bien como la mayoría de mis hombres, es indispensable para hacerme respetar. ¿Pero bastaba con eso para convertirme en su reina? No. Para ello, tuve que desarmarlos con mi fragilidad. Les conquisté con mi amor… ¡Pero ya descubrirás todo eso por ti misma! ¿No sientes algo por uno de tus amigos, ese Guillemot del que me hablabas ayer?

Las palabras de Kushumaï habían turbado a la adolescente. Sentía confusamente que había mucho de verdad en lo que decía.

–¿Eh? ¡Ah, Guillemot..! Al principio me enervaba, ruborizándose y tartamudeado por cualquier cosa. ¡Siempre suspirando y soñando despierto! Ahora… ha cambiado, es verdad. Se ha hecho más fuerte, más seguro de sí mismo. Sigue poniéndose colorado cuando se burlan de él, pero ya no es lo mismo: irradia seguridad, misterio. ¡Me gusta más, desde luego!

–Tienes todo el tiempo del mundo para pensarlo –terció Kushumaï con una extraña sonrisa–. ¡A tu edad es cuando uno empieza a explorar su corazón! Regresemos, tenemos setas de sobra para un regimiento.

Volvieron al castillo y dejaron la conversación sobre los amigos de Ambre. Kushumaï le enseñó las caballerizas; los animales eran magníficos. Luego le puso una espada ligera en las manos y le enseñó varios pases en el patio, ante la mirada divertida de los hombres que hacían la ronda.

Pronto fue hora de encender el fuego y esperar la cena charlando. A Ambre se le ocurrió deslizar en la conversación la descripción de la joya que Thomas les había enseñado. «Yâdigâr», había murmurado simplemente, como para sí, Kushumaï. La chica de Ys había intentado averiguar algo más, pero su anfitriona había reído al decirle, con tono misterioso, que tendría una respuesta a su pregunta por la mañana. Entonces, un cazador había llegado con sus bebidas.

–Ambre –anunció Kushumaï levantando su copa llena de vino–, ¡brindo por el destino que te ha puesto en mi camino!

–¡Y yo –imitó la chica, embriagada por aquella jornada excepcional– brindo también por el destino, que os puso en el camino del claro de los Roukhs!

Ambas bebieron.

Inmediatamente, Ambre sintió que la cabeza le daba vueltas.

–¡Pero… Kushumaï! ¿Qué..?

Presa del vértigo, se desplomó. Kushumaï no se había movido. Volvió a levantar su copa y la vació de un trago.

–Por el destino, Ambre, por el destino. ¡Y por ti!

Ambre recobró brevemente el conocimiento mientras Kushumaï la llevaba en brazos al último piso de la torre, atestado de libros, tarros de hierbas y frascos llenos de pociones indescriptibles.

Se despertó por segunda vez cuando Kushumaï la acostó sobre una tosca mesa de madera. Vio, a través de una bruma, a la Cazadora dibujar sobre su cuerpo extraños signos y la oyó murmurar una obsesiva letanía. Entonces, Ambre volvió a perder el sentido.

Kushumaï ponía gran esmero en sus gestos. El conjuro que estaba imprimiendo en lo más hondo de Ambre era complicado. Le llevó buena parte de la noche. Cuando hubo terminado, miró a la joven y se le encogió el corazón.

–Ambre, pequeña, perdóname –murmuró–. Tenía que hacerlo… Mañana no te acordarás de nada.

Bajó de la torre con Ambre en brazos y entró en las caballerizas. Su caballo ya estaba ensillado. Montó a horcajadas, salió del castillo y galopó en dirección al bosque, apretando contra su cuerpo a la chica.

Llegaron hasta la Puerta esculpida en el gran roble, por la que Ambre había entrado en el Mundo Incierto, cuando el alba apenas despuntaba. Kushumaï apoyó a Ambre, aún inconsciente, contra la Puerta.

–Despertarás en las Colinas Movedizas –le susurró la Cazadora–. Es la Puerta más cercana a Yâdigâr. Te reunirás con tus amigos y con Guillemot. Intrépida Ambre, valiente pequeña Hamingja…

Kushumaï posó las manos en varios Grafemas de la Puerta y cantó las palabras de un Galdr. Se produjo un relámpago y Ambre desapareció.

31

El Desierto Voraz

ALGO se movió en la ventana. Hacía más de dos horas que Guillemot esperaba, agazapado en la oscuridad, y empezaba a preguntarse si el chico no se habría burlado de él en la joyería. Pero una mano se agitó en su dirección desde el tragaluz lleno de barrotes. Allí se acercó sigilosamente. Detrás distinguió el rostro de Kyle.

–No sé quién eres. Pero conozco el medallón que le enseñaste al joyero que es hoy mi amo. Si me ayudas a escapar, te diré todo lo que sé.

–Soy un Hombrecito de Virdu –respondió Guillemot, tras dudar un instante–. ¿Y cómo puedo saber que vas a mantener tu palabra? ¡Una vez libre, podrías salir pitando!

–¡Si tú eres de Virdu, yo soy un Orco! En cuanto a mi palabra, la tienes, te lo juro. ¿Qué dices?

–Bueno, vale –se decidió Guillemot, tras decirse que no tenía nada que perder–. ¿Pero cómo voy a ayudarte a salir?

–Es fácil, uno de los barrotes está corroído por el óxido. Yo solo no consigo romperlo, pero si lo intentamos entre los dos…

Guillemot agarró el barrote y Kyle hizo lo mismo. Se pusieron a tirar y empujar con vigor hasta que la barra de hierro cedió bruscamente. Luego ayudó al joven esclavo, cuyos tobillos seguían encadenados, al alzarse fuera de su prisión.

–¡Gracias, seas quien seas! Ahora no perdamos tiempo. Hay que abandonar la ciudad. ¡Y rápido!

–¿Y adónde iremos?

–¡Al Desierto Voraz!

–¿Al desierto? –se asombró Guillemot.

–A menos que prefieras ser ahorcado, destino que aguarda a quienes ayudan a escapar a un esclavo, en Ferghânâ.

–¡Bueno, no perdamos tiempo! –concedió Guillemot–. Veamos las cosas por el lado positivo: este verano aún no había tenido tiempo de poner a punto mi bronceado.

Para ayudarle a caminar, pasó uno de los brazos de Kyle en torno a su cuello.

Luego se apresuraron en dirección a una brecha en las murallas que conocía su nuevo amigo y que empleaban los ladrones para entrar y salir de la opulenta ciudad sin ser vistos.

Escaparon fácilmente de la ciudad. La luna ya no lucía más que débilmente y desaparecería la noche siguiente. Ferghânâ dormía con el sueño algo pesado que tienen a veces las gentes demasiado satisfechas de sí mismas. La abertura en la muralla, discreta, seguramente nunca había sido localizada por los guardias y no estaba vigilada. Se internaron en dirección Sur en el desierto. Su avance se veía entorpecido por las cadenas que Kyle arrastraba en los pies y que sus esfuerzos conjuntos no habían conseguido romper. Caminaron tan rápido como pudieron hasta el alba, para poner la mayor distancia posible entre ellos y la ciudad de los mercaderes.

–¡Uf! –resopló Kyle, que acababa de desplomarse en la arena junto a Guillemot–. Bueno, ahora dime quién eres en realidad.

–Ya te lo he dicho, un Hombrecito de Virdu –respondió Guillemot, tomando aliento.

–Ya, claro –ironizó Kyle–. De todas maneras, te diré, para tu información, que las gentes de Virdu tienen la voz grave, preferirían morir antes que ponerse a correr y hablan el ska bastante mejor que tú.

–Ciñámonos a nuestro acuerdo –le cortó Guillemot, con sequedad–. Te he ayudado, así que te toca: ¿qué tienes que decirme de esta joya?

Kyle observó durante largo tiempo al Aprendiz de Mago, camuflado bajo su abrigo, hizo una mueca de desprecio y se sumió en el silencio.

–Bueno, vale –suspiró Guillemot, dándose cuenta de que no obtendría nada de aquella manera–. Pongamos las cartas sobre la mesa.

Se quitó la gruesa capucha del abrigo de Virdu y descubrió su rostro. Kyle se quedó estupefacto.

–¡Pero si eres… un crío!

–Como tú –replicó Guillemot, a quien hizo gracia la sorpresa de Kyle.

–Quería decir… En fin, tú… ¿Pero cómo?

–No estás haciendo la pregunta adecuada –corrigió su compañero de fuga–. Lo importante no es el cómo, sino el dónde y el porqué. ¿Quieres saberlo?

Kyle asintió enérgicamente, todavía con los ojos como platos. Guillemot continuó:

–Yo no vengo de este Mundo. Vengo de otro Mundo, llamado el País de Ys. Sí, soy un crío; bueno, hasta cierto punto. Y estoy aquí… ¡porque estoy un poco loco! En todo caso, me ayudaría muchísimo que me dijeras lo que sabes del medallón que enseñé al joyero. Tengo amigos perdidos y estoy intentado encontrarlos. Y quizá esta joya…

Se hizo el silencio. El esclavo fugado miró al chico de Ys y por fin se decidió:

–Me llamo Kyle, como sabes. Hace un año, aproximadamente, unos salteadores atacaron a mi pueblo, que vive en el desierto. Me capturaron y, en Ferghânâ, me vendieron al viejo que viste en la tienda.

–¡Qué horror! –se compadeció Guillemot.

–Bueno, él nunca me ha hecho daño. En realidad no era malo. Hubiera podido ser peor…

–¿Y… la joya? –le interrumpió Guillemot, que quería evitar digresiones.

–A eso iba: ese medallón es el de los hombres de armas del Comandante Thunku, señor de Yâdigâr. Lo conozco porque mi tribu se desplaza con frecuencia y a veces pasa cerca de esa ciudad.

–¿Puedes contarme algo más de ese Thunku? –preguntó el Aprendiz.

–Es un hombre brutal y temible, que vive a base de saquear toda la región. Manda un verdadero ejército, compuesto tanto de hombres, como de Orcos y otros monstruos de la misma calaña. Tiene muchos amigos poderosos, como el Señor Sha, por ejemplo.

Guillemot tembló. ¡Ya había oído aquel nombre! O, mejor dicho, lo había leído en algún lugar. En Gifdu, quizá, ¡sí, eso era, en Gifdu, en un libro que trataba del Mundo Incierto! ¿Pero qué decía de él? Guillemot ya no se acordaba.

–¿Y qué más? –le apremió.

–Bueno, que yo sepa, Thunku nunca ha hecho la guerra a mi pueblo. Estamos ligados a Yâdigâr por un tratado de paz muy antiguo: ¡el desierto para los Hombres de las Arenas, la Calzada de Piedra para la ciudad!

Guillemot pensó un momento en las palabras de Kyle. Sacó el mapa del Mundo Incierto de su mochila. Ferghânâ estaba aquí, la Calzada de Piedra y Yâdigâr, aquí; ellos estaban por acá. En el desierto. Suspiró.

¡Había pasado ya tanto tiempo desde que habían franqueado la Puerta! ¿Tendrían sus amigos tantas dificultades como él? Y sobre todo, ¿se encontrarían en Yâdigâr, como esperaba él desde el principio? ¿O simplemente, estarían vivos todavía?

–¿Qué es esto? –preguntó Kyle, que se había acercado con curiosidad.

–Es un mapa de tu Mundo. Mira, estamos más o menos aquí.

Kyle parecía fascinado.

–¿Es la primera vez que ves uno?

–Sí… Y estos signos, aquí y aquí, ¿qué son?

Guillemot lo miró.

–Son letras y palabras. ¿No sabes leer?

–No.

–¿Aquí no hay colegios?

–Los hay, pero son escasos y están reservados a unos pocos.

–No sabes la suerte que tienes… Venga, sigamos –dijo Guillemot guardando el mapa–. ¡Ah!, por cierto –añadió tendiéndole la mano a Kyle–, me llamo Guillemot.

Reemprendieron su agotadora marcha. Unas horas más tarde, comenzó a despuntar el alba. Kyle empezó a ponerse nervioso.

–Hay que encontrar una Bokht, rápido, antes de que salga el sol.

–¿Una Bokht? –se asombró Guillemot, que empezaba a inquietarse ante los movimientos de pánico de su amigo.

–Sí, una losa de piedra… Tenemos que encontrar una rápido como sea, si no, el Desierto Voraz nos tragará.

Guillemot dejó sus preguntas para más tarde y ayudó a Kyle en su búsqueda febril. Por fortuna, éste pronto exclamó alegremente:

–Allí, ya veo una.

Salieron disparados en dirección a una roca del tamaño de una barca y se instalaron sobre ella. Unos instantes más tarde, el sol hizo su aparición. Entonces, la arena empezó a zumbar y a temblar en torno a ellos. Bajo la enorme piedra, sintieron que se hundía el desierto. Luego todo volvió a quedar en calma. Aparentemente… Guillemot dirigió a su amigo una mirada interrogante.

–El Desierto Voraz está vivo –explicó Kyle a un Guillemot atónito–. Durante el día, se traga todo lo que no es de piedra: ¡seres vivos, metal o madera! Pero de noche duerme y es posible atravesarlo sin temer nada…

–¿Y hay personas que viven en este infierno?

–Sí, los Hombres de las Arenas. Es una simple cuestión de adaptación.

Dejaron de hablar para no malgastar saliva; habían salido sin agua.

32
Un mal encuentro

–BUENO, ¿y ahora adónde vamos?

–Espera a que mire el mapa... Tus amigos nos desembarcaron aquí, más o menos; hacia la izquierda, la carretera llevará seguramente a Ferghânâ. Creo que hay que ir por ahí. Después de las Colinas Movedizas, debería de haber una bifurcación hacia Yâdigâr.

Coralie se inclinó sobre el hombro de Romaric y, sin mucho interés, echó una ojeada al mapa.

–Si tú lo dices. Pero démonos prisa: ¡me estoy cociendo al sol!

La Sexta Tribu del Pueblo del Mar había depositado a los dos jóvenes de Ys en un tramo de la costa Este donde no había Gommones, a una distancia considerable del territorio de la siniestra Yenibohor. Matsi había llorado mucho cuando Coralie la había abrazado. «No te dejes avasallar por el hecho de que tu padre sea el guardián de los objetos: valdrás lo que tú decidas valer», le había murmurado.

Romaric se había limitado a estrechar vigorosamente la mano de Wal y a agradecerle su hospitalidad. Se habían despedido con efusivos gestos al abandonar las balsas y a continuación se habían dirigido tierra adentro, donde les habían asegurado que encontrarían una carretera…

–Ya somos dos –prorrumpió Romaric mientras caminaba entre los dos surcos marcados por el paso de numerosos carros–. ¡Pronto nos reuniremos todos! Para eso no hay más que ir a Yâdigâr. ¿No me has dicho que la joya de Thomas te pareció enseguida le mejor pista que podías seguir?

–Sí, me di cuenta inmediatamente. ¡Ya sabes que siempre he tenido debilidad por las joyas!

Romaric la miró asombrado. ¡Ahora resultaba que Coralie empezaba a reírse de sí misma sin ayuda de nadie!

–Pensándolo bien –continuó él, jugueteando con el mapa que tenía aún en las manos–, esa joya es el único indicio que tenemos todos en común. A mí también se me ocurrió enseguida. Esperemos que los demás hayan hecho lo mismo.

Siguieron caminando otro rato sin decir nada. Romaric, mucho más serio de lo normal, parecía turbado. De pronto se decidió.

–Coralie, yo… yo todavía no te he dado las gracias de verdad por haberme salvado la vida el otro día, con las medusas… Fuiste muy valiente. No sé si yo hubiera podido hacerlo. En cualquier caso, no lo olvidaré nunca.

Coralie se ruborizó levemente y dirigió a su amigo una mirada de agradecimiento.

–¡Estoy segura de que tú hubieras hecho exactamente lo mismo en mi lugar! Yo, sin embargo, creo que sería incapaz de volver a hacerlo.

–¡Anda! ¿Y por qué?

–¡Porque le tengo un asco horrible a las medusas! ¡Pero horrible!

—¿Y a pesar de todo te tiraste al agua?

Romaric estaba estupefacto. ¡El valor del que había dado prueba su amiga adquiría una dimensión completamente distinta! La chica, halagada, saboreó la admiración que percibía en su compañero. Pero no pudo evitar comentar con ironía:

—¡Tenía que enseñarte mis pendientes nuevos! Y como no te decidías a subir a la balsa…

—¡Eres totalmente increíble!

—¡Gracias! —concluyó Coralie, guiñándole un ojo.

No dejaron de caminar hasta que cayó la noche, al pie de las Colinas Movedizas.

Romaric encendió una pequeña fogata con hierbas secas y en torno a ella se sentaron a comer los pescados ahumados que les había dado Wal a su marcha. Luego se envolvieron en sus abrigos de Virdu y se acurrucaron el uno junto al otro. El futuro Caballero del Viento tuvo dificultades para conciliar el sueño.

A mitad de la jornada llegaron a la bifurcación de la que había hablado Romaric: una carretera discurría en dirección Sur. Por ella se internaron.

—Si todo va bien, deberíamos divisar Yâdigâr mañana —anunció el chico.

—¡Me pregunto cómo podrá ser esa ciudad!

—¡Por lo que decía Wal, nada agradable! Según él, es el punto de encuentro de todos los rufianes del Mundo Incierto.

—¡Genial! ¡Y pensar que ahora podría estar en casa, en la terraza, saboreando un té helado! —suspiró Coralie.

El camino se adentraba encajonado entre gargantas rocosas y discurría a lo largo del lecho de un arroyo, seco desde hacía mucho tiempo. No había ni un árbol, ni una planta. Todo estaba silencioso.

–¡Este lugar me pone la carne de gallina! –confesó Coralie, lanzando a su alrededor miradas inquietas–. Salgamos rápido de aquí.

Apresuraron el paso.

De repente, un largo silbido resonó en el desfiladero. Dos hombres surgieron de entre las rocas y cortaron el paso a los jóvenes, amenazándoles con sus armas. ¡Salteadores! El primero, contrahecho y bajito, blandía un mangual y se arrojó con un ojo desorbitado sobre Coralie, que sintió un asco terrible; un hilillo de baba pendía de su boca entreabierta y desdentada. El segundo, muy alto y vestido con una piel de oso, agitó la lanza bajo sus narices.

Estaban prisioneros. Romaric apretó los puños: sin armas, toda resistencia era inútil. Se dejó atar de pies y manos, como Coralie.

Los salteadores tomaron un sendero que ascendía en sentido perpendicular a la calzada. El enano iba delante y su compañero, que despedía un olor pestilente, iba detrás. Llegaron frente a una gruta, cuya entrada estaba parcialmente disimulada por un bloque de roca. Los empujaron al interior. Al fondo se amontonaban cofres cerrados y encadenados. Tendido sobre un lecho improvisado, un hombre cojo tosía y escupía sangre, que dejaba manchas en su barba oscura y espesa.

Los dos salteadores los condujeron ante él.

–¡Bah! Mocosos… ¿Llevan alguna piedra?

–No gran cosa, jefe –respondió el bandido de la piel de oso–. Los hemos registrado y sólo hemos encontrado esto…

Dejó sobre la cama de su jefe, herido en el pecho en una emboscada anterior, un puñadito de piedras preciosas, junto con un collar de oro, una pulsera de plata y dos pendientes azules.

–Bueno, menos es nada –comentó el salteador, cuyo torso cubierto de pelo negro estaba vendado en parte con un lienzo sucio–. Ya decidiremos qué hacer con ellos mañana. Thunku paga un buen precio tanto por las chicas como por los chicos.

El enano dejó escapar una risa malvada, que hizo temblar más a Coralie que a su compañero.

Los dos amigos fueron conducidos sin miramientos al fondo de la gruta, donde los ataron por completo.

–¡Esto es horrible! –gimió Coralie, con la barbilla temblorosa.

–Ya se arreglará –intentó tranquilizarla Romaric–. Saldremos de ésta, te lo prometo.

Otros dos salteadores holgazaneaban en la gruta resguardándose del calor, lo cual elevaba a cinco, contando al jefe herido, el número de sus carceleros. Romaric suspiró. Eran muchos. Construía planes de evasión que se iban desmoronando uno tras otro. Quizá si les favorecía la noche…

Un joven arquero, espantosamente flaco y con la cara cruzada por una tremenda cicatriz, irrumpió en la caverna sin aliento, anunciando viajeros a la entrada de las gargantas.

–¡Bueno, todos a sus puestos! –decidió el jefe de los bandidos–. Robamos a éstos también y mañana levantamos el campamento. ¡Hay piedras de sobra en estos cofres para darnos todos la gran vida!

Sus palabras fueron acogidas con gritos de alegría. Los salteadores se precipitaron al exterior. Romaric aprovechó para intentar aflojar sus ligaduras. Pero el que los había atado sabía lo que hacía, y no consiguió más que despellejarse las muñecas. Junto a él, Coralie se movió.

–¡Menos mal que ese enano horrible está lejos de la gruta! –suspiró–. ¿Has visto como me miraba? ¡Todavía tengo la carne de gallina!

–Cálmate y trata de descansar –respondió Romaric–. Yo estoy aquí. Te protegeré.

Pero en el fondo se sabía impotente por completo. Si los salteadores decidían ensañarse con su amiga, no podría hacer más que gritar. Este pensamiento le produjo una rabia terrible y volvió a emplearse a fondo en deshacer sus ataduras, de nuevo en vano. Pronto dejó de agitarse y, en silencio para no angustiar más aún a Coralie, se abandonó a su desesperación.

33

Unos salteadores con mala suerte

–ESTE paso es siniestro.

–Estoy de acuerdo contigo, músico.

El gigante del cráneo tatuado inspeccionó los alrededores con su mirada gris. Las gargantas por las que acababan de adentrarse le daban mala espina. ¡Si él hubiera tenido que tender una emboscada a unos viajeros para desvalijarlos o asesinarlos, sin duda alguna hubiera escogido aquel lugar!

–¿Crees que corremos peligro? –le preguntó Gontrand, pellizcando nerviosamente las cuerdas de su cítara.

–¡Eso es problema mío, pequeño! Nuestro acuerdo está claro: tú amenizas nuestras veladas con tus canciones y yo me ocupo de los peligros del viaje.

El hombre de las estepas dejó escapar una risita. Gontrand se pasó una mano por los cabellos. Era cierto que desde que se habían separado de la caravana de los mercaderes de Ferghânâ nadie había intentado atacarles. La verdad era que al ver a Tofann uno no quería más que una cosa: ¡evitar enemistarse con él!

Un largo silbido resonó en las gargantas. Aún no había dejado de sonar cuando el gigante desapareció como por arte de magia. De forma que Gontrand se vio solo frente a los hombres que surgieron de detrás de las rocas. Éstos le miraron, inquietos.

–¿No eran dos? ¡Eh, arquero!

–Estoy seguro de haber visto a dos viajeros a la entrada de las gargantas –se defendió el joven salteador.

–Si viste dos –continuó un manco que blandía un hacha con el brazo que aún tenía servible–, ¿dónde se ha metido el otro?

–¡Aquí está, señores!

Como salido de la nada, Tofann apareció de un salto. Agarró el cráneo del manco y lo estrelló contra la placa de acero que llevaba sobre su guerrera de cuero, a la altura del corazón. Rápido como el rayo, sacó entonces una navaja plana de su bota, y la lanzó de tal forma que se clavó en la garganta de un larguirucho, que se desplomó hacia atrás con el golpe, resquebrajando al caer su escudo contra una piedra.

Los demás se quedaron petrificados de estupor.

–¡Pasemos ahora a las cosas serias, si les parece bien!

El gigante había sacado una espada impresionante de la funda de metal y cuero que llevaba a la espalda. Un movimiento circular del arma gigantesca estuvo a punto de decapitar al arquero, que tuvo la buena idea de agacharse en el último momento. Otro golpe de arriba abajo casi partió en dos al hombre de la piel de oso, que rugió de dolor antes de desplomarse en el suelo. El arquero, abandonando su arco, poco apropiado para un cuerpo a cuerpo, había desenvainado un puñal y hacía frente con valentía a Tofann. Éste se desplazaba con agilidad. Sus gestos eran precisos y fulminantes. Al arquero le costaba mucho trabajo evitar los golpes de su temible adversario. Intentó asestarle varios tajos, que Tofann neutralizó con facilidad. Por fin, el gigante hirió al joven en la mano, obligándole a soltar su cuchillo, y después en el muslo, haciéndole morder el polvo. El arquero desplomado lanzó una mirada fiera a Tofann que, cubierto de sangre, le miraba de arriba abajo, con el arma apoyada despreocupadamente en el hombro. El contraste entre ambos, acentuado por la delgadez extrema de uno y la formidable musculatura del otro, era portentoso.

—No tengas miedo, pequeño. No acostumbro a golpear a un hombre en tierra. ¡Sobre todo cuando se ha batido bien! Te has salvado la vida.

Nada más empezar el enfrentamiento, Gontrand se había refugiado tras una roca y, estupefacto, había seguido el desarrollo de la pelea. Con el joven arquero fuera de combate, no quedaba ya ante el guerrero más que el enano deforme, que le miraba con una indescriptible expresión de terror.

Tofann avanzó hacia él. El gnomo soltó su mangual y huyó chillando. Tofann se lanzó tras él, seguido por Gontrand, que por nada del mundo hubiera querido quedarse solo con el arquero en medio de los cadáveres.

Jadeando, el chico penetró en una caverna iluminada por antorchas. Tofann había acorralado al fugitivo y se había contentado con romperle el cráneo de un puñetazo. Estaba acabando de ajustar cuentas con un hombre que aullaba de rabia sobre un lecho.

—¡Gontrand! ¡Pero si es Gontrand!

Como electrificado, el citarista se volvió hacia el fondo de la gruta. Atados contra los cofres, Romaric y Coralie le miraban como si acabaran de ver un fantasma.

—Bueno, aquí es donde nos separamos —anunció Tofann a los tres chicos.

El gigante había consentido en acompañarlos hasta la salida de las gargantas. Las aves carroñeras describían ya círculos sobre el lugar donde había tenido lugar la lucha.

El arquero, que a fin de cuentas no había recibido más que unas heridas leves, se había volatilizado.

—¿Estás seguro de que no quieres cambiar de opinión? —intentó otra vez convencerlo Gontrand, entristecido ante la marcha de su amigo.

Tofann rió señalando el enorme saco que llevaba en bandolera.

—¿Por qué iba a ir a luchar por nadie, ahora que soy suficientemente rico como para hacerlo por placer?

Los cofres, abiertos en la caverna una vez que Tofann y Gontrand hubieron liberado a los dos amigos prisioneros, contenían un verdadero tesoro de piedras preciosas y joyas. Gontrand, Romaric y Coralie se habían negado a coger nada de cuanto había costado la vida a tantas personas, pero Tofann se había servido en abundancia y luego había cerrado la entrada de la gruta con grandes piedras.

—No tenéis más que seguir la calzada. Lleva directa a Yâdigâr.

—¿Y si volvemos a encontrarnos con salteadores, eh? —replicó Gontrand.

—Ahora es problema vuestro —contestó el gigante suavizando la voz—. ¡No vais a llevar niñera toda la vida!

Ante el aire desesperado de Gontrand, Coralie comprendió que había que acortar la despedida. Avanzó, se puso de puntillas y besó al coloso en la mejilla.

—Gracias otra vez por habernos salvado.

Volvió a acordarse del enorme alivio que había sentido al verlo abatir al gnomo baboso.

Romaric tendió la mano a Tofann con una mirada llena de respeto y admiración mezclados, pero contuvo una mueca de dolor cuando éste se la estrechó. Tofann era un guerrero total, el combatiente supremo. ¡No soñaba más que con llegar a parecérsele un día! Pero con un toque algo menos salvaje y algo más… ¡caballeresco!

Por último, el gigante cuajado de cicatrices estrechó a Gontrand en un afectuoso abrazo. Al chico le costó horrores contener las lágrimas. Le había cogido un cariño tremendo a aquel hombre que estaba siempre tranquilo y de buen humor, tan fuerte y tan sensible.

A pesar de toda su valentía, Gontrand tenía muy claro que no tenía ganas de ver marchar a aquel personaje protector.

Tofann se desprendió suavemente del abrazo del chico y se alejó, agitando la mano durante mucho tiempo.

–¡Venid a verme a mi tierra, a las estepas, si algún día os perdéis por el Norte Incierto!

Pronto desapareció en las gargantas.

–Pues nada… ¿La aventura continúa, no? –dijo tímidamente Gontrand.

–¡Vaya si continúa! –confirmó Romaric, dando una fuerte palmada en la espalda a su amigo.

–¡Adelante, compañeros! –exclamó teatralmente Coralie, contenta de ver que, a pesar de las penalidades, el valor no les había abandonado.

Cogidos los tres del brazo, marcharon en dirección a Yâdigâr.

34
Los Hombres de las Arenas

Un sol abrasador se había instalado en el cielo. Los dos chicos, prisioneros de la Bokht, la gran losa de piedra que los protegía del Desierto Voraz, comenzaban a sentir cruelmente los efectos de la sed. Guillemot había sacado de su mochila el abrigo de Virdu que había sobrado al repartir sus cosas con sus amigos en Ys, y se lo había dado a Kyle para protegerse. Éste, sentado con las rodillas altas y la cabeza entre los brazos, no se movía. Guillemot estaba de pie y oteaba el horizonte haciendo visera con las manos sobre la frente, para evitar que la luz cegadora lo deslumbrase.

–¡Tenemos visita! –exclamó de pronto–. ¡Parece como si se acercaran unos hombres!

Kyle se levantó de un salto y observó el desierto en la dirección que le mostraba su amigo. En efecto, un grupo de hombres vestidos de azul y armados de largos fusiles se dirigía directamente hacia ellos.

–¡Esta vez estamos perdidos! –se lamentó Guillemot–. ¡Seguramente serán milicianos de Ferghânâ que vienen persiguiéndonos!

Kyle permaneció en silencio.

—¡Maldita sea, y ni si quiera podemos movernos de esta piedra! ¡Estamos en una trampa! ¡Atrapados como ratas! ¿Y tú te ríes? —dijo Guillemot, colérico, a Kyle, que en efecto sonreía viendo cómo se alarmaba su amigo.

—¡Lo que me alegra es que pronto podremos beber! —replicó tranquilamente el chico.

—Ya me dirás —gimió Guillemot—. ¡Beber agua pudriéndonos en un calabozo mientras esperamos a que nos cuelguen no me parece una perspectiva muy agradable!

Los hombres azules avanzaban lentamente. Guillemot se fijó en su extraña impedimenta: un ingenioso sistema de correas mantenía sus pies sobre grandes piedras que empleaban como raquetas en la nieve y en su avance se ayudaban con bastones que en el extremo llevaban un guijarro en lugar de una arandela.

—¡Así es como lo consiguen! —exclamó Guillemot, llevándose la mano a la frente—. ¡Y pensar que no hace ni cinco minutos pensé en huir de la Bokht al verlos avanzar sin que se los tragara la arena!

—Eso hubiera sido un error mortal —comentó Kyle, que parecía divertirse—. ¡Los Hombres de las Arenas tienen su truco para desplazarse en pleno día sin que los engulla el desierto!

—¿No son los mercaderes de Ferghânâ? —se asombró el Aprendiz.

—¿Mercaderes? ¿Por el Desierto Voraz en pleno día? No, créeme: ¡son Hombres de las Arenas! De la tribu azul, para ser exactos.

De repente, la agitación invadió a los extraños caminantes que, tendiendo el brazo y lanzando gritos, blandieron sus fusiles sobre sus cabezas.

—¿Van a hacernos daño? —se inquietó Guillemot.

–Me parece a mí que no –sonrió Kyle.

Kyle no mentía. El grupito de Hombres de las Arenas manifestaba ruidosamente, silbando y gritando, su alegría por haberlos descubierto, y colmaron al joven esclavo y a Guillemot de mil muestras de atención. Guillemot no lograba comprender qué les hacía merecedores de tantos honores, pero pronto se dio cuenta del respeto que todos aquellos hombres demostraban por su amigo. Les dieron de beber un agua ligeramente salada. Luego los cargaron a las espaldas de los dos más fuertes de sus salvadores y el grupo volvió a ponerse en marcha. Pronto perdieron de vista la Bokht que los había acogido.

–No he tenido ocasión de decírtelo –explicó Kyle para responder al asombro que adivinaba en los ojos de Guillemot–, ¡pero soy el hijo de los jefes de las tribus de los pueblos de las Arenas!

–¿Cómo que el hijo de los jefes?

–A ver –explicó Kyle, que se esforzaba, imitado por su amigo, en moverse lo menor posible para no desequilibrar a su portador–, es que me encontraron junto a uno de nuestros pozos cuando era un bebé. Las fuentes de agua son sagradas para mi pueblo. Así que los Hombres de las Arenas concluyeron que los dioses me habían confiado a ellos y, para honrarlos, pidieron a su jefe que se ocupara de mí... ¡Así me convertí en el hijo de los jefes de las tres tribus que componen mi pueblo!

–¿O sea, que no sabes quiénes son tus verdaderos padres? –preguntó Guillemot.

El rostro de Kyle se ensombreció. Respondió con voz velada:

–No.

–Mira, pues casi tenemos una cosa en común –dijo Guillemot en un tono que pretendía ser reconfortante–. Bueno, a medias: yo nunca he conocido a mi padre…

Este pensamiento doloroso sumió a Guillemot en el silencio. De pronto se le representó el rostro sonriente de su madre, y le recordó brutalmente que todo lo que amaba, todo lo que era su vida, estaba a años luz de aquel desierto…

Fue su portador quien lo hizo bajar de las nubes, al quejarse de su falta de equilibrio.

Unas horas más tarde, llegaban a un gran campamento de tiendas, distribuidas sobre una inmensa Bokht en el centro de una hondonada.

Su aparición desencadenó gran alboroto.

–Menos mal que hemos llegado –murmuró Guillemot–. ¡Marea tener que ir a espaldas de alguien que camina tambaleándose!

–¿Te pasa algo? –preguntó Kyle muerto de risa–. ¡Estás completamente pálido!

–¡Pues tu ojo se va a poner completamente morado en un segundo si no dejas de burlarte de mí!

–¡En lugar de quejarte, piensa en el pobre que te llevaba a sus espaldas!

Mientras se metían el uno con el otro, contentos del desenlace de su aventura, un corrillo se había formado en torno a ellos. Saliendo de entre la gente, un hombre muy alto y delgado, enrollado como los demás en una tela azul, tomó a Kyle en sus brazos y lo apretó contra su pecho. El chico le dijo unas palabras y el hombre se volvió hacia Guillemot:

–Has ayudado a mi hijo a escapar. Mi tribu es tu tribu.

Había hablado en ska, con voz pausada y grave. Guillemot dedujo que debía de tratarse de uno de los tres jefes de los Hombres de las Arenas y, por tanto, de uno de los tres padres de Kyle. Hombres, mujeres y niños se apresuraron a rodearle vitoreándole. Le condujeron a una de las grandes tiendas, que parecían cabañas. Le hicieron sentarse y le trajeron comida y bebida.

Poco después, Kyle se reunió con él. Le habían quitado las cadenas y llevaba el vestido de los Hombres de las Arenas, salvo por el detalle de que el azul oscuro iba acompañado de rojo sangre y blanco.

—Pertenezco a las tres tribus —explicó el chico, a quien sus nuevos vestidos daban un aire de dignidad—. Es normal que honre a las tres llevando sus colores.

—¿Bueno, y ahora cuál es el programa?

—¡Ah, sí! —exclamó Kyle, arrancado de sus pensamientos—. Pues esta tarde la tribu da una fiesta en tu honor.

—Vale, genial. Pero… ¿mañana podrá alguien llevarme hasta la calzada de Yâdigâr? No te enfades conmigo por ser un aguafiestas, pero los días pasan y no me queda mucho tiempo.

—Yo mismo te llevaré —le tranquilizó Kyle—. Pero no sé si es muy buena idea. En Yâdigâr hay muy mala gente.

—A lo mejor no es muy buena idea —reconoció Guillemot—, pero es la única posibilidad.

—¡Bah, ya lo veremos mañana! —dijo Kyle—. ¡Ahora mejor pensar en nuestra fiesta!

Guillemot convino en que tenía razón y sonrió de nuevo.

—¿De qué vive tu pueblo? —preguntó Guillemot a Kyle, que estaba sentado a su lado en uno de los pequeños taburetes de madera y piel dispuestos en torno a la gran mesa baja repleta de bebida y comida.

Había caído la noche y la fiesta, desbordándose por todas partes de la Bokht sobre el desierto dormido, se encontraba en su punto álgido. Algunas chicas de su edad ejecutaban danzas del desierto. No muy lejos, ante la insistencia de los demás, un hombre arrancaba sonidos magníficos a una flauta de metal negro.

–Mi pueblo vive esencialmente del comercio de Gambouris, esos cristales púrpura que se encuentran en la arena del desierto –respondió Kyle tras un momento de silencio–. Eso le permite comprar todo lo necesario para subsistir. De esta manera, puede continuar con su vida nómada, de Bokht en Bokht, de oasis en oasis.

–Os envidio –suspiró Guillemot–. Parecéis felices.

–Bueno, no todo ha sido siempre así –replicó Kyle–. Los Hombres de las Arenas cuentan que antaño, hace mucho tiempo, nuestras tribus pertenecían a un pueblo que viajaba de Mundo en Mundo, como nosotros de pozo en pozo. Un día, las tres tribus, que entonces no formaban más que una, se encontraban en el Mundo Incierto. El Maestro del Paso, el que sabía como cambiar de Mundo, murió brutalmente, llevándose a la tumba su secreto. Dicen que desde entonces estamos condenados a vivir en este peligroso desierto.

–¡Qué historia más hermosa! –se entusiasmó Guillemot–. ¿Pero es sólo una historia o un hecho real?

–Nadie lo sabe. Pero hemos conservado algo de esos tiempos antiguos: la ceremonia de la Luna Muerta. Asistirás a ella esta noche, pronto será la hora. El ciclo ha comenzado.

Los dos chicos siguieron charlando un rato. Luego la flauta calló, igual que los cantos y las risas.

Al oír la llamada del jefe, los miembros de la tribu se levantaron y se agruparon bajo el cielo estrellado. Se cogieron todos de la mano. A la cabeza de ellos, la larga silueta del jefe empezó a adoptar diferentes posiciones, que los demás iban imitando uno tras otro. Se hubiera dicho que el cordón humano tenía vida propia, como una serpiente. Entonces el hombre se puso a entonar una sorda melopea, con palabras que ya nadie comprendía desde hacía mucho tiempo, como Kyle había contado. El extraño ritual duró unos diez minutos, luego todos volvieron a sus ocupaciones y la fiesta continuó.

–Es nuestra manera de no olvidar por completo el pasado lejano –explicó Kyle, volviendo a tomar asiento en su taburete.

Pero Guillemot no lo escuchaba.

Había abierto su cuaderno de tapas de cuero negro y anotaba febrilmente todo lo que había visto y oído durante la ceremonia.

35
Yâdigâr

A la mañana siguiente a la fiesta, temprano, aún atontado por el sueño, Guillemot se encaramó a la espalda de un caminante del desierto y se puso en marcha, escoltado por algunos hombres de la tribu azul y por Kyle que, como los demás, iba calzado con raquetas de piedra.

–¡Buf! –se quejó con una mueca el Aprendiz, que soportaba mal los balanceos impuestos por el andar de su portador.

–No deberías haber bebido tanta sidra de manzanas agrias ayer –se burló Kyle.

–¡Déjame en paz! –gruñó el chico, contrayendo el gesto.

Avanzaron durante varias horas. Los Hombres de las Arenas eran rápidos y sus raquetas de piedra, que requerían mucha habilidad para utilizarlas, funcionaban de maravilla sobre la arena en movimiento. Finalmente llegaron a la Calzada de Piedra, formada por gigantescas losas, y de inmediato divisaron Yâdigâr.

–Ahí está –le dijo Kyle–. Nosotros no seguiremos más adelante. Recuerda que los Hombres de las

Arenas están ligados a Yâdigâr por un pacto: ¡para nosotros el Desierto Voraz, para la ciudad de Fuego todo aquello que se encuentra más allá de la Calzada de Piedra!

Guillemot, que había bajado de su montura improvisada, se acercó a él.

–Kyle, gracias, gracias por todo.

–¡Gracias a ti, más bien! –respondió el hijo de los jefes con una sonrisa radiante–. Eres tú quien me liberó, ¿te acuerdas?

Se abrazaron efusivamente.

–Siempre podrás contar conmigo –añadió Kyle, poniéndose serio–. Siempre, para lo que sea.

–Gracias por tu amistad –dijo Guillemot con voz ahogada–. ¿Volveremos a vernos?

–Quizá. ¿Quién sabe?

–Espero sinceramente que sí, Kyle.

Tanto uno como otro estaban visiblemente emocionados. Kyle sacó de las alforjas de uno de sus hombres el abrigo de Virdu que Guillemot le había dado, en la Bokht, para protegerse del sol.

–Toma, es tuyo, te lo devuelvo. ¡Un abrigo de Virdu vale mucho dinero!

–Quédatelo, Kyle. ¡Así te acordarás de mí cada vez que lo lleves!

Kyle le dedicó una sonrisa deslumbrante. Guillemot no conseguía decidirse a separarse de él y de los Hombres de las Arenas. Pero Yâdigâr era su única oportunidad para encontrar a sus amigos. Suspiró y se cubrió la cabeza con la capucha de su abrigo, luego avanzó por la vía que parecía surgida de la nada en medio de la arena. Agitó la mano hacia los hombres, que volvían a internarse en el desierto, y dirigió a Kyle una última mirada.

Guillemot no era el único que marchaba hacia Yâdigâr. Grupos de Orcos y de hombres armados avanzaban por la calzada, cada vez más transitada a medida que se acercaban a la ciudad, junto a mercaderes con carromatos repletos. Éstos regresarían seguramente con el producto de las rapiñas de Thunku, para colarlo en Ferghânâ o en cualquier otro lugar.

El Aprendiz de Mago se esforzaba en pasar desapercibido y se escondía lo mejor que podía en su gran abrigo gris.

En el momento de atravesar la única puerta de la ciudad fortificada, coronada por la estatua del enorme león rodeado de llamas que aparecía en el medallón del Orco, oyó que le increpaba un guardia, similar en todo al que casi lo había desvalijado a la entrada de Ferghânâ: de apariencia humana, pero tan monstruoso que parecía haberse cruzado con un Orco.

—¡Eh, tú! ¡Hombrecito de Virdu! ¡Ven conmigo!

Guillemot se quedó petrificado, invadido de estupor. Por fin, logró recuperar la calma y respondió agravando la voz todo lo que pudo:

—¿Qué pasa?

—¡No te burles de mí, enano! ¡Como si no supieras que el Señor Thunku ha prohibido la entrada en su ciudad a las gentes de tu pueblo! Vamos, sígueme.

—Escuche, tiene que haber algún modo de arreglarlo, o de…

Guillemot no pudo decir nada más: el guardia, mitad hombre, mitad Orco, había desenvainado su enorme espada dentada y se la había puesto en la garganta.

—¡Vale, vale, le sigo!

Colocándose tras él, con la espada siempre amenazante, el guardia lo guió a través de Yâdigâr en dirección a un gran edificio que dominaba la ciudad.

Yâdigâr tenía la misma extensión que Ferghânâ, su hermana gemela, pero se distinguía de ella en muchos aspectos. Sobre sus murallas, perfectamente cuidadas, vigilantes armados hasta los dientes montaban guardia con mil ojos; ¡ningún esclavo hubiera tenido la menor oportunidad de fugarse de la ciudad! Una ciudad que hormigueaba de hombres de guerra, de mercenarios que acudían a ofrecer sus servicios esporádicos al señor de la ciudad. Entre ellos estallaban peleas con frecuencia, en las calles o en las numerosas tabernas donde mataban el tiempo cuando estaban desocupados. Guillemot advirtió aquello con inquietud y casi se alegró de ir escoltado por el monstruo que lo había detenido. No había comefuegos, ni falsos hechiceros, ni joyeros en Yâdigâr: ¡la ciudad estaba enteramente dedicada a la violencia y a la guerra y el único comercio que se hacía allí era el de armas y el de los productos del pillaje!

El edificio imponente al que fue conducido Guillemot desempeñaba varias funciones. La parte visible, que ocupaba varias plantas, respiraba un lujo llevado al extremo y parecía la caricatura de un palacio oriental. La parte escondida adonde le arrastraron ocupaba varios niveles subterráneos y se parecía más a unas catacumbas.

Abrieron ante él una gruesa puerta de hierro, lo obligaron a adentrarse por un pasillo húmedo hasta una celda dotada de espesos barrotes y allí lo arrojaron.

36

Prisioneros

GUILLEMOT tardó un rato en acostumbrarse a la oscuridad que reinaba en la amplia estancia abovedada. Primero centró su atención en los barrotes de la puerta, luego en los muros, espesos, brillantes por la humedad y recubiertos de manchas de un musgo negruzco.

Pronto advirtió que las posibilidades de evasión eran nulas. No fue hasta ese momento cuando se dio cuenta de que no estaba solo en el calabozo: al fondo, de pie o sentadas en un banco, varias personas, distribuidas en pequeños grupos, observaban al recién llegado.

–¡Si ya os decía yo que Yâdigâr era un buen plan para encontrarnos todos! –prorrumpió una voz alegre.

Guillemot reconoció con estupor el timbre de Romaric, que avanzó hacia él, seguido de unas siluetas igualmente familiares.

–¡Romaric! ¡Gontrand! ¡Coralie! ¡Ambre!

Riendo de felicidad, se precipitó en sus brazos.

–¡Madre mía! ¡Es formidable! ¡Es formidable!

–Es un milagro, sí –balbuceó Ambre, tras haber abrazado a Guillemot más fuerte que los demás–. ¿Pero qué ocurrió durante el Paso, con la Puerta?

—Ya os lo explicaré... ¡Lo principal es que estáis todos sanos y salvos!

—Bueno, lo estamos por los pelos —objetó Gontrand, levantando el dedo—. ¡Si supieras dónde aterricé! En lo alto de una torre gigantesca que...

—¿Y yo qué? —interrumpió Coralie con las manos en las caderas—. ¿Crees que fue mejor encontrarse en una balsa podrida, rodeada de medusas inmundas?

—¡Rodeada de medusas inmundas! —gesticuló Gontrand imitándola.

—Si me dejáis... —intentó hablar Romaric.

—¿Y cuando nos capturaron los salteadores, eh? ¿Era eso una broma, quizá? —prosiguió Coralie sin prestar atención a su amigo.

—Eso, hablemos de los salteadores —replicó Gontrand—. Si yo no hubiera estado allí...

—¿Si no hubieras estado allí? ¡Pero qué morro! ¡Fue Tofann quien nos salvó! Anda que si te llegas a poner a tocar la cítara, no te digo...

—¡Calma! —gritó Guillemot—. Creo que todos tenemos muchas cosas que contarnos.

—Bueno —dijo Ambre—, puede que los demás sí, pero a mí no me ha ocurrido nada especial. Nada, aparte de unas migrañas horrorosas.

—¡Nosotros también tenemos migraña... de tanto oír cómo te quejas! —refunfuñó Romaric.

—¡Ahora sí que te voy a dar buenas razones para tener migraña! —anunció la muchacha avanzando hacia él.

—¡Eh, tíos, haced algo! —gimió Romaric, a quien Ambre tenía cogido del cuello.

Guillemot se lanzó hacia ellos, fingiendo que iba a separarlos. ¡Qué maravilla volver a estar juntos!

El Aprendiz se dio cuenta entonces de que un chico vestido de colores vivos se mantenía tímidamente en un segundo plano.

—Ya me olvidaba —corrigió Romaric, poniéndose a hablar en ska—, este es Toti. No se separa de nosotros desde que llegamos a la prisión. Hay que decir que todos los demás son adultos, y además no muy simpáticos.

—Es un chico muy majo —intervino Coralie.

—Nunca hemos dicho lo contrario —suspiró Ambre—. ¡Pero no nos lo comemos con los ojos como tú!

—Son sus ropas, le dan algo que vosotros no tenéis: un aire de distinción —explicó Coralie.

—Eh…, gracias —respondió Toti, un tanto incómodo, más por las miradas burlonas que le lanzaban Romaric y Gontrand que por la observación de Coralie.

—¿Por qué estás aquí? —le preguntó Guillemot.

—Era criado en el Palacio del Señor Thunku. Tenía hambre, robé una manzana y me pillaron —dijo tranquilamente el prisionero.

—¡Eso es horrible! —exclamó Coralie.

—¡Oh, tengo suerte! Muchos presos ni siquiera saben por qué están aquí.

—¿Sabes lo que va a pasar con nosotros? —le preguntó Romaric.

—No. Me imagino que el alcaide de la prisión vendrá a veros cuando tenga tiempo o ganas.

—¡Genial! —comentó Ambre—. ¿Y mientras tanto?

—Podríamos empezar por contarnos nuestras aventuras —volvió a proponer Guillemot.

—¡Buena idea! —asintió Coralie—. Vamos a sentarnos en un rincón.

Guillemot, Ambre y su hermana se dirigieron al fondo del calabozo charlando animadamente. Toti, Gontrand y Romaric se reunieron con ellos.

—...¡Cuando, después del episodio de las gargantas, llegamos los tres juntos a Yâdigâr —concluyó Gontrand, que tras Guillemot, Coralie y Romaric, había iniciado el relato de sus tribulaciones—, nos arrepentimos de no haber hecho caso a Tofann hasta el final! Siguiendo sus consejos, nos habíamos despojado de nuestros abrigos de Virdu...

—¡E hicisteis bien! —confirmó Guillemot—. ¡Los Hombrecitos no son nada bienvenidos en Yâdigâr!

—Sí —continuó Gontrand—, pero Tofann también nos había sugerido llevarnos algunas piedras preciosas robadas a los salteadores. ¡Y no lo hicimos porque no queríamos convertirnos también en ladrones! Resultado: en la puerta, no pudimos pagar el derecho de entrada, ¡y nos encontramos en el calabozo como vulgares malhechores!

—Ya veis lo que se gana por querer ser honrado —refunfuñó Romaric.

—Te toca, Ambre —ordenó Guillemot.

—Bah, a mí no me ha pasado nada extraordinario —confesó la chica con una mueca de decepción—. Me desperté sola al lado de una Puerta, tendida en la hierba. Me sentía muy débil. Las piernas no me sostenían. ¡Recuerdo haber pensado que no era fácil pasar de un Mundo al otro! Sentía como un peso en el estómago, la lengua pastosa...

—Descríbenos el sitio donde se alzaba la Puerta —le pidió Guillemot.

—Estaba en el fondo de una hondonada. A mi alrededor no había más que colinas y colinas cubiertas de hierba, hasta donde alcanzaba la vista. Saqué el mapa del Mundo Incierto y me dije que seguramente estaba en la Colinas Movedizas.

–¡Qué raro! –admitió Guillemot, confuso–. Yo también llegué por esa Puerta. ¡Pero tú no estabas allí, estoy completamente seguro!

–Tú tampoco estabas allí. Me dije: ¡estoy sola, no es normal, debe de ser otra tontería de Guillemot! Pero lo peor es que tenía un dolor de cabeza terrible. Creo que dormí un buen rato. Recuerdo que soñé con caballos, una larga cabalgada. Luego pude levantarme y caminé sin rumbo durante bastante tiempo. Cuando abandoné las Colinas, me topé con una caravana de mercaderes, que me atraparon y me ataron. No puede hacer nada. ¡Estaba completamente agotada! Y a mí no suele pasarme eso...

–¡Y que lo digas! –confirmaron a coro Romaric y Guillemot.

–Luego –prosiguió Ambre encogiéndose de hombros– me metieron en un carro. Escuché al conductor decirle a otro que iban a venderme como esclava a un tal Thunku, en Yâdigâr, que les pagaría bien. ¡Pero me dio exactamente igual! Todo lo que quería era dormir. Y eso hice hasta que me abandonaron aquí.

–Intentemos recapitular –propuso Guillemot tras un largo silencio–. Tú, Gontrand, llegaste a una ciudad desierta, a lo alto de una torre misteriosa llena de libros e instrumentos de magia... ¡Por cierto, felicidades por tu fuga!

–Cuando uno tiene miedo consigue hacer cosas increíbles –respondió modestamente Gontrand–. ¡Ahora entiendo mejor por lo que pasaste al escapar del monasterio de Gifdu!

–Sí, bueno... ¿Y algo más, Gontrand? –continuó Guillemot.

–No. Salvo que esa ciudad desierta es la de Djaghataël, a juzgar por el mapa del Mundo Incierto. Y que inmediatamente tuve un mal presentimiento sobre esa torre. ¡Un presentimiento que me ayudó a encontrar el valor para escapar!

–Tú, Coralie –siguió Guillemot–, te encontraste en una de las balsas del Pueblo del Mar, y Romaric se reunió contigo allí más tarde.

–Con la mayor facilidad del mundo –ironizó Romaric.

–Coralie nos ha contado lo que sabía de ese Pueblo del Mar. Romaric, tú también has dicho algo de unos sacerdotes.

–Los sacerdotes de Yenibohor, a los que todo el mundo parece tener miedo en el Mundo Incierto –confirmó él.

–Miedo y también odio –precisó Coralie–. Tiene algo que ver con los raptos de niños.

–Pues si son los sacerdotes los que raptaron a Agathe, seguimos metidos en un buen lío –suspiró Gontrand.

–No es muy probable –intervino Guillemot–: la joya del Orco está directamente relacionada con Yâdigâr.

–¿Y yo? –preguntó Ambre, frustrada por no haber tenido nada interesante que contar a sus amigos–. ¿Por qué soy la única que me pasé el rato durmiendo y a la que le dio dolor de cabeza durante el paso?

–Eso sigue siendo un misterio –admitió el Aprendiz–. Igual que el hecho de que llegaras por la misma Puerta que yo, pero no al mismo tiempo, ya que no nos hemos visto.

–Yo puedo explicar el dolor de cabeza: a lo mejor si la tuvieras un poco menos hueca... –se burló Gontrand.

–¡Vale ya, éste no es momento! –intentó hacerlos razonar Romaric, mientras Ambre daba golpecitos con el puño al impertinente.

–¡Shhh! ¡Tranquilizaos! –intervino Toti, a quien el grupo había dejado voluntariamente de lado, poniéndose a hablar en el idioma de Ys–. ¡Llega el alcaide!

El ruido de cerraduras y el fulgor de una antorcha al otro extremo del pasillo confirmaron la advertencia del paje. Todos contuvieron la respiración.

37
El Comandante Thunku

UN guardia abrió la puerta de su celda. Iba acompañado por dos hombres. El uno, suntuosamente vestido, fuerte y con aires de suficiencia, debía de ser el alcaide encargado de la prisión. El otro, de aspecto inquietante, no parecía un soldado; llevaba el cráneo afeitado, tenía los ojos penetrantes como los de un ave rapaz y vestía un sayal blanco que le daba aspecto de monje.

Se dirigió a los adolescentes, señalándolos con una mano seca y enjuta en la que le faltaba un dedo.

–¡Vosotros, mocosos! Seguidme.

No reaccionaron, esperando a ver qué decidía Guillemot.

–¿Habéis oído? –gritó el guardia golpeando los barrotes con el mango de su maza–. ¡Obedeced las órdenes de Su Excelencia, el Consejero de nuestro Comandante Thunku!

Guillemot suspiró e, imitado por los demás, aceptó seguir al hombre del cráneo rasurado fuera de su mazmorra.

–Adiós, príncipe de los ladrones –susurró con cierta teatralidad Coralie a Toti cuando pasaron frente a él.

Los demás se conformaron con darle la mano, palmearle amistosamente la espalda y dedicarle un «¡ánimo!» que parecía dirigirse tanto a ellos mismos como al paje.

Luego siguieron al Consejero, al oficial y al guardia por una serie de pasillos interminables.

—Príncipe de los ladrones… Hay que ver, chica, tú no te andas con muchos rodeos —murmuró Ambre.

—¡Es curioso —añadió Romaric—, tengo la sensación de que nuestro paje se sintió aliviado al vernos marchar!

—Qué idiotas sois —replicó Coralie encogiéndose de hombros.

Gontrand, por su parte, estaba preocupado. Tenía la seguridad de haber visto en algún otro lugar a aquel hombre de aspecto rapaz. Se devanó los sesos un buen rato y acabó dándose por vencido, agitando la cabeza. Era imposible, puesto que jamás había venido a Yâdigâr…

Pronto desembocaron a la luz del día y fueron conducidos a un gran salón, en el centro del Palacio.

—¡Aquí están los espías desenmascarados por mi perspicaz Consejero! —exclamó riendo sardónicamente, en el enorme trono de madera tallada desde el que reinaba, Thunku, señor de Yâdigâr.

El Comandante Thunku era una fuerza de la naturaleza, que exhibía en el rostro y los brazos peludos las marcas de numerosos combates. Al verlo por primera vez, resultaba fácil comprender que no era precisamente el amor la razón por la que le obedecían sus hombres, y que no debía de tener reparos en romperle el cráneo a los rebeldes. Aquel bruto hacía gala de una seguridad formidable y su voz retumbaba contra las paredes como un trueno.

—¿Y si me contáis qué es lo que os trae por aquí? —continuó el Comandante, entornando sus ojillos negros al mirar a los adolescentes, que no las tenían todas consigo.

Guardaron silencio. Coralie se estremeció bajo la mirada del bruto y, como los demás, esperó a que Guillemot tomara la palabra. Éste pensaba desesperadamente en un modo de salir de aquel atolladero.

—¡Vamos, esta falta de confianza resulta decepcionante! Y todavía me entristecería más tener que dejaros en las expertas manos de mi Consejero. ¿Sabéis a qué se dedicaba antes de hacerse llamar Excelencia? ¡Torturaba herejes en Yenibohor!

Todos tenían muy presente lo que Romaric y Coralie les habían contado sobre los sacerdotes de Yenibohor y no pudieron evitar lanzar una mirada inquieta en dirección al hombre que se mantenía en segundo plano, a uno de los lados del trono. Guillemot respiró hondo y se dirigió a Thunku.

—En realidad, pertenecemos a la tribu azul de los Hombres de las Arenas. Hemos venido aquí, en contra de la voluntad de nuestro jefe, para comprar nuevas armas.

Thunku dejó escapar una risita y negó con la cabeza.

—¿Tú eres el jefe del grupo? ¿Cómo te llamas?

—Me llamo… Elyk.

—Pues bien, Elyk, no me creo ni una palabra de tu historia.

El tono del Comandante se había endurecido.

—Incluso tengo mi propia idea de quiénes sois en realidad y qué habéis venido a buscar, con vuestros disfraces grotescos y vuestros pretextos estúpidos. ¿Creéis que unos mocosos del Mundo Incierto se arriesgarían a entrar en Yâdigâr? ¿Cuántos chavales habéis visto en mi ciudad? ¡Vamos, traedme a la chica! –ordenó a los guardias formados junto a la puerta.

Unos instantes más tarde, dos hombres volvieron llevando en el extremo de una cuerda a una chica de cabellos oscuros y con ojeras de tanto llorar. Cuando llegó a la sala de audiencias y vio a Guillemot, se quedó petrificada de sorpresa.

–¿Guillemot? –exclamó–. ¿Guillemot, eres tú? ¿Pero... cómo?

¡Ante ellos, pálida, enflaquecida y fatigada, se encontraba Agathe de Balangru!

–Hola, idiota –murmuró Ambre para sí–. Ahora ya lo has fastidiado todo.

Sobre su trono, Thunku estalló en una risa ensordecedora.

–Y bien, Elyk, ¿o debería más bien llamarte Guillemot? ¿Sigues manteniendo tu historia ridícula? ¡Anda que no es conmovedor! ¡Esta panda de chiquillos del Mundo de Ys, que se planta aquí para rescatar a esta miserable!

Rió con más ganas todavía.

–¿Sabéis qué? ¡Cuando mi Gommón me trajo de vuestro Mundo a esta chica en lugar del muchacho de poderes extraordinarios, el que me dio la orden estuvo a punto de ahogarse de rabia! ¡Aunque me ha hecho pagar el error con creces al habérmela dejado! ¡He intentado hacer de ella una criada aceptable, pero es incapaz de cocinar correctamente o de hacer brillar una armadura como es debido! ¿Quién iba a quererla?

Dirigió una mirada a Agathe, que apretó los labios, tan herida por las palabras del Comandante como por la sonrisa satisfecha de Ambre. Luego observó a Guillemot con interés.

–Doce años, ojos verdes, aspecto de ser más espabilado que los demás… ¿Habré tenido suerte por fin? Mira, hijo, creo que vas a hacer feliz a alguien: al hombre que te busca activamente desde hace tiempo. ¡Y también a otro, porque voy a exigir mucho por entregarte a él! ¡Por ejemplo, poder hacer pasar, ya no según sus caprichos, sino según los míos, a mis hombres de un Mundo al otro, para variar un poco los placeres del pillaje!

De pronto, se escuchó un ruido terrible, como una explosión. Se oyeron los gritos y el tumulto de una pelea. Entonces, la puerta del salón saltó en pedazos. Perseguido por humanos y Orcos armados, un hombre alto, con las ropas polvorientas, hizo su irrupción.

La sangre de Guillemot se le heló en las venas.

–¡Maestro Qadehar! –gritó.

–Azhdar, el Demonio –exclamó Thunku, estupefacto.

38
Guillemot se enfada

–¿GUILLEMOT, estás bien? –preguntó Qadehar, que se había reunido con su Aprendiz al pie del trono y que mantenía a los soldados a distancia amenazándolos con las manos abiertas.

–¡Sí, Maestro! ¡Cómo me alegro de volver a veros!

–Yo también, pequeño, yo también. ¡Da gracias a los dioses de los Tres Mundos por que Thomas haya seguido tus instrucciones al pie de la letra! ¡Y por que el plazo que le habías impuesto se acabara anteayer!

Instintivamente, Romaric, Gontrand, Coralie, Ambre y Agathe, a quienes los guardias habían dejado escapar para intentar rechazar el ataque del Mago, se agruparon en torno a Qadehar.

Tras ellos, Thunku se había levantado del trono. Parecía verdaderamente furioso.

–¡Maldito demonio! ¡Vienes a desafiarme hasta mi palacio! ¡Te vas a arrepentir!

Con un rugido, Thunku se arrojó desde el estrado sobre Qadehar que, sorprendido, no tuvo tiempo de reaccionar con un pase mágico. Los dos hombres rodaron por el suelo. El Mago se protegía como podía de los golpes que llovían sobre él. Pero el desequilibrio de fuerzas era demasiado grande.

Con su enemigo en tierra e incapaz de atacar, los Orcos y los guardias se acercaron exultantes.

–¡Huid! –les gritó Qadehar.

–¡Cogedlos! –aulló Thunku, que había inmovilizado al Mago en un abrazo poderoso.

Varios Orcos se lanzaron hacia ellos.

–Haz algo, Guillemot –suplicó Romaric.

–¡Sí rápido, por favor! –asintió Coralie retorciéndose la manos–. ¡No me apetece pasarme aquí el resto de mi vida como esclava, barriendo y sacando brillo a las armaduras!

Guillemot respiró hondo y cerró los ojos. Tenía que actuar. Se había jurado, tras la desventura de Ferghânâ, de la que no había dicho ni una palabra a nadie, que dejaría los Grafemas en paz. Ahora no tenía elección. Los invocó con reticencia. Igual que cuando había caído bajo el carro del falso hechicero, ninguno se manifestó espontáneamente. ¿Qué tenía que hacer? Junto a él, Gontrand empezó a gritar: un Orco acababa de cogerle del brazo.

–Haz algo, te lo suplico –volvió a implorar Romaric, que había evitado por los pelos una violenta estocada.

Tras él, oyó a Qadehar gemir de dolor. Se sintió entonces invadido por una inmensa cólera. En un intenso esfuerzo de voluntad, obligó a los Grafemas a alinearse en su mente. Dos cosas le quedaron confirmadas: la primera, que los Grafemas no tenían su forma habitual, estaban deformados y le costaba trabajo reconocerlos; la segunda, como la vez anterior, que Thursaz intentaba mantenerse en segundo plano.

—Eres tú el que quiero, chaval —murmuró para sí entre dientes—. Vamos, ven, te invoco. No te me resistas. ¡No te va a servir de nada enviar a Isaz en tu lugar!

—¿Pero qué dices? —preguntó Ambre, que no se había separado de él desde el principio de la refriega, y que mantenía a un Orco a distancia blandiendo una lanza que había recogido del suelo.

Pero Guillemot no la escuchaba. Con los ojos aún cerrados, había conseguido movilizar a Thursaz que, anormalmente abombado, temblaba como la llama de una vela a punto de apagarse. En el momento en que Coralie lanzaba un grito, prisionera en brazos de un híbrido monstruoso, invocó el Grafema:

—¡THUUURSAAAAZ!

Todos se quedaron inmóviles de inmediato. De las profundidades del suelo brotó un rugido terrible. Los guardias palidecieron, soltaron sus armas y los Orcos abandonaron a sus prisioneros para lanzarse en una huida desesperada. Thunku mismo soltó a su presa y, lanzando una mirada de asombro a Guillemot y levantando el puño hacia Qadehar, salió corriendo como alma que lleva el diablo.

—Vamos, ninos —dijo el Mago, levantándose con la ayuda de Romaric—, hay que salir del edificio.

—¿Pero qué pasa? ¿Qué he hecho? —preguntó Guillemot angustiado.

—Has lanzado un hechizo que, en circunstancias normales, lo máximo que consigue es frenar a un Gommón en plena carrera. Al conjurarlo tú aquí, en el Mundo Incierto, ha provocado la ruptura del nudo telúrico que pasa bajo el Palacio de Thunku.

—¿Y qué va a ocurrir? —se alarmó el Aprendiz.

—Un terremoto. ¡Vámonos, rápido!

El rugido sonaba cada vez más fuerte. Corrieron lo más deprisa que pudieron. Las paredes empezaban a agrietarse y el suelo, a temblar.

–¡Rápido, rápido! ¡Démonos prisa! –les animó Qadehar, que había cogido en brazos a Agathe, entorpecida por la cuerda con la que la habían atado.

–¡Aaaah! –gritó Coralie al sentir el roce de una placa de mármol que se había desprendido del techo.

Justo detrás, un guardia chillaba, con las piernas machacadas por una columna monumental que se había desplomado con un ruido espantoso.

Guillemot tropezó con un tapiz y cayó al borde de una grieta cuyo fondo apenas se veía. Ambre, que seguía al Aprendiz como si fuera su sombra, le cogió por los hombros, lo levantó y lo echó hacia atrás.

–¡Gracias!

–¡Luego! ¡Apresurémonos!

Por su parte, Romaric tenía mucho que hacer con Coralie, a quien llevaba de la mano, y Gontrand, a quien exhortaba a avanzar entre escombros y trozos de muros derrumbados. Un Orco despareció gruñendo por una brecha, a pocos pasos de ellos.

–¡Por ahí! –gritó Qadehar, que iba abriendo el camino.

Unos crujidos terribles acompañaban la destrucción del edificio, como si algo gigantesco se estuviera desgarrando en las entrañas de la tierra.

–¡Y he sido yo el que ha hecho esto, he sido yo! –se repetía Guillemot jurándose que, si salía vivo, nunca jamás volvería a hacer uso de los Grafemas en aquel Mundo verdaderamente incierto.

–¡Vamos, un esfuerzo más –les animó el mago–, ya casi hemos llegado!

Ante ellos, una pared desmoronada dejaba pasar la luz del sol; corrieron aún más deprisa.

Salieron del Palacio en el momento mismo en que éste se venía abajo por completo, ante los ojos estupefactos de los guardias y de la población que se había congregado en las calles, y se colaron discretamente entre dos edificios.

–Seguidme –les ordenó el Mago–. En cuanto se repongan, tendremos a la ciudad entera pisándonos los talones.

Qadehar les arrastró por un laberinto de callejuelas. Confió a Agathe a los brazos de Gontrand y Romaric y se puso en cabeza del grupo. Tras él, Guillemot esperaba los reproches de su Maestro.

–¡Guillemot –estalló Qadehar–, Guillemot!

Caminaba a toda prisa y el chico, al igual que sus compañeros, tenía a veces que ponerse a correr para seguirle.

–¿Te das cuenta de lo que has hecho? ¡Utilizar una paloma y el sello de la Guilda para fines personales! ¡Abandonar Gifdu de esa manera, como un ladrón! ¡Y luego abrir la Puerta del Mundo Incierto y arrastrar hasta aquí a tus amigos!

Guillemot estaba lívido. Pero Qadehar se calmó, e incluso dejó que sus labios esbozaran una sonrisa.

–¡Si Thomas no me hubiera descrito con enorme precisión el conjuro de apertura de las Puertas, creo que lo hubiera tomado por loco! ¡Nuestro Gran Maestre se ha quedado con la boca abierta!

Guillemot sintió que los reproches habían terminado.

–Maestro, tenía que hacerlo. No sé por qué, pero tenía que hacerlo.

Qadehar no lo escudaba y fruncía el entrecejo, como si algo le molestara.

–Lo que me asombra, Guillemot, es que el conjuro haya funcionado con normalidad. Sin embargo, olvidaste incluir a Wunjo en tu Galdr.

Guillemot carraspeó.

–Precisamente, Maestro, sobre ese tema…

–Ya volveremos a hablar más tarde, hijo –le interrumpió el Mago–. Por el momento lo único que cuenta es haberos encontrado sanos y salvos.

Qadehar se detuvo ante una puerta baja. Escogió una llave de un gran manojo que sacó de su zurrón y la introdujo en la cerradura.

–Nosotros, los Perseguidores, nos vemos obligados a disponer de escondites en casi todas partes –explicó el Mago al grupito atónito–. ¡La Puerta de este Mundo está tan lejos de todo!

Entraron en una sala sin ventanas. Qadehar volvió a cerrar la puerta tras él y encendió una lámpara de aceite.

–Aquí estaremos seguros durante algún tiempo.

–¿Cuánto tiempo? –preguntó Guillemot.

–Todo depende de las ganas que tenga Thunku de encontrarnos –respondió Qadehar con tono escéptico–. ¡Y para atraparte removerá cielo y tierra!

–¿Pero por qué? –gimió el Aprendiz.

–Alguien quiere apoderarse de ti, hijo, y pagará un buen precio… Ya te lo he dicho: ¡la magia es fuerte en ti! Y todo poder despierta codicia. ¡Incluida la de una criatura como la Sombra, que sin duda alguna está detrás de tu rapto!

Guillemot no respondió. Aunque sabía, por haberlo escuchado el Gifdu de boca del mismísimo Gran Maestre, que la Sombra iba tras él, esta explicación no le convencía por sí sola. Pero su Maestro no le diría nada más, sin duda alguna. De modo que se guardó estos pensamientos y se giró hacia sus compañeros, tan aliviados como él de estar sanos y salvos. Qadehar, en esos momentos, estaba pensativo y la tensión se leía en su rostro.

–¡Hay que ver, primito, tú cuando te cabreas, te cabreas! –le espetó Romaric a Guillemot, dándole una palmada en el hombro.

–¿Sabes qué? –asintió Gontrand–. ¡En estos momentos tienes algo del bardo galo Asurancetúrix!

–¿Se supone que eso es un elogio? –preguntó Guillemot.

–¡Viniendo de un músico, yo no estaría tan seguro! –intervino Romaric.

Siguieron bromeando así los tres un rato.

Mientras tanto, Agathe se liberaba de la tensión nerviosa acumulada durante unas semanas demasiado largas llorando en el hombro de Coralie. Ambre dejó de lado la antipatía que sentía por la chica y la reconfortó con algunas palabras. Luego, cuando Agathe se quedó dormida de agotamiento, la pandilla se reunió en torno a Qadehar.

39
Iluminación

–¡Es increíble! ¿De modo que hay varias Puertas en el Mundo Incierto?

–Sí, Maestro –confirmó Guillemot–. En todo caso, al menos cinco: la oficial, por la que habéis llegado, en las Islas del Medio. La de las Colinas Movedizas, por la que salimos Ambre y yo. La de la balsa del Pueblo del Mar por la que llegó Coralie. La de la playa cercana a Yenibohor en la que apareció Romaric. Y, por último, la de la torre de Djaghataël, de donde escapó Gontrand.

–Muy interesante –se dijo el mago para sí antes de volverse a este último–. ¿Y dices, Gontrand, que una de las habitaciones de la torre estaba llena de libros e instrumentos extraños?

–Sí, Maestro Qadehar –asintió el joven músico.

–Muy interesante –repitió Qadehar–. ¿Algo más?

–¡Mis dolores de cabeza! –volvió a la carga Ambre.

Sus compañeros se burlaron de ella.

–¡Vamos, callaos! –tuvo que gritar el Mago antes de poder continuar, en un tono que pretendía ser tranquilizador–. Es un fenómeno poco habitual, Ambre, pero totalmente explicable; los efectos de la magia sobre los individuos dependen de su naturaleza. Es posible que seas más sensible a ellos que los demás.

–Maestro Qadehar –preguntó Gontrand con una seriedad que ocultaba algo–, decís naturaleza, pero os referís al tamaño del cerebro, ¿verdad? ¡Ay, ay!

De nuevo hizo falta toda la autoridad del Mago para poner paz y arrancar a Gontrand de las garras de Ambre. Al mismo tiempo, un tumulto en la calle les alertó: los hombres de Thunku registraban la ciudad.

–Quedarnos aquí no nos servirá de mucho –anunció Qadehar–. Tarde o temprano acabarán encontrándonos. Nuestra única posibilidad ahora es intentar salir y llegar a alguna de las Puertas por las que habéis entrado. La de las Colinas Movedizas, quizá, que parece la más cercana. Es muy arriesgado, pero no tenemos elección.

Guillemot dudó un instante, luego dio un paso en dirección a su Maestro.

–Sí, quizá haya otra manera. Los Hombres de las Arenas tienen una ceremonia extraña –empezó a explicar–. Durante esta ceremonia, se cogen de la mano y ondulan, como una serpiente…

–¿Todos juntos? –interrumpió Coralie.

–Sí, todos en fila detrás de su jefe. La llaman la ceremonia de la Luna Muerta. ¿Sabéis por qué?

–Claro que no –respondió Romaric encogiéndose de hombros–. ¿Cómo quieres que lo sepamos?

–¡Pues –prosiguió Guillemot– porque se practica en las noches sin luna!

–¿Y entonces? –interrogó Coralie.

–¿Qué es lo que se ve brillar de forma especial en las noches sin luna?

–Las estrellas, obviamente –dijo Qadehar, que empezaba a comprender.

–Lo que me asombró de esta ceremonia –se emocionó Guillemot– es lo mucho que se parecía a la apertura mágica de las Puertas: ¡todo el mundo se daba la mano y adoptaba las Stadha, las posturas de los Grafemas, y hasta el jefe recitaba una especie de Galdr!

–¿Pero qué palabrejas son ésas? –exclamó Romaric.

–Cállate –le conminó Qadehar, volviéndose luego hacia Guillemot–. Continúa, por favor.

–Entonces lo relacioné todo con la leyenda que dice que, antiguamente, los Hombres de las Arenas pasaban cuando querían de un Mundo a otro…

–¡Lo que podría significar –interrumpió Qadehar con una sonrisa radiante– que los Hombres de las Arenas poseen un antiquísimo conjuro que les permite viajar entre los Mundos sin usar las Puertas! ¡Es formidable! Tenemos que dirigirnos inmediatamente al Desierto Voraz y…

–No hace falta, Maestro –objetó Guillemot–. He anotado en mi cuaderno todo lo importante sobre la ceremonia.

El Mago se precipitó sobre él y lo estrechó en sus brazos, apretándolo tan fuerte que estuvo a punto de ahogarlo.

–¡Guillemot, Guillemot! ¡Bravo! Estoy orgulloso de ti.

Luego, Maestro y alumno se sumieron, rodeados por sus amigos, atentos y silenciosos, en el estudio del cuaderno de tapas de cuero negro.

–En mi opinión –se arriesgó Guillemot–, todo en el ritual parece correcto. Si algo falla, tiene que estar en otra parte.

–Tienes razón, hijo. Mira: ¿nada te choca en las Stadha?

Guillemot observó los dibujos, que reproducían fielmente los Grafemas con los que estaba familiarizado.

–No, yo…

Se detuvo sin terminar su frase. La evidencia se le apareció clara como el sol de mediodía.

–¡Ya lo entiendo! ¡Los Grafemas que invocan en su ceremonia son los del País de Ys! ¡En el Mundo Incierto tienen otra forma, que corresponde a las constelaciones de un cielo diferente! ¡Por eso los Grafemas que invoqué cuando me encontraba en el mercado de Ferghânâ y en el Palacio de Thunku me parecían deformes, y por eso ni Isaz ni Thursaz se comportaron como yo esperaba! ¡El ritual que los Hombres de las Arenas celebran en el desierto es el que debieron de ver por última vez, cuando pasaron del País de Ys al Mundo Incierto! ¡Para hacer el viaje a la inversa, deberían haber modificado su ritual en función de la posición diferente de las estrellas y, por tanto, de la nueva forma de los Grafemas!

Guillemot se levantó de un salto y empezó a hacer gestos de alegría, ante la mirada atónita de sus amigos y la del Mago, cargada de ternura.

Entonces, ambos se pusieron a trabajar para transcribir el conjuro según los parámetros del Mundo Incierto.

Durante ese tiempo, Ambre y Coralie se midieron con Gontrand y Romaric en un juego del País de Ys que consistía en recordar el mayor número de objetos que uno tuviera ante la vista durante un solo minuto.

Como era habitual, las chicas ganaron las dos rondas con facilidad. Los chicos empezaban, como siempre, a acusarlas de haber hecho trampas, cuando el Mago y su Aprendiz se levantaron.

—¡Ya está —anunció triunfalmente Qadehar—, estamos listos!

En ese mismo momento, unos golpes violentos sacudieron la puerta de su escondite.

—¡Daos prisa! ¡No tenemos un minuto que perder!

Coralie se apresuró a despertar a Agathe, que dormía profundamente. Luego, siguiendo las instrucciones del Mago, se cogieron de la mano, igual que al atravesar la Puerta de los Dos Mundos. Un hacha se ensañaba con la puerta, pero ésta, gracias a los conjuros que Qadehar había imprimido en ella, resistía.

—¿Agathe, aguantarás? —preguntó Qadehar.

La chica asintió con la cabeza. Había recuperado algunas fuerzas durante aquellas horas de descanso y se sentía mejor.

—Bien. El proceso es más complejo que el que Guillemot utilizó con vosotros en el País de Ys —explicó Qadehar—. ¡No tenemos Puerta y necesitamos crearnos una! Para ello, cada uno de nosotros, sin soltarnos de la mano, vamos a reproducir con nuestro cuerpo la forma de los Grafemas del Paso. Yo recitaré el conjuro al mismo tiempo... Estad atentos, aplicaos y todo irá bien. ¡No podremos intentarlo más de una vez! ¿Estáis listos?

Todos asintieron con aprensión.

—¿Estáis seguros de que esta vez no apareceremos desperdigados en cualquier sitio? —no pudo evitar inquietarse Coralie.

—No te preocupes —la tranquilizó Romaric—. ¡Hoy es un Mago de verdad el que viaja con nosotros!

Ambre que, para el asombro general, desde hacía algún tiempo defendía sistemáticamente a Guillemot, lanzó una mirada asesina a Romaric. Qadehar instó a todos a no perder tiempo. Adoptó rápidamente ocho posturas sucesivas, que correspondían a ocho Grafemas del Mundo Incierto. Agathe, Coralie, Ambre, Gontrand, Romaric y Guillemot lo imitaron escrupulosamente. El Mago cantó un Galdr. Tras pronunciar la última palabra oyeron, como unos días atrás en Ys, el sonido extraño de una Puerta que se abría. La habitación donde se encontraban se difuminó. Una vez más, se sintieron brutalmente arrastrados por un espantoso torbellino y se precipitaron en un agujero negro.

40

Regreso a Ys

APARECIERON todos juntos justo en el medio de una landa que les resultaba familiar. A lo lejos, se distinguían las irisaciones del mar.

–¡La landa de los Korrigans! ¡La landa de los Korrigans! –exclamó Romaric–. ¡Hemos vuelto a casa! ¡Lo hemos logrado!

Todos lanzaron gritos de alegría. Se pusieron a correr de arriba abajo, y Coralie incluso besó a Qadehar en la mejilla.

–¡Bueno, bueno! –exclamó el Mago con más emoción de la que quería mostrar–. ¡No nos entretengamos, se acerca la noche! ¡Seguramente los Korrigans nos estarán observando y pensado ya en las malas pasadas que podrían jugarnos!

Se dirigieron a Dashtikazar, charlando y riendo como sólo puede hacerse cuando uno vuelve de una aventura que podría haber tenido un mal final.

–No nos habéis dicho, Maestro Qadehar –preguntó Gontrand, que caminaba junto a él en compañía de Romaric y Coralie–, cómo supisteis que estábamos prisioneros de Thunku.

–¿Conocéis a un gigante cubierto de cicatrices que responde al nombre de Tofann? Pues bien, tras salir por la Puerta, fui directamente a Ferghânâ, la ciudad más cercana, pensando que a vosotros se os ocurriría lo mismo. En Ferghânâ, me enteré de que un Hombrecito había ayudado a un joven esclavo a huir. ¡Sabiendo que varios abrigos grises habían sido robados de Gifdu, y que las gentes de Virdu no acostumbran a ayudar al prójimo, inmediatamente pensé en vosotros! Mis investigaciones me llevaron a continuación al Desierto Voraz y luego a la Calzada de Piedra, donde me encontré a Tofann, que me puso sobre vuestra pista. Y eso es todo. ¡Nada muy mágico, a decir verdad!

–Maestro Qadehar –volvió a preguntar Gontrand–, ¿por qué Thunku os llamó Azhdar, el Demonio?

–Le estropeo los planes con frecuencia: ¡para Thunku soy un demonio! Por cierto, que debería haber pensado de inmediato que él tenía que estar metido de una forma u otra en este asunto del rapto. En cuanto a Azhdar, es el nombre que utilizo siempre que voy al Mundo Incierto. ¿Alguna otra pregunta?

Romaric hizo caso omiso del tono irónico de Qadehar.

–Sí, Maestro Mago: ¿por qué interesa Guillemot a tanta gente, a la Guilda, a la Sombra y a usted mismo?

–No puedo responderte, hijo, porque todavía lo ignoro. O más bien, no puedo más que repetirte la respuesta que le di a él: porque la magia encuentra en él un eco profundo.

–Y eso despierta codicia, ya lo sé. ¿Pero cómo explicáis que Guillemot, tras sólo tres meses de aprendizaje, consiga hacer cosas que siguen siendo difíciles para un Mago tras años de trabajo?

–El trabajo no lo es todo, Romaric. Para cada cosa existen unos individuos más dotados que otros…

La respuesta no satisfizo al chico pero, igual que su primo, se calló su decepción, prometiéndose poner el mayor empeño en sacar algo en claro.

Qadehar cambió de tema:

–¿Sabéis, chicos, que vais a convertiros en verdaderos héroes en el País de Ys?

–¿En héroes? ¿Y eso? –preguntó Coralie.

–Pensadlo: habéis ido al Mundo Incierto y habéis vuelto, sin ser Perseguidores. ¡Es algo que no había ocurrido jamás! Además, no volvéis con las manos vacías, sino que devolvéis a su padre a Agathe de Balangru, a la que habéis arrancado de las garras de un hombre temible. ¡Y traéis a la Guilda un conjuro de valor incalculable, perdido durante siglos! ¿Qué más hay que hacer para convertirse en héroe?

Entonces se pusieron a debatir, medio en broma, medio en serio, las ventajas e inconvenientes de su nuevo estatus.

Durante este tiempo, a la cola del grupo, Guillemot iba pensativo. Todavía era demasiado pronto para ver claro. ¡Los acontecimientos se habían encadenado de una forma tan brutal en los últimos días! Sin embargo, algo no encajaba, ni en su aventura en el Mundo Incierto, ni en las explicaciones del Maestro Qadehar. Sentía vagamente que todos se equivocaban, aunque no podía decir con precisión por qué. Todo estaba aún muy embrollado.

Pronto se le unieron Ambre y Agathe. El ambiente se tensó rápidamente.

En efecto, Ambre no soportaba ver a Agathe dirigir largas miradas a su amigo.

—Guillemot —preguntó de pronto Agathe—, ¿de verdad que tus amigos y tú habéis corrido todos esos riesgos para venir a liberarme?

—Bueno... sí —respondió él, preguntándose adónde querría llegar la chica.

—¿A pesar de todo lo que te he hecho en el colegio, viniste a salvarme? —continuó Agathe.

—¡Bueno, no es lo mismo perder un medallón que pasarse la vida entera barriendo con cadenas en los pies! —ironizó el chico.

Agathe se paró en seco en medio del camino.

—Guillemot, tengo algo importante que decirte.

—¡Ah, de eso nada! —explotó Ambre, avanzando hacia ella con los puños cerrados.

—Calma, Ambre, calma —intervino Guillemot—. Puedes hablar delante de ella, Agathe, no tengo nada que esconder a mis amigos.

—No, sólo a ti te diré lo que tengo que decirte.

Ambre dirigió a Guillemot una mirada amenazante y suplicante a la vez. El alumno del Maestro Qadehar suspiró y terminó exigiendo a su amiga, cuyo comportamiento, desde que se habían reencontrado, no acertaba a comprender:

—Ambre, ve con los demás un momento. Por favor.

Ella lanzó a Agathe una última mirada fulminante y luego se alejó refunfuñando. Guillemot se volvió hacia Agathe.

—¿Bueno, qué es eso tan importante que tienes que decirme?

—Al principio, pensé quedármelo para mí... Pero me he dicho que tenías derecho a saberlo. Aunque es un dato muy vago y tampoco hay que precipitarse.

—Vale —suspiró Guillemot—, te escucho.

–Verás. Una noche sorprendí una conversación entre Thunku y su Consejero. ¡El antiguo sacerdote es peor que su señor, créeme! En fin, estaban hablando en voz baja del Señor Sha.

–¿Sha? Ya he oído ese nombre.

–El Señor Sha vive en una torre, cerca del Océano Inmenso. Se sabe poco de él. Dicen que tiene enormes poderes. No es amado, ni tampoco odiado, por otra parte. En realidad, la gente le tiene miedo. Creo que Thunku es su único amigo. ¡En fin, si es que a eso puede llamársele amigo!

–¡Bueno –se impacientó Guillemot–, abrevia!

–Se estaban preguntando si Sha recuperaría alguna vez al hijo que le robaron al nacer y que nunca conoció. Un hijo que ahora tendría alrededor de doce años. Así que, como sabía que alguien quería raptarte a toda costa, y como el Señor Sha tiene trapicheos con Thunku, me dije…

No terminó su frase. Guillemot miró a Agathe directamente a los ojos. Estaba perfectamente tranquilo, pero en su pecho el corazón le latía con fuerza.

–Gracias, Agathe –acabó diciéndole con una voz algo temblorosa–. Aunque todavía no sé realmente qué hacer con esta revelación.

Se quedaron un momento así, inmóviles y silenciosos. Finalmente, Agathe volvió a tomar tímidamente la palabra.

–Creo que nos están esperando.

Guillemot pareció despertar de un sueño. Un poco más adelante, sentada en una piedra, Ambre lo miraba con los brazos cruzados.

–Tienes razón. Vamos.

Poniéndose en marcha, Guillemot añadió:

–¿Me juras que no le dirás nada a nadie?

–Te lo prometo.

Se reunieron con Ambre y luego los tres se pusieron a correr para alcanzar a sus amigos.

En el cielo, a la hora en que el crepúsculo incendiaba las nubes, las primeras estrellas comenzaban a brillar suavemente.

Fin de la primera parte...

Cuaderno de Guillemot

Los Grafemas

Son las veinticuatro letras de un alfabeto mágico, surgido de las estrellas, que permiten acceder al Wyrd. Son como claves que abren y desvelan el interior de las cosas.

Un Grafema se caracteriza: por su número (ordinal y posición en el grupo), por su forma (nombre y aspecto), por su contenido (asociaciones simbólicas o sobrenombres, significados y poderes).

Cada Grafema tiene varios poderes. Al convocarlos en la imaginación (visualizarlos) y, a continuación, proyectarlos (gritarlos o murmurarlos), los Grafemas producen un efecto simple y directo.

> **Ejemplo:** para abrir una puerta cerrada con llave, me concentro, pienso muy intensamente en el Grafema Elhaz (lo veo en mi imaginación) y murmuro o grito su nombre (dependiendo de la resistencia de la puerta).

El Wyrd

Es como una gigantesca tela de araña cuyos hilos están conectados con todo lo que existe. Los Grafemas dan acceso al Wyrd y permiten actuar sobre todas esas cosas. Comprender y controlar el Wyrd es el secreto de la magia.

Pero cuidado: como todas las cosas están unidas en el Wyrd, ¡un acto insignificante puede tener consecuencias tremendas! Por eso, Prudencia y Humildad son los lemas del Mago.

Y por eso hay que trabajar mucho y adquirir experiencia para volverse hábil. El Maestro Qadehar me lo repite todo el rato: «De acto en acto, el acto te arrastrará. De palabra en palabra, la palabra te arrastrará...».

El Galdr

Es un conjuro en el que se usan Grafemas asociados. El Galdr enlaza poderes que se suman. Los Grafemas son las palabras, el Galdr es una frase. Pero no basta sólo con decir el nombre de los Grafemas.

Cuando un Mago utiliza un solo Grafema, crea una relación entre un dominador (el Mago que lanza el conjuro) y un dominado (el Grafema lanzado). El Grafema responde por su nombre, sin más.

Sin embargo, en un Galdr, el Mago combina Grafemas que son iguales unos a otros. De modo que para enlazarlos, tiene que obligarlos a actuar juntos. Para ello, los controla invocando los sobrenombres en los que se reconoce cada Grafema.

> **Ejemplo:** el Galdr que permite franquear la Puerta del Mundo Incierto. Es bastante sencillo, pues no se necesitan más que dos Grafemas (en realidad, el que permite el paso es un conjuro mucho más complicado y muy poderoso, grabado en la Puerta. ¡Mi Galdr sirve principalmente para ponerlo en marcha!). Invoco a Raidhu, el Grafema del viaje, y a Eihwaz, el que permite la comunicación entre los Mundos. En mi imaginación, los obligo a acercarse y aceptarse. ¡A veces tardan mucho!

A continuación, les pido que actúen juntos: «¡Por el poder de la Vía, de Nerthus (sobrenombre de Raidhu), de Ullr y de la Doble Rama (sobrenombres de Eihwaz), Raidhu (el carro) debajo y Eihwaz (el que abre las puertas) delante, llevadme! ¡RE (fórmula final que indica que los Grafemas han sido enlazados)!».

El Önd

En realidad, si el Wyrd es la fuente de la magia y los Grafemas son los instrumentos de la magia, el Önd es lo que permite el ejercicio de la magia.

El Önd es el aliento vital del Mago, que carga de energía los Grafemas. Por eso existen Magos más poderosos que otros: unos tienen un Önd fuerte, otros un Önd débil. No se puede hacer nada al respecto, se nace así. Sin embargo, como a menudo me recuerda el Maestro Qadehar, ¡tener un Önd fuerte no exime ni del estudio ni del entrenamiento!

Las Stadha

Se puede reforzar el poder de los Grafemas mediante unas posturas que los imitan: las Stadha. Al reproducir la forma de los Grafemas, se carga el Önd (energía interior) captando las energías externas (las corrientes telúricas, por ejemplo). Un Grafema asociado a una Stadha tiene mucha más potencia e impacto.

Todos estos secretos sobre la magia, empezando por la revelación de los Grafemas, proceden de un libro muy antiguo llamado EL LIBRO DE LAS ESTRELLAS. Éste contiene muchos otros secretos que los Magos todavía no han logrado comprender. Fue robado hace muchos años y nadie sabe dónde se encuentra ahora.

Las Constelaciones

En el Mundo Incierto, la posición de las estrellas en el cielo es diferente de la que tienen en el País de Ys. Por esta razón, los Grafemas, que corresponden a determinadas constelaciones, no tienen la misma forma que en Ys.

A pesar de ello, conservan, con matices, los mismos poderes.

Para utilizarlos, hay que reajustarlos (descubrir su forma de acuerdo con el cielo Incierto) y reapropiárselos bajo su nueva apariencia.

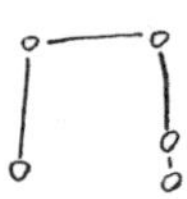

El Cuervo

ᚢ (Wuz)

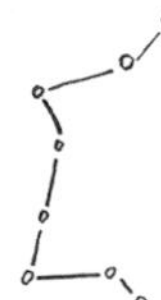

Géminis

ᛈ (Perthro)

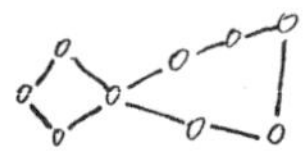

El Lobo

ᛞ (Dagaz)

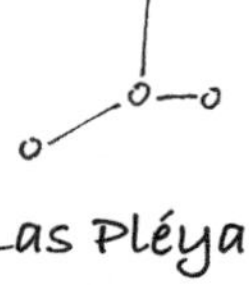

Las Pléyades

ᚠ (Fehu)

El alfabeto de los Grafemas

FEHU (f)

Orden: primer Grafema.

Asociación (sobrenombre): Tela de Araña.

Significados: la creación (fuego cósmico) – la riqueza (rebaño).

Poderes: carga de energía los objetos – capta la energía cósmica.

URUZ (u/v)

Orden: segundo Grafema.

Asociación (sobrenombre): Vaca Rubia

Significados: la fuerza antigua, arcaica (lluvia) – los fundamentos (Gran Madre).

Poderes: apacigua a los espíritus de un lugar – fija y estructura – intensifica los efectos de las plantas – capta la energía terrestre.

THURSAZ (t)

¡Grafema peligroso!

Orden: tercer Grafema.

Asociación (sobrenombre): la Cabeza de Antílope, la Montaña.

Significados: el ataque y la defensa (la espina) – la resistencia brutal (el gigante).

Poderes: protege (al proyectarlo) y capta la energía telúrica.

¡Cuidado! (Difícil de utilizar.)

RAIDHU (r)

Orden: quinto Grafema.

Asociación (sobrenombre): Reginn, Nerthus la Vía.

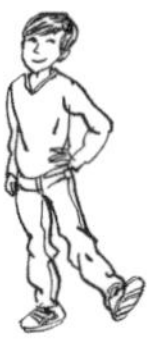

Significados: el viaje (el carro).

Poderes: vehículo – aporta coherencia – dispone y ordena – dirige las correspondencias – concentra la fuerza (energía en espiral) – indispensable para las transformaciones.

WUNJO (w)

Orden: octavo Grafema.

Asociación (sobrenombre): el Generoso, el Estandarte.

Significados: alegría y armonía – reunión de los miembros de un clan.

Poderes: protege a los grupos – armoniza las acciones de los Grafemas y contribuye a su asociación.

NAUDHIZ (n)

Orden: décimo Grafema.

Asociación (sobrenombre): la Mano.

Significados: necesidad y peligro (el fuego de la supervivencia) – obligaciones ligadas al destino (toma de conciencia).

Poderes: neutraliza los ataques mágicos – fuerza de resistencia frente a las agresiones – despierta (autoconciencia de uno mismo).

ISAZ (i)

Orden: undécimo Grafema.

Asociación (sobrenombre): la Brillante.

Significados: la inmovilidad originaria (el hielo) – el control de uno mismo (anti-movimiento).

Poderes: atrae la energía hacia sí, condensa, retiene – ayuda a la concentración y refuerza la voluntad.

EIHWAZ (e)

¡Grafema peligroso!

Orden: décimo tercer Grafema.

Asociación (sobrenombre): Ullr, la Doble Rama

Significados: el eje (el árbol del tejo).

Poderes: permite la comunicación entre los Mundos (el que abre las Puertas).

¡Cuidado! (Difícil de utilizar.)

PERTHRO (p)

¡Grafema peligroso!

Orden: decimocuarto Grafema.

Asociación (sobrenombre): el Propicio, la Matriz.

Significados: el guía en el Wyrd (el cubilete) y en los caminos laberínticos.

Poderes: relacionado con el destino y sus leyes – encierra el misterio del Wyrd – libera – transforma.

¡Cuidado! (Difícil de utilizar.)

ELHAZ (z)

Orden: decimoquinto Grafema.

Asociación (sobrenombre): Njord, la Abuela.

Significados: la Vida, el Alma (el cisne).

Poderes: abre cerrojos, desbloquea situaciones (crepita al arder) – respuesta a las fuerzas hostiles – protección mágica.

INGWAZ (ng/gn)

Orden: vigésimo segundo Grafema.

Asociación (sobrenombre): Ing, el Rico.

Significados: energía masculina – fijación.

Poderes: concentración de energías – protección talismánica – inmovilización (clavo).

DAGAZ (d)

Orden: vigésimo tercer Grafema.

Asociación (sobrenombre): el Día, los Caballeros.

Significados: la luz del día difusa – el eterno retorno (cada vez diferente) – el misterio de los intervalos temporales.

Poderes: combate los espíritus maléficos, aleja los acontecimientos nefastos – permite la invisibilidad – modela y suspende el tiempo.

Este libro terminó de imprimirse el 17 de octubre de 2007, en los talleres de Grafinter de Madrid, a la espera de publicar la segunda parte: *El Señor Sha*.